最後の語り部

THE LAST CUENTISTA

Donna Barba Higuera

ドナ・バーバ・ヒグエラ　杉田七重 訳

東京創元社

最後の語り部

パパに捧げる――
幼い頃にきかせてくれた、おやすみ前のお話から始まって、毎日のおしゃべりまで、
いつもたくさんの物語をありがとう。

1

おばあちゃんがマツの薪《まき》をまた一本、火にくべた。甘い香りの煙が、わたしたちの頭上を越えて、星空へのぼっていく。おばあちゃんは膝をきしませながら、わたしのとなりの毛布に腰をおろす。おばあちゃんのつくってくれたシナモン入りのホットチョコレートが、今日はまだ手つかずのままだ。

「ねえペトラ、おまえが旅に出るときに、持っていってもらいたいものがあるんだよ」おばあちゃんはセーターのポケットに手を入れた。「おまえの十三歳の誕生日が来たときには、わたしはそばにいないから……」そういって、太陽の形をした銀のペンダントを差しだした。中心に平べったい黒い石が詰まっている。「太陽にかざすと、黒曜石《こくようせき》が陽光を集めて光るよ」

受け取って、ペンダントを空にかかげてみるものの、太陽は出ていない。月が見えるだけだ。それなのに、石の真ん中がかすかに光った。わたしはよく、見えないものを見えているように想像することがある。でも、今のは想像じゃない。ペンダントを目に近づけたり、遠ざけたりしてみる。視界から思いっきり遠ざけると、光は完全に消えた。

振りかえると、おばあちゃんが自分の首にかかったペンダントを指さしていた。わたしにくれたのと同じもの。

「メキシコのユカタン州に住むユカテク族は、黒曜石に魔力があると信じていた。この石が失った者たちを集めてくれるとね」おばあちゃんは考えこむように口をきゅっと結んだ。褐色の肌はひび割れた木の皮みたいで、鼻に向かって皺《しわ》がよっている。

「わたしまで、無理やり連れていくなんておかしいよ」

「おまえは行くべきなんだ」

おばあちゃんはしばらくわたしから顔をそむけていて、間を置いてからまた話しだした。「子どもは親と離れるもんじゃないのさ」

「おとうさんはおばあちゃんの子どもでしょ。だったらおとうさんだって、おばあちゃんといっしょにいるべきだよ。みんなでおばあちゃんといっしょに残らなきゃ」

自分でも、あまりに子どもじみた言い草だとわかる。

おばあちゃんがやわらかな声で低く笑った。「年寄りに、そんな遠くまで旅はできないさ。だがおまえたちは……ディオス・ミーオ、新しい星へ行くんだ！　すごいことだよ！　ワクワクするねえ」

わたしのあごが、ぷるぷる震えてきた。おばあちゃんの脇腹に顔をうずめ、おばあちゃんの腰をぎゅっと抱きしめた。

「おばあちゃんを置いていきたくない」

お腹の動きで、おばあちゃんが深いため息をついたのがわかった。おばあちゃんの家の裏手に広がる砂漠で、コヨーテが吠えて仲間を呼ぶ。それが合図のように、ニワトリが鳴きだし、飼っているヤギの一匹も弱々しい声を出した。

「お話が必要だね」とおばあちゃん。また奇想天外なお話をしてくれるらしい。

ふたりして毛布に両肘《りょうひじ》をついて仰向けになり、夜空を見あげる。暖かい砂漠の風がびゅうーっと吹いてきて、おばあちゃんがわたしを抱きしめる。これまでにないほど強い力で。わたしはもうどうしたって、ここをはなれたくない。

おばあちゃんが空のハレー彗星《すいせい》を指さした。ここから見ると、そんなに恐ろしいものには思えない。

「むかしむかし」おばあちゃんが語りだした。「若い、火のヘビの姿をしたナグワル（動物に宿ると信じられている守護霊）がいた。彼の母親は地球で、父親は太陽だった」

「ヘビのナグワル？」わたしはきいた。「嘘でしょ。太陽と地球のあいだに、半分人間で半分動物の子どもが生まれるなんて――」

「黙ってきいておいで、これはわたしの物語だ」おばあちゃんはゴホンとせきばらいをすると、わたしの片手を両手で包んだ。「火のヘビは怒っていた。おかあさんの地球は、ぼくに食べ物を与えて育ててくれるけど、おとうさんの太陽は、いつだって遠くにいる。作物は実らせてくれるけど、恐ろしい日照りと死ももたらす。だからナグワルは、太陽が頭上にのぼったあるとても暑い日、おとうさんに異議を申し立てにいくことにしたんだ」そういって、おばあちゃんは空に向かってさっと腕を振る。「そんなことはせずに、ずっとわたしのそばにいておくれと、おかあさんは頼んだものの、若い火のヘビは父親目指して一目散に飛んでいった」

それからおばあちゃんは、しばらく黙りこむ。先をじらして、興奮をあおるつもりなんだ。確かにそうされると、ますます先を知りたくなる。

「それでどうなったの？」

おばあちゃんはにっこり笑って先を続けた。「尾をめらめらと燃え上がらせながら、火のヘビはぐんぐん速力を増していき、しまいに、もうとまることができなくなった。ところがナグワルは、父親の太陽に近づいていくうちに、自分の間違いに気がついた。父親の炎は、宇宙でかなうものがないほど強力なのを忘れていたんだ。父親のまわりをひとめぐりしたナグワルは急いで地球へもどろうとする。けれどもう手遅れだった。父親の炎に目を焼かれて、何も見えなくなってしまったんだ」おばあちゃんはそこで舌を鳴らした。「ポブレチート（かわいそうに）、目が見えないのに猛烈なスピードが出ているナグワルは、おかあさんの地球を見つけることができない」

おばあちゃんがそこでため息をついた。いよいよお決まりの最後だ。まるで角のパン屋までの道を教えるみたいに、ごく素っ気なく、あっさりという。「それでナグワルは七十五年ごとに地球へ帰ろうとする。おかあさんと再会できることを願ってね」おばあちゃんはまたハレー彗星を指さしていう。「でも、おかあさんのすぐそばまで来ているとナグワルには感じられるのに、いつも親子は抱き合うことができない」

「ただし、今回だけは、それができる」わたしはいい、いった瞬間、背中がかっと熱くなった。

「そうなんだ」わたしを抱き寄せておばあちゃんがいう。「あと数日で、火のヘビはとうとうおかあさんを見つける。イ・コロリン・コロラード・エステ・クエント・セ・ア・アカバード（というわけで、めでたし、めでたし、これでこのお話はおしまいだよ）」そういって話をしめくくった。

わたしはおばあちゃんの手を何度も何度もこすって、すべての皺を覚えておこうとする。「この物語は、誰に教えてもらったの？　おばあちゃんのおばあちゃん？」

おばあちゃんは肩をすくめた。「教わったのはほんのちょっとだよ。残りはほとんど自分でつくったんだ」

「こわいよ、おばあちゃん」わたしはささやいた。

おばあちゃんがわたしの腕をぽんぽんと叩く。「だけど、お話をきいているあいだは、何もこわいことはなかっただろう？」

わたしは何もいえない。自分がはずかしかった。おばあちゃんの話に夢中になって、確かに恐怖を忘れていた。おばあちゃんをはじめ、地球に残される大勢の人々の身に、これから何が起きるのかを。

「何もこわがることはない。わたしは平気だよ。ナグワルが帰ってくるだけなんだから」

わたしは黙って彗星を見あげる。「わたし、おばあちゃんみたいになるんだ。お話を語ってきかせる語り部に」

おばあちゃんは身体を起こしてあぐらを組み、わたしと向き合った。「語り部ね、いいと思うよ。おまえにはその血が流れている」そこでおばあちゃんは、わたしにぐっと顔を近づけた。

「でも、おばあちゃんみたいになるっていうのは違うよ。おまえは自分が何者であるかを見いだして、それにふさわしい語りをする」

「だけど、わたしが、おばあちゃんの物語を台無しにしてしまったら？」

やわらかな褐色の手で、おばあちゃんがわたしのあごを包んだ。「そんなことにはならない。物語は遙《はる》か遠い昔から大勢の人間に語り継がれて、おまえのもとへ行き着くんだ。それをおまえが、自分の物語にして語ればいいんだよ」

おばあちゃんと、ひいおばあちゃんと、ひいひいおばあちゃんのことを考える。みんな、ものすごくたくさんのことを知っている。そのあとに続くなんて、このわたしにできるの？

手にしたペンダントをぎゅっと握りしめる。「おばあちゃんの物語、わたし絶対忘れないから」

「おまえたちが目指す惑星には、太陽がひとつか、ひょっとしたらふたつあるらしいね」おばあちゃんはそういうと、自分のペンダントを指で突っついた。「着いたら、おばあちゃんを探してくれるかい？」

わたしの下くちびるが震え、涙が顔をすべり落ちる。「おばあちゃんを残していくなんて」

おばあちゃんはわたしの頰から涙をふきとった。「残していくなんてできないさ。わたしはおまえの一部なんだ。おまえは、わたしと、わたしの物語を新しい星へ連れていく。何百年も先の未来へ連れていくんだよ」

わたしはおばあちゃんの頰にキスをした。「おばあちゃんが誇らしく思ってくれるような人間になるって約束する」

黒曜石のペンダントを握りしめながら、わたしはふと思う。ナグワルが、ついにおかあさんと再会する瞬間、おばあちゃんは、日蝕グラスを通して火のヘビを見るのだろうか。

2

宇宙船発射場は、コロラド州のドゥランゴ近郊、サンファン・ナショナル・フォレストにある。サンタフェ（米国ニューメキシコ州北部の都市）からシャトルで二時間もかからなかった。そのうちの半分の時間はパパのお説教でつぶれた。ハビエルとわたしに向かって、つまらないケンカはするな、人に優しくして、勉強を精いっぱい頑張れという。

不思議だった。どうして政府は軍事基地じゃなくて、コロラドの森を選んだのだろう。でも、まったく人目につかない道路と、何キロにもわたって鬱蒼《うっそう》と広がる森を見て納得した。ここなら、地球を脱出して新たな星へ向かう、巨大な宇宙船三機も、すっぽり隠せる。

プレアデス社が設計した豪華な宇宙船三機は、裕福な人々に、銀河系をめぐる快適な旅を提供するために設計された。ホバーウェイに設置されている巨大広告スクリーンに、五つ星ホテルに等しい宇宙船の内装が映っているのを見たことがある。プレアデス社のテーマカラーであるロイヤルパープルのシャンデリアの光の下、上質の服に身を包んでマティーニのグラスを手にした俳優たちがにっこり笑っていた。彼らが眺めているのは、つくりものの星雲だ。毎朝アボカドオイルでうがいをしているような、やけになめらかな声の男性が、ピアノ曲のBGMが流れる中、視聴者に語りかける。「プレアデス社はこれまでの宇宙旅行の概念を完全に覆《くつがえ》しました。星々のあいだで贅沢《ぜいたく》に暮らしたい。そんな冒険心あふれるエリートのために素敵なお部屋をご用意しています」

実際の宇宙船はどうなっているんだろう。広告に映っていた真っ白な歯を見せて笑う俳優と、わたしたちはまるで違う。これから宇宙船に乗りこむのは、科学者や、到着先で地球に似た環境をつくるテラフォーマーや、ほかの人より長生きする価値があると政治家が考えるリーダー。どうしてうちの家族がその枠に入ったのだろう？　政治家は何を基準に選んだんだろう？　もしママとパパがもっと年を取っていたらどうだった？　政治家のうち、優先的に宇宙船に乗れるのは何人ぐらい？

大勢の人を置き去りにして、自分たちだけ地球からこっそり逃げるなんて、間違っている気がする。うちの両親が集合場所を知らされたのは出発前日になってから。パパの話では、プレアデス社は、今はつかわれていないデンバー空港の巨大地下施設に宇宙船を格納していたという。実際に宇宙に出発するのは、表向き、あと二年はかかるという話だった。数か月前に近距離で試験飛行が成功しているものの、こんなに突然出発が決まったのだから、恒星間旅行を視座にすえた本格的な試験飛行はしていないに違いない。

もし一週間前に起こした太陽面爆発で彗星《すいせい》の軌道が変わっていたら、わたしたちは数日後に、火のヘビが地球の横を無事通りすぎるのを眺めていたはずだった。大昔からずっと繰り返されてきたように。

出発ロビーは、森林警備員の詰め所だった古い建物を改造したもので、国有林の門をいくつか抜けた奥にあった。正面入り口で見た光景は考えないことにする。シャトルの発着所からは、ほかの家族たちといっしょにさらに森に入る小道を歩いて進むようにいわれた。わたしたちのすぐうしろにほかの家族がどんどん集まってきて、小道の先へ歩いていく順番を待っている。ポプラとマツの森に差しこんでくる日差しが、教会にある「ヨナとクジラ」のステンドグラスを思わせる。頭の上から、いきなりひな鳥の鳴き声が降ってきて、驚いて飛び上がった。見あげると、ツバメのおかあさんが、エサをもっと獲ってこようと巣から飛び立ったところだった。おかあさんがいなくなると、ひな鳥たちはすぐに鳴きやんだ。ここまで一生懸命育ててきたのに、その苦労が水の泡になることを母鳥は知らない。わたしは見えにくくなった目を凝《こ》らす。すると、巣のへり越しに小さな頭がいくつも覗いているのが見えた。最初、かわいそうにと思った。こんなに小さくて、無防備で。でもそこで気がついた。ある意味、この子たちは幸せだ。自分たちの身に何が起きたのか、知らずにこの世を去ることができるのだから。

どこにでもあるハイキングコースのような道の先に宇宙船が待っているらしい。人類がとうとう地球を脱出するプロジェクトは、公式ではなく秘密裏に決行されるのだ。しかし、すでに多くの過激派や秘密結社が、ここで何か大変なことが行われることを嗅ぎつけていると両親はいっていた。人々の会話を追跡するシステムがキャッチしたらしい。結局、その人たちの嗅覚は正しかった。先を歩いていた弟が足に急ブレーキをかけてとまった。敷地をすっぽり覆い隠していた森が終わって、目の前の広々とした草地に、巨大な宇宙船がそびえたっている。まるでステンレスとクリスタルガラスでできたカマキリのようだ。

「おねえちゃん……?」ハビエルがわたしの手首をぎゅっとつかんだ。

草地の遙《はる》か先にも、こちらと同じ宇宙船が待機している。距離が離れているため、目の前にそびえる巨大な宇宙船の半分くらいの大きさに見える。二機しか残っていないのは、一機はすでに飛び立っているからだ。その一機は、アルファケンタウリに近づいた地点で連絡を断って行方がわからなくなっているとパパがいっていた。

「大丈夫だって」そういってハビエルの背中を押すものの、本当はわたしだって森の中へ駆けもどりたかった。

おばあちゃんや先生、クラスメートのことを考える。みんな今ごろどうしているのかな。逃げようのない事態から逃れようと、脅《おび》えきっているみんなを想像したくはなかった。

代わりに、おばあちゃんとベルタおばさんのことを想像する。房飾りのついた赤と黒の縞模様《しまもよう》の毛布の下に寝ころがってコーヒーを飲みながら、ナグワルが家に帰ってくるのを見守っている。コーヒーには、ふたりが「秘密のソース」と呼ぶものが入っている。

「さあベルタ！　もうケチケチしなくていいよ」そういっておばあちゃんは、茶色いガラスのボトルを傾けて、ボトルと同じ色のとろりとした液を自分のコーヒーカップに注ぐ。

「確かに。次のクリスマスまでとっておく必要もなくなったわけだからね」そういうベルタおばさんのカップにも、おばあちゃんは茶色い液をなみなみと注いでいく。自分のカップに入れたのよりずっと多く。カップをカチンとぶつけ合ってから、ごくごく飲んでいく。そうしてふたり肩を並べて、ベルタおばさんの家に生える樹齢百年のペカンの木に背をあずけるのだ。

この場面をふたりの思い出として、記憶の箱にしまっておこう。

わたしの両親が宇宙船の乗員として選ばれる前から、すでに大勢の人たちが商店の品物をかたっぱしから略奪するようになっていた。どうせすぐに全部消えてなくなってしまうのに、どうしてそんなことをするのってママにきいたら、ママの目に涙が盛り上がってきた。

「みんな怖いのよ。それで、ふだんだったら、そんなこと絶対できないってことを、やってしまう人もいる。わたしたちにそれを責めることはできない」

とても落ち着いている人がいる一方で、荒れる人がいるのはどうしてなのか、いまだにわからない。新しい惑星セーガンに行くメンバーに自分の両親が選ばれたのだから、喜ぶべきなんだろう。でも、わたしは今、地球に残っているグラス一杯の最後の水を、みんなが見ている前で、ひとり、がぶ飲みしようとしている気がする。

彗星を見あげて顔をしかめた。あんたなんか、大嫌い。

巣穴に向かうアリの行列よろしく、家族といっしょに黙々と草地を歩いていく。科学者数人と、金髪のティーンエイジャーがいる一家族がいっしょだ。よくあるコンクリートの発射台があると思ったのに、近づいてみると、草を刈りとったばかりの一角があるばかりだった。

ママの静かな声がきこえた。「乗っているときは、もう時間が過ぎていく感覚はないのよ。だから、何も怖いことなんてない」振りかえってみると、ママは目をぎゅっとつぶって、首をぶんぶん振っていた。そうすれば、これから起きることが消えてなくなるとでもいうように。ママはさらに言葉を続ける。「そうしてセーガンに到着したら、またそこで　から始めるの。農場を切りひらく開拓民のようにね。あなたたちと同じ年頃の子もいるわ」

何をいわれても、わたしの気分は上向きにはならない。もう新しい友だちなんていらない。ペットのラピドまで、おばあちゃんの家の裏手に放さなきゃいけなかった。きっとわたしのカメは、地下深くの巣穴にもぐって彗星の衝突を生き延び、わたしなしで寿命をまっとうするのだろう。

「こんなの、おかしい」わたしはぼそっといった。「そうだ、わたしの目のことを話すべきかも。

そうしたら、わたしたちは宇宙船に乗せてもらえない」

ママとパパが目を見交わした。ママがわたしの肘《ひじ》をつかんで脇にひっぱっていく。通りかかった家族ににっこり笑顔を見せながら。

「どういうつもり、ペトラ?」

わたしの目に涙が盛り上がってきた。「おばあちゃんはどうするの? ママたちは、おばあちゃんがどうなってもいいみたい」

ママが目をつぶった。「つらいのは、みんな同じよ」そういうと、ため息をひとつついてから、わたしの顔を見た。「あなたがつらいのもわかるけど、今はそんなことをいってる場合じゃないの」

「今じゃなかったら、いついえばいいの?」思わず声が大きくなった。「今から何百年も先の未来? そのときには、もうおばあちゃんは死んじゃってる」

わたしたちを追いこしていった金髪の男の子が、こちらを振りかえった。おとうさんに肘で突っつかれて、またすぐ前を向く。

「ペトラ、この先何が起きるのか、正確なところは誰にもわからないのよ」ほかの家族をこそこそと窺《うかが》いみながらママがいう。三つ編みに編んだ自分の髪をつかんで、髪の先を手の中でひねっている。

「そんなの嘘よ」

ママはパパにちらっと目をやり、わたしの腕に片手を置いた。「ねえ、ペトラ、今この瞬間、世界はあなたを中心にまわっているんじゃないのよ。ほかの人たちの気持ちを考えたことがある?」

世界はもう、まわらない。そういおうとしたところで、自分の腕が震えているのに気づいた。見れば、ママが震えていた。

ママはわたしたちがやってきた方角を指さしている。「門の外で待っている人たちを見たでしょ?」

わたしは顔をそむけた。思い出したくない。結婚指輪をはずして、それといっしょに赤ん坊を前にかかげて、武装した警官に「お願い、お願い」と必死に訴えかけている女の人がいた。それをよそに、わたしたちを乗せた車は門を通り抜けた。会話追跡システムが察知したように、あの若い親子をはじめ大勢の人々が、ここに政府が何か隠していることを見ぬいていた。

「わたしたちといっしょに宇宙船に乗れるなら、何を差しだしたっていいって、みんなそう思ってるの」ママが顔を近づけてきて、わたしの目を穴のあくほどじっと見つめる。「それでもあなたは、乗らないのね?」

赤ん坊を連れた若い母親の顔が目に浮かぶ。もしパパやママやハビエルと二度と会えないとしたら……。

「乗る」わたしはいった。

女の人が幼い女の子の手を引いて近づいてくる。女の子が着ているパーカーのフードから、おもちゃの銀の角が螺旋《らせん》を描いて頭の上に飛びだしている。その子は通りがかりに、あからさまにこちらを振りかえり、わたしの顔をけげんそうに見つめた。

「スーマ、だめよ」おかあさんに小声でたしなめられて、女の子は顔をそむけた。

うちのママが親子のほうに目をやった。わたしたち家族が注目の的になっていると、わかったに違いない。「だったらペトラ、思っていることは自分の胸だけにとどめておいてちょうだい」

それだけいうとママは先に歩いていき、パパとハビエルの横をずんずん過ぎていく。パパがわたしに向かって眉を持ち上げ、頭を振って見せる。それでわかった。パパもわたしにうんざりしているんだって。こっちへ走ってもどってくるハビエルが、わたしの目の前で石につまずいて転びそうになる。倒れかかるところを、さっと手をつかんで立たせてやった。すると、「大丈夫だって」と、ついさっきわたしがいってやった言葉をそのまま返してきた。今度はわたしが背中を押される番だった。

息を深く吸って、宇宙船の入り口へと通じるスロープを上がっていく。カマキリの頭にあたる正面部分は、サッカーグラウンドが宙に浮いているような広大さで、こちらへのしかかってくるようだ。カマキリが口をあけて、上あごと下あごのあいだから長い歯を見せているように、ずらりと並んだ窓。地面から伸びるうしろ脚二本が、宇宙船の船体をしっかり支えている。

遙か先では、後発の宇宙船に乗りこむ人たちが、小さな点々のように動いている。こちらの宇宙船が出発してしばらくしてから、あちらも宇宙に飛び立つのだ。

わたしたちが乗る宇宙船のうしろのほうに、翼のような楕円形の空間がふたつあるのが見える。ハビエルがそちらを指さしていう。「ぼくたちが行くのはあそこ?」

パパがうなずいた。

「ぼくの学校より大きいよ」ハビエルがそっという。

「ほんとよね」ママが笑顔をつくっていう。ディズニーランドに行くのと変わらないと、ハビエルに思わせたいようだ。「これだけ大勢の人たちを、遙か遠いところへ運んでいく宇宙船なんて、めったにあるもんじゃないのよ」

「それで、ぼくらは眠るんだね？」とハビエル。

「お昼寝みたいなものよ」とママ。

　お昼寝には明るいイメージしかない。けれど、三十分で目覚めるハビエルのお昼寝と違って、ここでのお昼寝は三百八十年間続く。

3

出発の一週間前に、「たまたま」両親の会話をきいた。それで結局こういうことになるのだと、あのときには、どうして思い至らなかったのか。

両親が声をひそめてリビングで話をしているのが、自分の部屋にいてもわかった。うっかりきかれるとまずいから、親たちは子どもがぐっすり眠っているとわかっているときしか、大事な話はしない。それでわたしは、ジョゼフィーナ・アメリカン・ガール・ドールの頭をぐいとつかみ、その黒髪をわたしの枕の上に広げた。この人形とはもう五年ほど遊んでいないけど、いつでも手の届くところに置いてあるのは、まさにこういうときのためだった。

足音を忍ばせて部屋を出て、ハビエルの部屋の前を過ぎる。その部屋に置いてある水槽の照明がドアの隙間からもれているから、目のよくないわたしでも、足もとはちゃんと見えた。

「ペトラ、どこ行くの?」

人形さえぎょっとして動きだしそうな大きな声が、ハビエルの部屋からいきなり響いた。

きしんであいたドアの隙間から、急いで中へすべりこむ。「別に。ただ水を飲みにいくだけ」

ベッドの上でハビエルが横につめて、わたしの場所をあける。パジャマは着ていなかった。この三日というもの、ジェン・ジャイロ・ギャング(GGG)のパーカーをずっと着たままだった。中国の遺伝学者が、ウォーリー・ザ・ウーリーを再現して、クローンの小さなマンモスが国際舞台を闊歩するようになってから、八歳未満の子どもはみんな、GGGのパーカーを着るようになった。正面にウォーリーが、片側にカモノハシ恐竜の赤ん坊、もう片側にドードー鳥がプリントされている。ハビエルが手を伸ばして、『夢追い人たち』の本をわたしに寄越す。パパが小さい頃に読んでいた、紙でできた本物の本だ。とても古いもので、まだリブレックスやストーリー・ジェネレーターが発明される前の時代に書かれたものだった。

「今は無理だよ、ハビエル」わたしは弟が大切にしている本を、ベッドの頭上にある本棚にしまった。

「つまんないの」

さっきまできこえていたママとパパの声が一瞬とまった。わたしはハビエルに向かって指を一本口に当てる。「子どもはもう眠っていなきゃいけない時間だよ」弟におやすみのキスをしようと身を乗り出した拍子に、足の小指をベッドの側面にしたたかにぶつけた。あわてて手で口を押さえ、ハビエルのベッドにもぐりこむ。

「ごめん」ハビエルがささやいた。

わたしは小さくうなった。「ハビエルのせいじゃないよ。見えなかったんだ」わたしはぶつけた指をさする。「この目のせいでね」

ハビエルが腕を伸ばしてきて、わたしの手を握った。「心配ないよ。ぼくがおねえちゃんの目になってあげるから」

喉《のど》にぐっとこみあげてくるものを感じて、ハビエルの小さな身体を背中からすっぽり包みこんだ。弟の左手を取って、親指と人差し指のあいだに星座のように広がる、ほくろの集まりを指でこする。こうすると、言葉にしなくても気持ちが伝わる。わたしたちだけの秘密の会話だ。弟の枕に頭をとなり合わせにのせて、水槽の下から上へゆらゆら上がっていくコンゴツメガエルの泳ぎを見つめる。ひょろりとした脛《すね》と水かきのついた足。トマティーヨ（ナス科の緑がかった果実）からトゥースピックが飛びだしているみたい。「あれ、エサをやりすぎだよ」

「いいんだ、ゴルド（スペイン語で肥満の意味）って名前にしたから」

わたしはくすくす笑い、弟が眠るまで、ほくろを指でさすってやる。『夢追い人たち』の背表紙に描かれた母親のまなざしが、わたしたちを見守っているように見えた。目もとと口もとが優しそうで、おばあちゃんに似ている。

ハビエルをそのままに、ベッドから抜けて床におりる。廊下に出てドアをきちんと閉めると、さっきより暗くなった。リビングまでは這《は》っていったほうがよさそうだ。何かにぶつかったりしないよう、手探りしながら這いずっていって、ソファの背にたどり着いた。

「なんだか気が滅入ってくるわ」ママがいっている。「百四十六人という数の世話人が、それぞれの宇宙船に乗りこむわけでしょ。地球に残った人間が絶滅しても、人類がまだ遺伝子多様性を維持できるように」

ママとパパは、よくこういった話をしている。お互いに科学の仮説を立て合って議論するのが楽しいのだ。科学オタクの夜のデートみたいなもの。

ママが先を続ける。「ほかの人間が生き残るために、世話人が犠牲になるわけでしょ」

「彼らだって、その資質があって、このミッションに選ばれたんだ。われわれと同じようにね」

パパがいった。

「でも、わたしたちは旅を最後まで続けるじゃない」

「彼らだって、命をつなぎながら最後まで旅を続ける」とパパ。「それに、たどり着いた先にどんな運命が待っているかはわからない。彼らの人生のほうが、われわれの人生より素晴らしいものになるか、ひどいものになるか、誰にわかる？」

なんだか話が深刻になってきている。キッチンの時計が十時を知らせた。

「スクリーン・オン！」パパがいうと、十時に始まるニュースがモニターに映った。うちではパパとママ専用の番組だ。

わたしはソファに載せてあるクッションの背からスクリーンを覗いた。

「今夜は、ある世界的な運動が高まりつつある地球平和フォーラムの模様をお伝えします」ニュースキャスターがそういって眉を持ち上げるものの、額には皺《しわ》一本よらない。「この……興味深い運動は、大きな賛同を得ると同時に、批判も受けてきました」

髪をこめかみでぴっちり切りそろえ、鼻がつんととがった男の人が映し出された。鋭い顔立ちに似合わない、やわらかな声でしゃべりだす。「今世紀、わたしたちはさまざまな試練を経験してきました。今後も安心してはいられません。そんな今、人類があらゆる点で完全なる合意に達した世界を想像してみてください。みなが同じ考えを持てば、意見の衝突を避けられます。衝突がなくなれば、戦争もなくなる。戦争にかける費用がなくなれば、飢えもなくなる。文化、外見、知識……などなど、あらゆる面で違いがなくなれば……」

よく見えるよう、わたしはクッションの上から、もっと頭を突き出した。男の人のうしろに、髪をブリーチして、うしろへぴっちりなでつけた男女が並んでいる。みな同じ制服を着て横一列にきれいに並び、お腹の前に両手を重ねて置いている。みなまったく同じ笑顔で、化粧っけのない素顔だ。

「人と人との差違や不平等が社会を不穏にし、不幸をもたらしてきたのです。みなが考えをひとつにする、コレクティブという単一社会をつくることで、人類は生き延びることができるのです」男の人がいった。

「なるほどね」パパが画面の向こうにいる男の人にいう。「で、そのために犠牲になるものは？」

「これって、わたしたちが目指していることと同じじゃないの？」とママ。「生き延びることを目指すという点では」

パパがため息をついた。

画面の中の男の人は一歩下がって、列の中に収まった。「どうぞご参加を。わたしたちコレクティブは、一枚岩のように盤石《ばんじゃく》です。みんなが考えをひとつにして生きていくなら、過去の傷や痛みを消すことができる。わたしたちは……」

そこで全員が声をそろえていう。「新たな歴史をつくる」

パパがスピーカーの音量を落とした。「連中がいっているのは、われわれが考えるのとはまったく違う形での生き残りだ。見てごらん、恐ろしいと思わないか」そういって画面を指さす。

わたしは頭をひっこめてしゃがんだ。妙な人たちだけど、あの人がいっていた世界は、そんなに悪いものには思えなかった。戦争がない。飢えもない。明日学校に何を着ていくか、悩む必要もない。

まるでわたしの考えを読み取ったかのように、パパが先を続けた。「彼らが望む世界自体は、そんなに恐ろしいものじゃない。問題は、それを実現するために、彼らがどんな手をつかうかだ」

こんなニュースを観る時間まで、ふだんは起きていることができない。わたしが眠っているあいだに、大人たちはこういった議論を続けてきたのだろう。でも、あの男の人のいっていることの、何がそんなに恐ろしいというのだろう。

また頭を上げると、パパが首を横に振っていた。「平等自体は素晴らしい。しかし平等と画一は違う。それが本当はどういうことなのか、よく考えもせずに口にする輩《やから》がいる……。ドグマはいつだって、危険と紙一重だ」

ドグマってなんだろう。あした調べようと、頭にメモをしておく。

「それでも、危険に陥《おちい》らずに理想を実現する人は少なからずいるって、そうは思えない？」

ママがスクリーンを指さしていった。

「今は、そういう議論をしている場合じゃないよ。こっちはもっと大きな問題を抱えている。宇宙船確保のために、世界の国々がしのぎを削っているんだから」

「少なくとも日本とニュージーランドは、数日後には確実に数機の宇宙船を発射する。問題は、彼らも、人類が生存可能な移住先を密かに見つけているのかどうか」そこまでいって、ママはため息をつく。「きっとこの人たちの考えが正しいのよ。国際平和と協力が、きいてあきれる」

パン、パンという音。パパが膝を叩いているのだろう。「過去の間違いや過《あやま》ちを忘れずにいて、子どもや孫たちの未来がより良いものになるようにするのが、われわれの務めだ。互いの違いを認め合いながら、平和な世界をつくりだす方法を見つけなきゃいけない」

わたしはそっと自分の部屋にもどり、ジョゼフィーナをベッドから床に落とした。さっき話に出てきた世話人というのは、わたしの部屋のかたづけも手伝ってくれるのだろうか。パパとママの新しいプロジェクトのために、一家でどこかへ行くらしいけど、それってアメリカのどこ？　留守のあいだにハビエルのカエルが、食べすぎないようにするには、どうしたらいい？

あとでわかったことだけれど、その夜にはもう、わたしやニュースに映っていた人たちとは違って、うちの両親はこれから何が起きるか知っていた。世話人に世話をしてもらっているときには、わたしたちは眠っていて、部屋を汚すこともない。行き先はアメリカのどこかではなく、地球のどこかでさえない。わたしの両親の「任務」は、わたしたちの暮らす太陽系の外にある、セーガンと呼ばれる星に着いてから始まる。わたしたちが眠っているあいだ、その世話をするために選ばれた世話人は、誰ひとり、生きてその星を見ることはできない。うまくいけば、その遠い子孫が、わたしたちが目覚めたときにそこにいるかもしれない。

つまりハビエルの太ったカエルは、どこかの池に行って、好きなだけエサを食べ続けることになる。

4

人間の脳内にインストールできる知識エン・コグニート、略して〝コグ〟と呼ぶ。これを発明した人は、きっとその功績で、三機目の宇宙船の乗船切符を手にしたに違いない。地球を脱出する宇宙船に乗る人間はみなこれを利用する。セーガンに着くまでのあいだ意識のないわたしたちは、コグをつかって脳内に膨大《ぼうだい》な知識をインストールされるのだ。わたしがインストールされるのは、両親が選んだ植物学と地質学の専門知識。ただし、もうじき十三歳になるので、選択科目もインストールすることができる。きっとその選択科目だけでも、わたしの家とおばあちゃんの家を合わせたぐらいの価値があるんだろう。セーガンに到着したときには、何百年……いや何千年、何万年と、大昔から語り継がれてきた民間伝承や神話が、わたしの頭の奥深くにしまわれている。いったいどれだけの数になるのか、想像もつかない。

おばあちゃんはきっと、わたしのことを誇らしく思ってくれるに違いない。そんなことばかり考えていたから、スロープの手前まで来たところで、ママがパパにそっと合図したのに気づかなかった。パパがハビエルの手をつかむのと、ママがわたしの肘《ひじ》をつかむのが、ほとんど同時だった。「よし」と、ママが小声でいったのがきこえた。

ふたりの考えていることがわかって、わたしは泣きたくなった。パパもママも口には出さないものの、家族が宇宙船に無事乗りこむためには、わたしの手綱をしっかり握っていなければならないと思っている。このプロジェクトは、わたしの目のような「遺伝子疾患」を持つ人間を新しい星へ送るのを好まない。

　ここから見える限り、宇宙船の入り口から延びるスロープには七人の人が立っている。みな若く、濃い灰色のまったく同じジャンプスーツに身を包んでいる。肌の色は白から濃い褐色まで、さまざまであるのが頭部からかろうじてわかる。みんなこっちをきょろきょろ見ていると思ったら、ひとり、またひとりと、わたしたちといっしょに歩いてきた家族のほうへ近づいていく。

　うちの家族には、丸眼鏡をかけた若い男の人が歩みよってきた。手にしたタブレットに視線を落とし、うちのママににっこり笑いかけていう。「ペナ博士ですね？」

「はい。正しくはペーニャ。nの上にティルデがつきます。ラザーニャと同じ」

なるほど、というように男の人が笑みを見せた。「失礼しました、ペーニャ博士」タブレットの一部を押し、ビーッと音を鳴らすと、今度はパパのほうを向いていう。「そして……こちらもペーニャ博士」

　パパがうなずいた。

　丸眼鏡の若い男の人は、襟《えり》につけた小型マイクをタップして、その先端に向かって話しかける。「ペーニャ家――大人ふたりに、子どもふたり。はじめまして。ぼくはベンといいます。この船で子どもたちの世話を担当する世話人です」いい終わるとすぐ、あとについてくるよう、わたしたちに手で示す。「あわただしくてすみません。少々時間が押しているものですから」ベンは緊張した面持ちで、木立の外縁に張りめぐらされた柵のほうへ、ちらりと目をやった。わたしもそちらを見てみるが、自分たちが歩いてきた森以外に何も見えなかった。「さて、じゃあ行きますか」と、独り言のようにママはいったけれど、本当は、「ちゃんとついてきなさい」と、わたしに向かっていっているのだろう。

むらさき色の光が上から細く伸びてきて、回転しながらエントランスを照らしている。そこまでは、プレアデス社のコマーシャル通りだ。けれどその奥は暗く、青い光がかすかに差しているだけ。CMでは贅沢《ぜいたく》な宇宙船であることを謳《うた》っていたけれど、それを象徴する華やかな飾りはすべて消し去られている。わたしは目を左右に走らせる。こうすると視界が広がると、お医者さんが教えてくれた。光がふんだんにあるところでは、わたしの目はまだよく見える。でも日が落ちてくると、たとえ自宅にいても、足で探るようにして歩かないと、何かにつまずいたり、ハビエルのおもちゃを踏みつぶしたりしてしまう。網膜《もうまく》色素変性症というのが正式な病名で、トイレットペーパーの芯を目に当てて、そこから世界を覗いているように、視野が狭《せば》まる病気だ。年を取るにつれて悪化するらしい。

最後にもう一度、空を見ようと振りかえった拍子に誰かにぶつかった。「ごめんなさい」と謝ったけれど、ぶつかったのはドアノブだった。わたしはハビエルといっしょになって、くすくす笑った。

ママが、結んだ口の前で指を一本立て、首を横に振る。静かにしなきゃだめといっているのだ。わたしは目を閉じて、胸いっぱいに空気を吸った。地球の広々とした空の下で吸う、最後の空気。

エントランスを抜けて歩いていくと、やがて宇宙船の船倉に出た。暗がりに、きらきら光るカブトムシのような黒いシャトルがでんと控えていて、三百八十年後に始まる仕事に備えている。

金属のコンテナが何列も並んでいる様子は、倉庫の中みたいだった。ベンが先に立って、わたしたちをエレベーターのあるほうへ案内する。ちょうどいっしょに歩いてきた二家族が、たった今乗りこんでドアが閉まったところだった。次のエレベーターが到着するのを待つあいだ、ベンがすぐとなりの、点滅する青い光に照らされた鋼鉄のドアを手で示す。ラッチ部分は鍵のかかった透明なケースで覆われている。「食料と水質浄化剤を備えた備蓄倉庫です。セーガンに到着したらすぐつかえるよう、滅菌処理を施したのち密封してあります」それからベンは、何もない、がらんとした一角を指さして、ママとパパの顔を見た。「あそこが研究室になります」

パパが驚いて眉をつり上げた。

ベンは微笑《ほほえ》む。「現状ではそうは見えませんが、心配はいりません。これから組み立てて、博士たちが現地に到着したらすぐつかえるよう準備をしておきますので」そういって、わたしたちがさっき上がってきたスロープを指さす。「それと、あれはシャトルのドックに変わります」

やわらかな音が響いて、エレベーターのドアがひらいた。円筒形の全面ガラスでできたエレベーターだが、船倉にあたる階層では黒っぽい金属のチューブにすっぽり包まれて、外は何も見えないようになっている。ベンが六階のボタンを押すと、エレベーターのドアがスライドして閉じた。

暗色のチューブの中をぐんぐん上がっていく。息が詰まりそうだ。ハビエルがパパの腿《もも》をぎゅっとつかんだ。

ベンがハビエルに笑顔を向けて説明する。「もう大丈夫だよ。船倉からメイン・フロアまでが長いんだ。何しろ宇宙船の高さの二分の一を占めるからね」

ベンがそういったのと同時に、ビーンと音が鳴って、エレベーターが一階に到着したことを知らせた。船内の様子を見せるためか、各階にとまるようだ。金属の黒っぽいチューブは消えて、エレベーターのガラスの壁から、宇宙船の巨大な腹の内部が見える。

身を乗り出して覗いたとたん、めまいがした。社会科見学で行ったダラスにあるオリンピックスタジアム。あのときも、トンネルを出た瞬間、目の前に広大な競技場がひらけて頭がくらくらした。

ハビエルがパパの腿から手を放して、船倉を覗きこんだ。窓に両手をぴたりと押しつけて、「うわーっ！」と歓声をあげる。

気がつけば、わたしも息を呑んでいた。これは巨大なアトリウム。サッカー競技場六つ分ほどの広い敷地がそのまま広大な中庭になっている。

ビーン。エレベーターのチャイムが鳴って、二階に到着したことを知らせる。

何百もの部屋がサッカー競技場の観覧席のようにずらりと並んでいて、数階下にある緑の野原を見おろしている。巨大な中庭は下層フロアのほぼ全体を占めていて、広大な緑地に幾すじもの遊歩道が葉脈のように通っているのが見える。道沿いに点々と置かれたベンチやテーブルは、この高さから見るとまるでミニチュア細工のようだ。下までの距離は少なくとも十五メートルはあって、小道を照らすランタンがホタルのように光っている。

中庭の一階層上の外周には白線で仕切られた八本のコースが延びていて、陸上トラックのようだった。トラックの背後の壁から、トレーニングマシンやターコイズブルーの競技用プールが覗いている。

エレベーターは各フロアの四隅に設置され、遙《はる》か向こうのエレベーターで、点のような人間がガラスの箱といっしょに上下しているのが見える。またエレベーターのチャイムが鳴り、三階に到着してドアがひらいた。

「ぼくの部屋はすぐそこです」ベンはわたしたちの真向かいにあるドアを指さした。そこには同じドアがずらりと並んでいて、どの部屋にも中庭を見おろす窓がついているのがわかる。「ちょうど劇場の真上にあたります」そういって、ベンは下に広がる緑の野原に指をおろした。見ればそこにコロシアムのような円形の劇場があって、ステージとホロスクリーンが備わっている。どちらも見たことがないほど巨大だ。ここで上映する映画は、いったい誰が決めるんだろうと、ふとそんなことを思った。「カフェテリアです」メイン・フロアのまた別の一角を指さして、ベンがいう。

どこのショッピングモールにもありそうなフードコートのようなものが、中庭の裏の広々としたスペースに設けられていた。テーブルや椅子は壁に接合されていて、宇宙船と完全に一体化している。床から天井まである棚には、世話人たちが長年にわたって食いつなげるだけの食料がぎっしり詰めこんである。だけど水はどこにあるのだろう。三百八十年分の水をすべて貯蔵するだけのスペースが宇宙船内にあるわけがない。となると……、想像してちょっと気持ち悪くなった。ふつうのキッチンと同じなのは、壁に並んだマグナウェーブだけだ。

ビーン。四階に到着した。

ふいに自分がなぜここにいるのか思い出した。そのとたん、宇宙船の設備への興奮が消えて背すじが寒くなる。このすごい施設を、わたしたちがつかうようになるのは、着陸寸前のわずかな期間。それと引き換えに、どれだけのものを手放したのか。それを思ったら胸がずしんと重たくなった。おばあちゃんのキッチン。水に浸したトウモロコシの皮と青唐辛子の土っぽい匂い。

眼下に広がる宇宙船のカフェテリアにはマサ（トウモロコシの練り粉）やチリ・ベルデはまず置いてないだろう。となると、この宇宙船で生活するのは、どだいおばあちゃんには無理だったのかもしれない。皺《しわ》だらけの褐色の手が、マサをスプーンですくって、トウモロコシの皮にのせていく場面が目に浮かぶ。

涙がしたたり落ちる前に蒸発させようと、何度もまばたきをする。これは大きな間違いだ。そう感じている人間はわたしだけじゃないはず。いずれ神さまも気づいて、ハレー彗星《すいせい》……いやナグワルをドンと突っついて、正しい軌道にもどしてくれるだろう。

ビーン。五階だ。

涙に濡《ぬ》れた目が誰にも気づかれませんようにと祈りながら、上を見あげる。頭上から少なくとも三十メートル上に、巨大なスクリーンを二枚備えたドーム状の天井があった。まるで本物の空のように、雲が風をはらんで流れていく。LED電球を無数に並べた巨大な投光装置がフルスペクトル光を投げかけている。ママの温室と同じだ。

ベンがわたしのとなりに立って、同じように天井を見あげた。「あと二時間で夜空に変わります。地球にいるのと同じ気分が味わえますよ」

ベンはまた、下の中庭を指さした。「本物の植物だってあるんです」

「きれい」思わずもれた。

ママがわたしの頰にキスをしてきた。もうわだかまりはなくなったらしい。ママがわたしにそっと耳打ちする。「真ん中をよく見て」

わたしはゆっくりと、中庭の真ん中へ目を移す。玉石でつくられた円形の石垣が、中世のテーブルセンターのように立っている。その輪の真ん中に小さな木が生えていた。

「クリスマスツリー?」ハビエルがきいた。

ママがくすくす笑う。「ヒュペリオンよ」

あわててママを振りかえったら、鼻と鼻がぶつかった。思わず笑い声がもれた。ママったら興奮しすぎて、あり得ないことをいっている。いくらわたしの目が見えにくくなっているからって、そこまで節穴じゃない。あのひょろりとしたちっぽけな木が、世界一の大きさを誇る大樹であるはずがなかった。ヒュペリオンのある場所は秘匿《ひとく》されているものの、植物学者を親に持つ人間で、あの有名な木のことを知らない者はいない。ママは昔じかに見たこともあるといっていた。そのときには、木を抱きしめて泣いてしまったという。

ママに目を向けると、にっこり微笑んで、小さな木を愛《いと》しそうに眺めていた。作り笑いではない、本物の笑みを数日ぶりに見た。「ヒュペリオンそのものを、ここに持ってきたわけじゃないのよ。その苗木を入手することができたの」声が震えている。「多くの美しいものを地球に残して旅立つのは残念だけど、あれだけの強さとしなやかさを併せ持つ大樹の子孫とともに、新たな地へ向かうという事実には、大いに励まされるわ」そこでふっとため息をつく。「わたしたちが新たな星に到着しても、ヒュペリオンのおかあさんに比べれば、あの子はまだほんの赤ん坊でしかないんだけどね。あの苗木をふくめ、船内にある植物はすべて、徐々に栄養が放出される持続性肥料で成長がコントロールされているから枯れることはないの」さりげなく口にしたものの、その肥料はママが開発した画期的な土壌添加物だった。「心配は無用ってこと」そういって、ぎこちない笑い声をあげる。

ビーン。六階だ。

「すごい発明ですよね」ベンがにっこり笑った。「まさに画期的です」

ママはベンに小さくうなずいて見せた。スライドしてひらいたドアから、みんなは六階のフロアに踏み出す。

ほかの乗客の姿はない。迷路のように入り組んだ通路の、どこかひとつを進んでいったのだろう。わたしたち家族はベンのあとについて、トンネルのような場所に入った。このトンネルは、宇宙船の外縁部に最も近いところを通っているらしい。上り坂なうえに、照明も不十分なので、わたしは手すりにつかまって歩く。このまま歩いていけば、カマキリの左羽の付け根に行き着くわけだ。

「グエン博士をご存じですよね」ベンが話を続ける。「わたしの知り合いなんです。種子貯蔵室の管理者として、彼女は睡眠状態には入らず、この旅の最初の行程で植物の成長をずっと見守ります」

ママの笑顔が少しゆがんだ。その背をパパが励ますように叩く。「わたしの友人でもあるんです」とママがいった。「彼女に会ったら、わたしが感謝していたと、伝えてください。それと……」気まずそうな沈黙が広がった。

「もちろんです」とベン。「何か伝言があれば、それも伝えますよ」

ドアがあいている部屋が両側にある。覗いてみると、どちらにも、ベンと同じ灰色のジャンプスーツを着た人がいて、パネルの前に立って、ホロスクリーンに指をすべらせていた。

「こちらが十三歳以上の子どもの部屋です」ベンがいって、右手にひらいているドアを示した。

手前から突き当たりまで、部屋の中央に通路が延びていて、通路の中程から、左右のスペースに白い棺《ひつぎ》のような箱がずらりと並んでいる。蓋《ふた》はドーム状のガラスでできていて、同じものが少なくとも三十はある。ほとんど蓋が閉まっていて、中で蛍光性の液体が光っている。わたしたちが眠るポッドだ。

立ち去れず、ママの手をそっとほどいて部屋の中を覗きこんだ。

ポッドのひとつを前に、髪をきっちりおだんごにまとめた女の人がタブレットを手に立っている。わたしより年上のブロンドの息子を持つ家族が、女の人の説明をきいている。女の人がわたしに気づいて顔を上げ、額に皺を寄せた。まるで制御盤にたかったハエを見るような顔。ホロタックでタブレットを突っつくと、ドアがスライドしてぴしゃりと閉まった。

ベンがわたしに顔を近づけていう。「世話人のリーダーです。ずいぶんと仕事に厳しい人なんだ」

あの人じゃなくて、ベンがわたしたちの世話人でよかったと、ほっとした。

「ペーニャご夫妻は、のちほど宇宙船の前方右舷にご案内します。お子さんたちは、船尾。ちょうどその先の――」

パパが足をとめた。「待ってくれ、家族が離ればなれになるなんて、きいてない」

ベンが振りかえってパパと向き合った。いいにくそうに説明を始める。「しかし……これは規約でして」声を落として続ける。「お気持ちはお察しいたします。親御さんたちのポッドは船のちょうど反対側に用意されているんです」そういって、世話人のリーダーがいる部屋のほうをちらっと振りかえった。「命令でしてね。効率的にお世話ができるよう、年齢ごとに分けて入れていくようにと」

分けて入れていく？　まるで卵をカートンに詰めていくみたい。鼻の奥と目がチクチク痛いのは、船内の空気が強い薬剤で過剰に殺菌されているせいだろう。

パパとママが目を見交わした。どちらも心配そうだ。ママがパパの腕を力強く握った。「大丈夫よ、あなた」

パパはママのおでこにさっとキスをする。ハビエルの顔を見たら、パパと同じように強ばっていた。わたしは弟の腕をつかんで、おでこにキスをしてやった。「大丈夫よ、あなた」ママの声を真似していった。

ハビエルが笑顔になって、わたしに身を押しつけてきた。

先へ進んでくれと、パパにうながされて、ベンがほっとした顔になった。

また別のひらいたドアの奥にベンが入っていき、わたしとハビエルを振りかえった。「さあ、着きました。ここが六歳から十二歳までが眠る子ども部屋です」

5

「子ども」部屋の照明は、船内のほかの場所に比べて暗い。ポッドが六個ずつ、三列に並ぶ様子は、まさに……カートンに入った卵だ。七つを除いて、あとはすべて人が入っている。ぼうっと光る緑の液体の真ん中に、黒い人影が浮かんでいる。おばあちゃんが子ども時代を過ごしたメキシコのトゥルムにマングローブの育つ海があったのを思い出す。地球で最も平和な場所といわれるトゥルムだったけど、水面近くをすべるように動く黒い影に、足の指を一、二本食いちぎられるんじゃないかと、わたしはいつも思っていた。

ハビエルがわたしのウエストをつかんだ。

ベンが腰を曲げ、ハビエルと目を合わせていう。「ちょっと怖い感じがするよね。でも、ぼくがそばにいられるあいだは、ずっとふたりのお世話をするから安心して」

ベンはからっぽのポッドのバネ式錠をひねった。シューッと空気の抜ける音がして、蓋《ふた》が勢いよくあいた。「ほら、横になっているうちに病気を見つけてくれるスキャナーが病院にあるだろう。あれと同じだよ」

「じゃあ、お兄さんたちは誰がポッドに入れてくれるの？」ハビエルがポッドを指さしてベンにきく。

ママがハビエルの頭のうしろから腕をまわして、あわてて口をふさいだ。「ごめんなさい。この子わかっていなくて」

　ベンがまた腰を曲げて、ハビエルの目を覗きこんでいう。「ぼくらには仕事があるんだ。とびっきりかっこいい仕事がね。だからこの宇宙船の中で一生を過ごす。ここがどんなにすごいところか、きみも見てわかっただろう？」

　ハビエルはこくりとうなずいた。

　ベンのいうことは当たってる。地球に残って死ぬよりも、ここで暮らすほうがずっといい。それでもこの宇宙船の中庭では、雨上がりの砂漠で咲く花の匂いはかげない。天井に備わった巨大スクリーンに地球の昼と夜を模した映像が流れるものの、空を切り裂く稲光《いなびかり》や耳をつんざく雷鳴は経験できない。ベンが宇宙の闇をいくら覗きこんでも、地球で目にするサングレ・デ・クリスト山脈を染めるオレンジや赤の光は見えない。

　ベンが言葉を続ける。「ぼくはね、一機目の宇宙船に乗った人たちが眠りにつくのも手伝ったんだよ。家を建てる人たちや、畑で作物をつくる人たち、それにたくさんの子どもたち。彼らが先に到着する予定で、準備をして待っている。この宇宙船が新しい星にもたらすものを――そこでベンは、ハビエルのおでこを軽く指で叩いた――つまり、科学だ」

　来る途中に目にした、もう一機の宇宙船のことを考える。あちらには子どもはどれぐらい乗りこんだのだろう。わたしたちと同じように、宇宙を親と旅する子どもが、どのぐらいいるんだろう。

　ベンがママに、睡眠時に着用する服が入っているビニール袋を手渡して、更衣室との仕切りをあけた。ママがハビエルの着替えを手伝っているあいだ、ベンはパパをポッドのすぐそばまで連れていき、声を落として説明を始めた。今日一日、まったく同じ話をもう何百回も繰り返しているかのような口調だった。「エン・コグニートは、インストール可能な知の体系で、インストールの際に人体組織と大脳を瞬時に眠らせます。その後、ポッドに常時満たされる特別なジェルが老化した細胞や老廃物を除去しつつ、人体組織を半永久的に維持します。このジェルは、長期にわたる機能停止状態を問題なく維持できるよう、栄養と酸素と水分を人体に持続的に補給するだけでなく、ジェルにふくまれる局部麻酔薬リドカインが神経終末を麻痺《まひ》させるので、目覚めたときも、体温より低いジェルの温度を快適に感じられます」

パパが深く息を吸った。「よくわかった。ありがとう」

すると、ベンがふつうの声にもどり、素早く話題を変えた。「それと」タブレットに視線を落としていう。「ハビエルとペトラのエン・コグニートも用意できています。ペトラは植物学と地質学に重きを置いたカリキュラムでしたね」

「ええ、そうです」パパがいって、わたしに親指を立てて見せる。

親の趣味を押しつけられた子どもは、あきれ顔を返すしかない。それでも今回は退屈な講義を「聴く」必要はないのだからありがたい。エン・コグニートのシステムが、わたしたちを眠らせると同時に、知識を直接脳内に埋めこんでくれるからだ。セーガンに到着したときには、植物学においてはママに、地質学においてはパパに、まったくひけをとらない専門家になっているはずだった。でもわたしが楽しみにしているのは、そういう知識が自分に備わることじゃない。それといっしょにインストールされる、幾千の民間伝承や神話のほうだ。それがあれば、おばあちゃんの語ってくれた物語とあわせて、わたしは植物学者や地質学者ではなく、語り部になるべきだとパパやママを説得することができる。ただし、おばあちゃんにいわれたように、立派な語り部になるには、単に右から左へ物語をそらんじて見せるのではなく、物語を自分のものにして語る必要がある。

ハビエルが身体にぴったり貼り付く黒い半ズボンをはいて出てきた。まるでこれから海へ泳ぎに行くみたい。ハビエルの服と、お気に入りの本を入れたビニール袋をママがベンに渡すと、パパがハビエルを抱きあげて、胸にぎゅっと抱きしめた。

パパの腕の中に収まったハビエルは、ママに背中をさすられながら、蓋のあいたポッドをまじまじと見つめている。

「おうちに帰りたい」ハビエルが哀れっぽい声でいう。「ぼく、おうちに帰っていいでしょ？」

ママがパパの腕からハビエルをそっと抱き取る。「ちょっとお昼寝をするだけよ」

ハビエルが、ごくりごくりと何度も唾《つば》を飲む。そうでもしないと、今にも大声で泣きだしてしまうのだろう。ママがハビエルをポッドの中に優しく入れる。入れたあとも、まだ両手で身体を包んでいる。

これから何百年もの長い眠りに入る前に、弟の最後の記憶を素晴らしいものとして取っておきたい。ハビエルの前に膝をついて、ほっぺたとほっぺたをくっつける。目を閉じて、燃やしたマツの煙がニューメキシコの空を流れていく中、おばあちゃんに手を握られている自分を想像する。それと同じように、わたしはハビエルの手を握った。目をあけて、ハビエルの左手の親指と人差し指のあいだに点々と散らばる、星座のようなほくろを指でこすってやると、ハビエルがほんのり笑った。おばあちゃんといっしょに過ごした最後の夜に、おばあちゃんが語ってくれた話をハビエルにもしてやろう。あれを聴いたら、嘘のように気分が落ち着いた。おばあちゃんと同じ優しい口調で、わたしはできるだけゆっくり語りだした。「空に散らばるお星様は全部、人々の願いごと。おばあちゃんたち、おかあさんたち、おねえちゃんたちが……」

　わたしの耳もとでハビエルがくすんと鼻を鳴らした。

「……愛する子どもたちのために、願いを叶えてくださいと祈りを捧げた証《あか》しなの。だから、どの星にも希望がぎっしり詰まっているの」わたしは背を起こし、空があるほうを指さした。

「イ・クワンタス・エストレリャス・アイ・エン・エル・シエロ？」

「空にお星様が、いくつあるかって？」わたしのスペイン語の質問を英語にして繰り返すと、ハビエルは目をぱっとあけて、天井をまじまじと見あげた。夜空を想像しているようだった。「わかんないよ」

　わたしは顔を近寄せて、ハビエルの耳にそっとささやいた。「シンクエンタ（五十）？」

「えっ、たったの五十？」冗談でしょというように、ハビエルがにやっと笑った。頭の中には、幾千万の星が浮かんでいるに違いない。

「それとも、シン（無）・クエンタ（数）？」わたしはにっこり笑って、おばあちゃんがやるように、ハビエルの頭をなでた。

「そっか、シン・クエンタだ。無数に、数え切れないほどあるってことだね」ハビエルがいった。

　おばあちゃんのなぞなぞが解けたようだ。

　わたしも、おばあちゃんみたいに語れただろうか？　ハビエルの手は今、わたしがおばあちゃんに握られていたときのように、わたしの手の中で落ち着いているだろうか？　話の続きが思い出せない。おばあちゃんのお話の結び方は……いつもすごく安心できるものだった。えーっと、どうだったかな？　「空に散らばる無数の星は、わたしたちを見守っている。死んだご先祖様たちの祈りが――」

ハビエルの上体がビクンと跳ね上がった。目を大きく見ひらいている。「星ってみんな、死んだご先祖様なの？」

「違うよ、ハビエル。そうじゃなくて――」

「幽霊みたいなもの？　宇宙に幽霊がいるの？」ポッドの側面をつかんで起き上がろうとする。

「ママ。お願い。ぼくおうちに帰りたい」

思ったようにはいかなかった。「そうじゃないよ、ハビエル」なんとかいい繕《つくろ》おうとするものの、もう遅い。ハビエルは今にもわんわん泣きだしそうだった。

そこへベンが口をはさんだ。「ペーニャ博士。すみませんが時間が迫っています」

怖い夢を見たときと同じように、ママがハビエルの頭をなでて落ち着かせようとする。「ええ、わかっています」ママはハビエルをポッドに寝かせてから、わたしのほうを振りかえった。顔をしかめると目尻の皺《しわ》がいっそう深く刻まれる。「ちょっとペトラ、何もこんなときにお話を語ってきかせなくたっていいでしょ」

ママの言葉が、胃にずしりと響いた。

ハビエルのあごが小刻みに震える。「おうちに帰りたいよう」

たぶん両親がいつもいっていることが正しいのだろう。わたしもふたりのように植物や岩石のことだけ勉強していればいい。人にお話を語ってきかせるなんて、「ヴァンタジイの世界で生きる」ようなもので、「現実から目をそむけて」いるだけなのだ。

「ねえハビエル、わたしたちはこれから、新しいおうちに向かうんだよ」なんとか挽回しようと、自分がそうであってほしいと願っていることを弟にいってみる。「セーガンでも、走ったり遊んだり、これまでずっとやってきたことができるんだから」ハビエルがうなずいた。精いっぱいのつくり笑顔が痛々しい。

パパがわたしの背中をポンポンと叩いた。

わたしも笑顔をつくるものの、これはもう挽回不能だとわかった。語り上手のおばあちゃんの秘密は何？　わたしは逆立ちしても、おばあちゃんのような素晴らしい語り部にはなれない。

「よろしいですか？」ベンがそっとママにいう。

ママは意を決したようにうなずいた。目に涙がたまっている。

ベンがボタンを押すと、ストラップがすべり出てきて、ハビエルの身体をしっかり固定した。わたしの肩に置かれたパパの手が重く感じられる。その手が、わたしの肩を軽くつかんだ。大丈夫だよと、安心させるときにいつもする仕草だ。

「ママ、帰りたいよう」ハビエルが懇願する。体をもぞもぞさせるものの、ストラップで固定されているので、ほとんど動けない。

ベンがビニールの手袋をはめた。〈エン・コグニート小児用――インストール可〉と、側面に大きく印字されている金属の箱をあける。箱の中には「コグ」と呼ばれる、きらきら光る銀色の球体が並んでいる。そのうちのひとつをベンはつまみあげ、アイスクリームをすくうときにつかうディッシャーのミニチュア版みたいなものにセットする。持ち手についているボタンを押すと、コグがむらさき色にぼうっと光った。

ママの頬に涙が一筋流れる。ハビエルよりも甲高《かんだか》い声で、ママがいう。「大丈夫よ、ハビエル。何も心配することはないから。しっかりね」

ハビエルの体がぷるぷる震え、頬に涙が広がる。わたしはその手を力いっぱい握り、ほくろに親指をずっと押し当てている。

「あと少しです」ベンが穏やかにいう。アイスクリームのディッシャーのようなインストーラーをつかって、むらさき色に発光するコグをハビエルの首の付け根にすべらせ、正しい位置で固定する。「残り数秒」

ハビエルが目をぎゅっとつぶった。

わたしが身を乗り出すと、ハビエルのまぶたがピクピクしてあき、一瞬だけ、わたしと目が合った。さらに身を乗り出し、「目が覚めたら、会おうね」と耳もとでささやく。

ハビエルがクスンと鼻を鳴らし、甲高い声でいう。「目が覚めたら――」言葉が途切れ、次の瞬間、全身から力が抜けたようにぐったりして、呼吸がとまったとわかる。

もう動かない手を放し、立ち上がってパパの胸に倒れこむ。わたしとパパの体にママが腕をまわしてすっぽり包みこむ。わたしはパパのシャツで涙をふきながら、泣いているのをパパ以外に気づかれませんようにと祈った。

スピーカーから女性のなめらかな声が流れてきた。〈第七睡眠ポッド充填《じゅうてん》開始〉

わたしはハビエルのポッドから目をそむけた。ほかの子どもたちも、それぞれのポッドで安らかに眠りについているのは知っている。でもその子たちはわたしの弟じゃない。ついさっきまでしゃべっていたのが嘘のようだ。

パパのシャツに顔をうめていると、ハビエルのポッドの蓋が閉まる音して、その残響がいつまでも消えない。

「急がせてしまって申し訳ないのですが……」ベンがいう。

「わかっています」とパパがいって、わたしの手を引いて、まだいくつか残っているからっぽのポッドの前へ連れていく。

わたしはもう一度パパのシャツで涙をふいてから、顔を上げた。

ベンがゆっくり動いて、わたしの正面に立った。しばらくすると、首をかしげて、何やら困った顔になった。

ママがゴホンとせきばらいをし、わたしに向かって目を大きく見ひらく。わたし、何かまずいことをした？　焦りを見せないようにしながら、急いで視線を下へ移すと、ハビエルに渡したのと同じビニール袋を、ベンがわたしに差しだしていた。見えていなかった。

「着替えですが？」とベン。

受け取ろうと伸ばした手が震えた。「ありがとう」

ベンがわたしの両親にちらりと視線を向けた。気づかれた？　誰も何もいわない。

「ペトラ？」ベンがわたしの目をまっすぐ見ていう。「見えなかった？」

わたしはくちびるを噛み、うなだれた。ちらっと目を上げると、パパが弱々しい笑みを返してきて、それからすぐ横を向いた。まずいことになったみたい。わたしが何もかも台無しにした。

着替えの入ったビニール袋を床に落とし、絶望の目をベンに向ける。

そんなわたしを守ろうとするかのように、ママがわたしの前に腕を突き出したのがわかる。ベンが袋を拾い上げて、わたしに寄越した。「ペトラの着替えを済ませましょう」そういって、わたしの両親に向かってうなずいて見せる。

ママが一瞬しゃっくりのような声を出し、それからすぐ「ありがとう」とベンにいった。

ベンの視線が窓の外に向いたのにわたしは気づいた。また森のほうを確認している。「急がないといけません」

わたしは仕切りの向こうへ歩いていって、袋をひらいた。衣類のあいだに競泳の選手がかぶるような白に近い銀色のキャップがはさまれている。ぼさぼさの髪をこの中に全部押しこんだら、わたしは茶色の綿棒そっくりだ。

くだらないことを考えるんじゃないと、自分を叱る。こんなときに見てくれを気にする必要がどこにある？

着ているものを床に落とし、ショートパンツをはく。するりと入って、腿《もも》に貼り付いてとまった。最後にもう一度、ぐいっとひっぱりあげながら、目覚めたときには風船でつくった動物みたいに、布で覆われていない部分がぱんぱんにふくれあがっているんじゃないかと思う。着替えを手伝おうとママが飛びこんでくる前に、タンクトップも頭からかぶって急いで着る。

脱いだズボンのポケットから、おばあちゃんにもらったペンダントをひっぱりだして手に握る。太陽から放射状に伸びる銀の光の先が、手のひらにつきささった。足の裏に冷たいタイルを感じながら外へ出ていく。

黒曜石《こくようせき》の入ったペンダントをベンに渡すときには手が震えた。「これ、絶対になくしちゃいけないんです」身体の中で自分をしゃんとひっぱりあげていた糸が切れて、何もかもがぐずぐずになってしまったような感じがする。

ベンが一歩前に踏み出して、わたしの手からペンダントを受け取った。おばあちゃんとわたしをつなぐ魔法の絆《きずな》を大切そうにビニールの袋にしまう。「目覚めたときには、ここにちゃんと入ってるからね」そういって、にっこり笑う。

浅い呼吸しかできないでいると、ママに抱きしめられた。ママの乱れた呼吸が耳にくすぐったい。

頬にキスをされた。「心から愛してる」

わたしもママを抱き返したけれど、喉《のど》にこみあげてくるものがあって、〝わたしはそれ以上に、もっとママを愛している〟と口にすることができない。ふたりで、パパとベンが待っているポッドのほうへ歩いていく。

「お約束します」ベンがわたしの両親にいいながら、また窓のほうをちらっと見た。「お子さんたちが新しい星に無事到着できるよう、最善を尽くします」

ベンに感謝の言葉を伝えたかったけれど、言葉にしてしまうと、わたしたちの関係のおかしさが際立ってしまう気がした。何しろベンは、自分の一生を賭けて、わたしたちの子守をするのだから。ポッドに入るわたしにパパが手を貸し、おでこにキスをした。わたしはポッドの中に横たわり、皮膚のひきつれなど出ないように、頭から爪先までしっかり伸ばした。ハビエルと同じように、全身が震え、それをとめることができない。

ママがわたしのおでこに手を当て、パパが横に立ってわたしの手を握った。

ベンが新しい手袋をつけて、箱の中からコグをひとつつまみあげた。それをインストーラーにセットしてボタンを押す。むらさき色にぼうっと光りだした。「重点科目の〈植物学〉と〈地質学〉、間違いなくそろっています」

「選択科目は?」わたしはきいた。

ベンの額に皺が寄った。「選択科目?」

嫌な寒気を感じた。「ママ?」

ママがベンに向き直った。「ペトラには、選択科目として、〈世界の神話と伝承〉もお願いしてあります。もうすぐ十三歳になるので」

タブレットの上で指をすべらせていたベンが首を横に振った。「残念ですが、ありません。カリキュラムに関しては、最終決定権は世話人のリーダーが持っているんです」

髪をきっちりおだんごにまとめていた、怒りっぽい女の人の顔が浮かんだ。どうして、わたしの選択した科目を許可しなかったんだろう? 悪意を感じて背すじがチクチクした。わたしには物語が必要なのに。それなしで、どうして立派な語り部になれる? 泣き声に近い言葉が口からもれた。「お願い――」

ベンがわたしに弱々しい笑みを見せた。「物語はぼくも好きなんだ」そういって、部屋の隅に置いてある机のほうをあごで指した。「この宇宙船にある、ほかの何よりも貴重なものだよね」

はっきりとは見えないけれど、机の上にリブレックスがいくつも重ねて置いてあるようだった。あれひとつに、数千のホロスクリプトが保存できる。「ぼくから世話人のリーダーに話をして、なんとかできないか――」

「ベン！」パパが話をさえぎって、窓のほうへ駆けていった。

ベンはインストーラーを置いた。目を大きく見ひらいて、パパに続いてゆっくり歩いていく。

「もう少し時間があると思っていたんですが」

パパは窓に顔を寄せて深いため息をついている。

「いったい何が起きているの？」とうとうママもわたしに背を向け、パパたちにきいた。

わたしはポッドの中で上体を起こすものの、パパたちが見ているものを見ることはできない。

立ち上がってポッドから出て、窓のほうへ歩いていく。パパはわたしに見せまいとしたけれど、森から黒っぽい影がどっと走り出てきて、群れを成して宇宙船に突進してくるのが見えた。その多くが、手に何か持っている。森林警備員の詰め所から庭仕事の道具を持ってきたのでないことは、わたしにもよくわかる。

窓の近くで、ドーンという大きな音が響き渡った。ママがとなりに立って、またわたしの手を握る。

船内の各所に備えられた大きなスピーカーから、感情のない声がやわらかく響いた。「中央エントランスを閉鎖します」

「えっ？」ママの手から汗が噴き出した。「もう？」

「予定が早まりました。急いでください」ベンがいい、あれを見てくださいというように、頭をさっと動かした。詰め物をした椅子がひとつ、壁にボルトで留めてある。「このセクターには、一部屋にひとつずつしか補助座席がないんです」

パパがわたしの手を引いてもどらせ、両親そろって大急ぎでポッドの中に寝かせる。どちらも必死な目をしている。

ベンが飛んできて、インストーラーに入ったコグを大急ぎで再度アクティベートさせる。消えかかっていたむらさき色の光がまた光量を増した。

ハビエルのときと同じように、すべりだしてきたストラップが、頭、胴体、足をしっかり固定した。

「大丈夫ですか?」ベンがいう。

わたしは大きく息を吐いただけで、何もいわない。くちびるが震えないようにするだけで精いっぱいだった。悔しさに、頬の内側をぎゅっと噛んだ。たくさんの物語をインストールしてもらうという望みが、これで断たれた。わたしはこれまでと同じように、平凡な人間のまま。涙が一粒、頬をしたたり落ちた。

ベンがわたしの首の付け根にコグをすべらせる。背骨のてっぺんと頭蓋《ずがい》のあいだのくぼみにそれが落ち着いた。

呼吸に意識を集中し、ゆっくり吸って、ゆっくり吐くことを繰り返しながら、心を落ち着かせるのに一番効き目のある物語を思い浮かべる。わたしたちの先祖である、たくさんのおばあちゃんやおかあさんの願いが結晶して、空に散らばる無数の星になった……。

「エン・コグニートのコグは、拒絶反応を起こさずに生体組織と合体します」ベンがいっている。

「ですから、何も感じません」

そんなことはない。ぎざぎざの石みたいなものが皮膚をえぐる感触があった。すみやかに終わらせるためには、じっとしていないといけない。唾をゴクリと飲み、それが完全に皮膚の中に収まって、眠りが訪れるのを待っている。

　ベンが手を引いた。ブシュッと吹き出物を潰したような感触とともに、皮膚の真下にコグがもぐりこんだのがわかった。ふいに、動くことも、息をすることも、しゃべることも、まばたきすることもできなくなった。コグの一部が稼働しだしたのだ。

　けれど、何かがおかしい。すぐに眠りが訪れるはずなのに、目は大きくひらいたまま、まだ見えるし、音もきこえる。

　叫んでみる。声が出ない。

　ベンがポッドのスクリーンをスワイプし、システムが応答する。〈第十二睡眠ポッド充塡開始〉

――ヒアリに嚙まれたような痛みが皮膚全体に広がったと思ったら、冷たいジェルがどっと流れて体を覆い、耳の中にも入ってきた。

　ジェルが舌の上を流れて喉の奥へすべりこんでいく。数秒後には、全身のあらゆる部分がジェルに覆われて、何も感じなくなった。

　目の端にジェルが当たったと思った瞬間、視界がぼうっと光る緑に変わった。

　ゆがんでいるけれど、ベンの声がまだきこえる。きっとこれは誤作動だ。こんなところに閉じこめられているなんて。外で宇宙船を攻撃している人たちといっしょにいたほうがましだ。この状況を乗り切るために、唯一わたしにできること。おばあちゃんがわたしのために、祈ってくれた言葉を思い出す。

　エストレリャス・シン・クエンタ（無数の星々）……。

「どうしてペトラは、わたしをじっと見ているの？」ママが震える声でいっている。

エストレリャス・シン・クエンタ……。

「異常ではありません。すでに眠りについているんです」

エストレリャス・シン・クエンタ……。

ベンが身を乗り出し、手袋をはめた手で、わたしのまぶたを閉じた。

6

悪夢のような経験をしたことがある。目は覚めているのに動けない。睡眠麻痺《まひ》という現象だとママはいった。おばあちゃんは、「スビルセレ・エル・ムエルト。つまり死人が身体の上にあがっているんだ」といった。

おばあちゃんの表現がぴったりだと思った。

もし今、手を動かすことができたら、ポッドを叩いてベンの注意をひきつけられる。コグの機能が正常に働いていないと気づくだろう。けれど、どんなに頑張っても、手はわずかも動かない。体の上に死体がのっかっているみたいに。

「ペーニャご夫妻、急がせてしまって申し訳ありません」ベンがいっている。「おふたりを世話人のところへお連れします。身体を固定できる補助椅子がここにはないんです。急いでポッドに入っていただかないと」

ママの声が途切れ途切れに、くぐもってきこえてくる。パパの胸に顔を押しつけているのだろう。

「子どもたちは心配ないよ」とパパ。

遠ざかっていくふたりの足音がきこえる。ママのすすり泣く声といっしょに。

待って！　置いていかないで！

眠ることができないのなら、ずっとこのまま……。いや、こういったものには万一のために、何か安全装置がついているはず。

ドーンという音。まただ。宇宙船が攻撃にさらされているというのに、わたしに注意を払う人がどこにいるだろう。

すでに泣きだしていると自分でもわかるのに、コグとジェルの作用で、涙はいっこうに流れていかない。

絶望して、空想に身をゆだねる。サンタフェの空の下、おばあちゃんといっしょに身を丸めて、シナモン入りのホットチョコレートを飲んでいる。おばあちゃんはあったかい手でわたしの髪をなでながら、子守歌をそっと口ずさむ。

アロロ・ミ・ニーニャ（お眠りなさい、わたしの娘）
アロロ・ミ・ソル（お眠りなさい、わたしのぼうや）
アロロ・ペダソ（お眠りなさい、少しでも）
デ・ミ・コラソン（わたしの心をこめた、この歌をききながら）

まるですぐそこにおばあちゃんがいるみたいに、子守歌が耳にやわらかく響く。

バタバタと足音がして、ベンがもどってきたのだとわかる。それといっしょに、もう少し小さな足音も。ベンは忙しく作業をしているようだ。「きみが最後だよ、ズーマ」

あの子だ。ユニコーンの角がパーカーのフードから飛びだしていた女の子。

「わかってる」女の子の声は震えている。「急がなきゃいけないって、ママがいってた」

「そうなんだ。ママがここにいなくて申し訳ない。緊急事態なんだ」ベンがそういったそばから、またドーンと大きな音が響いた。

「一応いっとくけど、あたしは怖くないから」とスーマ。

「わかってる。でも一応いっとくけど、怖がってもいいんだよ。怖いなら」

「参考までにいっとくけど、あたしはサルファ剤のアレルギー持ちで、もしそのジェルにサルファ剤がふくまれていると身体が爆発する。でも、怖がらなくていいよ。怖そうだと思っても」声こそ震えているものの、精いっぱい気を張っているのがわかる。

ベンが笑い声をもらした。こんな状況でなかったら、わたしとスーマとは友だちになれそうだ。

一瞬の静寂のあと、ベンがいう。「いいかい？　十からカウントダウンだ」

「十」スーマの激しい息づかいがきこえ、過呼吸になっているとわかる。

「……九」

「そうだよ、スーマ。もう少しで眠りが――」

スーマの過呼吸がいきなりとまった。

〈第十一睡眠ポッド充塡《じゅうてん》開始〉

ジェルが噴き出してくる音。わたしのポッドのすぐとなりだ！　ベンが気づくに違いない！

わたしがまだ起きているって！　今にポッドの蓋《ふた》がそっとあけられる……と思ったら、いきなり激しい揺れが来た。

〈発射の準備をしてください〉コンピューターの音声が流れてきた。〈発射九十秒前〉

通路から荒々しい足音が響いてくる。「間に合ったわ、ベン。宇宙船に乗れた乗客全員、睡眠状態に入った」この声は世話人のリーダーだ。

間に合ったときいてほっとしたのも束の間、胸がもやもやしてきた。宇宙船に乗ろうとして乗れなかった人たちは、いったいどのくらいいるのだろう。

「三機目はどうしました？」ベンが世話人のリーダーにきいている。

「運が味方してくれれば、この宇宙船はあと九十秒以内に地球を脱出できる。まさに間一髪。武器を手にした人たちが発射基地を占拠しているの」

「スクリーン・オン」ベンが震える声で命じた。「宇宙船三号機の映像を」

「そんなことをしている暇はない」とリーダー。

「自分の弟が乗っているんです――」ベンが懇願するようにいう。

外の通路から、さらに大きな音と荒々しい足音がきこえてくる。

〈発射六十秒前〉

「行かないと」リーダーの声が外の通路へ反響した。ドアが閉まり、騒々しい音が消えた。

「くそっ、くそっ、なんてことだ」ベンが悪態をつく。「小児ポッド密封確認！」

長いビープ音が、あらゆる雑音をかき消した。〈確認しました。発射のための密封完了。発射四十秒前〉洗濯機がまわるような低い持続音がどんどん大きくなっていき、耳の鼓膜が破れそうになる。〈発射三十秒前〉シューッという空気の音もどんどん大きくなる。

あたりいっぱいに反響するガンガンいう音。誰かが外からシャトルポートを殴打しているみたいだった。

残された人たちだ。きっと絶望しているに違いない。

「睡眠室の施錠確認」ベンがいう。

ビーッ。〈確認しました。発射に向けて施錠が完了し、フライトモードに入りました〉

からっぽのまま無駄になったポッドがあった。もし一時間早く宇宙船への攻撃が始まっていたら、わたしたちのポッドも無駄になっていた。

指一本でも動かせたら、ベンに助けてもらえる。何かおかしいと気づくはずだ。一度出してもらって、地球を無事脱出してから、改めてちゃんと眠りにつかせてもらおう。

ベンのくぐもった声が、頭のすぐそばできこえる。「バイタル低下。脳の機能に損傷なし」

わたしの脳が、口に叫べと命令する。違う！　助けて！　相変わらず声は出ない。

〈了解。発射二十秒前。世話人は離陸に備えてください〉

それに応えるように、部屋の隅からベルトを引き出してカチッと留める音がきこえた。ベンがシートベルトを締めたらしい。これで完全に望みは消えた。

ベンがスピーカーに向かって何かいっている。声が小さくてききとれない。祈りを捧げている？　宇宙船がガタガタと小刻みに揺れだし、反重力ホバーに入ったのだとわかる。

続いて、百万本のフォークでセラミックの皿をひっかいているような甲高《かんだか》い音が響き渡った。脅《おび》えたネズミの群れのように森から飛びだしてきた群衆が、宇宙船に乗りこもうと必死に船体をひっかいているのだろう。わたしにできるなら、全員乗せてあげたい。群衆の中にはきっと、あの赤ん坊を託そうとしていた母親もいるのだろう。

宇宙船が喉《のど》の奥から絞り出すように、電子音のうめき声をもらした。その音が徐々に高くなっ

ていく。〈発射十秒前〉

耳の奥がズキンズキンと痛いほどに脈動する。

〈九、八、七、六、五、四……〉

ガクンという大きな揺れ。小型ロケットエンジンが稼働し始めたのだ。〈三、二……〉身体がポッドの内壁に強くぶつかった気がするものの、麻痺しているのか、痛みは感じない。

クーガーの吠え声に似た爆音が、コンピューター音声のカウントダウンをかき消した。ナイフやフォークの入った引き出しを激しく揺すっているような、金属のぶつかり合う音がいつまでも続いている。それがようやくとまり、ブーンという快い音に変わった。エンジンの回転が安定したのだ。〈重力シェル、アクティベート〉コンピューター音声が伝えた。宇宙船は大気圏中最も高い外気圏を越えたのだ。

ベンが安全ベルトをはずす音がした。さっきまでのやかましい混乱が嘘のように、船内は不気味に静まって、ブーンという音だけが続いている。ベンが何かぶつぶついいながら、室内を行ったり来たりしているのが、足音でわかる。

しばらくして、世話人のリーダーがもどってきた。「進行は予定通り」ベンに告げる。「あとはもう……時間任せね」

ベンがゴホンとせきばらいをした。「三号機から、何か連絡は?」

「残念ね。本当に。あちらには、あなたの弟アイザックが……」間があいた。「でもね、ベン、わたしたちには仲間がいる」

少しの間のあと、リーダーの口調ががらりと変わった。「第三号機は消失……」そこでため息をひとつ。「それにより任務に変更が生じるという話が出ている」

一瞬、無音になった。それからベンの鋭い声が響いた。「えっ？　いったい何をおっしゃっているのですか？」

「政治家も大統領もいなくなった今こそ、新しく始めるチャンス。考えをひとつに」ゴホンとせきばらいをしてリーダーは続ける。「ここからわたしたちは、新たな歴史をつくることができる」

7

ほぼ丸一日、室内をせかせか歩くベンの動向に耳をすましている。ぶつぶつと独り言をいっていたかと思うと、次は泣いている。ガサゴソと何かをいじくりまわしていると思ったら、そのうちいびきがきこえてきた。わたしのほうは、いっこうに眠れない。数百年後に、わたしのポッドをひらいた人は、バブバブいいながら口の端から緑のよだれを垂らす女の子を発見するかもしれない。ずっと眠らずにいれば、わたしの身体は老化し続けるのだろうか？　頭の中が真っ白になって、両親のことさえ忘れてしまう？

世話人のリーダーの言葉が気になってしょうがない。「考えをひとつに」とか「新たな歴史をつくる」とか。これと同じ言葉をどこで耳にしたか、わたしは忘れていない。それをきいて両親が不安になっていたことも。わたしはあのとき、パパが口にした言葉のほうに不安を覚えたのだった。

「彼らが望む世界自体は、そんなに恐ろしいものじゃない。問題は、それを実現するために、彼らがどんな手をつかうかだ」――その〝彼ら〟が、この宇宙船に乗っている。

そろそろベンも寝る時間だろうと思ったとき、「ピン！」という音が響いた。リブレックスをひらいたんだと、すぐにわかった。〈お好きなホロスクリプトをお選びください〉

するとベンが穏やかな声でいった。「そもそもの始まりからスタートするのが良さそうだ。人類最古の記録された物語、『ギルガメシュ叙事詩』を頼む」ベンがすわっている椅子の脚が床にこすれる音がする。「古代シュメール語で伝えられた世界最古の物語として、高い価値が認められている。しかしぼくにいわせれば、物語はすべて価値がある。どの物語が自分の心に触れてくるか、それは読み手や聞き手が決めることだ」

どうしてまだベンがここにいる必要があるの？　この部屋の子どもたちはポッドに入って寝ているだけ。今日の仕事は終わったのだから、ほかの世話人たちと外に遊びに行けばいいのに。きっとまだすることが残っているのかもしれない。あるいは、ベンには何か理由があって、ほかの世話人たちとは距離を置いているのだろうか。

ベンが今どんな気持ちでいるのか、想像してみる。わたしにはまだ両親とハビエルがいる。もしハビエルが別の宇宙船に乗っていたら？　そう思った瞬間、セーガンに着いたら何があっても、もう二度とハビエルと離れないと心に決めた。

神々の息子であり、偉大な王かつ戦士でもあるギルガメシュの物語をベンは声に出して読み始めた。わたしには見えないけれど、ホロスクリプトで表示された戦闘シーンを読んでいるのだろう。頭の中に、雄牛のような身体をしたエンキドゥが亡霊のように浮かび上がる。エンキドゥとギルガメシュは激しくぶつかりあい、室内に並べて置いてあるポッドの壁もすり抜けて、縦横無尽に動きまわっている。そのうちとうとう、ギルガメシュがエンキドゥを倒した。しかしそれからギルガメシュとエンキドゥは友となり、いっしょに旅に出発する。わたしも想像の中で宇宙船のポッドから抜け出し、ふたりが向かう森や海や広大な砂漠へいっしょについていく。

「我が友、エンキドゥよ。わたしはもうひとつ夢を見ていた。それがひどく心を乱す夢だった。

天が吠え、地がとどろいたあと、世界は死んだように静まりかえって闇がおりてきた。そこへ稲《いな》妻《ずま》が炸裂《さくれつ》し、炎が噴き上がる。どんどん濃くなる闇の中に、死が雨のように降りそそいできた」

閉じたまぶたの向こうに、わたしは確かに稲妻の閃光《せんこう》を見た。朗々と響くベンの声が言葉に力を与えている。きっと腕をふりあげて、情感たっぷりに読んでいるのだろう。

ベンの朗読が、悲劇の場面にさしかかった。親友どうしになったエンキドゥとギルガメシュが、かけがえのない相手を失うのだ。物語の幕切れは震える声で結ばれた。

「深い悲しみが、わたしの中心を貫いた」

ああ、ベンを思いっきり抱きしめたい。わたしにはベンの気持ちがわかる。わたしの目は涙を流すことはできないけれど、心が、ベンといっしょに泣いている。

ベンがため息をもらした。「今夜はこのぐらいにしておこう」ピンという音がして、ホロスクリプトをオフにしたのだとわかる。

眠っているはずのわたしに、きこえるはずはないのに、どうしてベンは声に出して読んだのだろう。ベンも、わたしと同じように物語が必要なのだろうか。何か不安を抱えていて、勇気を振り起こすために物語の助けを借りる。だったら、『夢追い人たち』も読んでほしかった。

わたしたちは、ハビエルのお気に入りの本に出てくる登場人物たちと似ている。不安は抱えているけれど、希望も持っている。物語の中心になる女の人と、その子どももそうだった。セーガンに着いたら、きっとみんな、初めて見る風景に衝撃を受けるだろう。そしてその美しさに息を呑む。

「そうだ……」またベンの声がきこえた。「地球ではちょうど真夜中だ。ペトラ、きみは誕生日ない。


を迎えたよ」

　本当に？　もし今がわたしの誕生日なら、あれから丸二日が経っている。火のヘビは、すでに
　故郷のおかあさん、地球にたどり着いている。結局、彗星《すいせい》の進路を変えることはできなかった。

　となると、もう終わったのだ。地球の残骸がどれだけ残っていようと、そこにはもう人間は住めない。

　もう二度とおばあちゃんに寄り添って、やわらかな腕の下をなでたり、裏庭で鳴くニワトリの声をBGMに、おばあちゃんの語る物語をきいたりできない。この世に生まれるまでに二十億年かかったという、赤や茶や金の岩を心ゆくまで眺めることもできない。おばあちゃんも、サングレ・デ・クリスト山脈も……みんな消えてしまった。

　一刻も早く、わたしを眠りの国へ連れ去ってほしい。これまで以上に切実に願う。

「だからペトラ、ぼくからプレゼントをしようと思う。きみの望んだカリキュラムをインストールすることはできなかったけれど、十三歳になったのだから、法的にはもっと多くのカリキュラムを選ぶことが許されるはずなんだ。それでまあ、これは内緒だけど……」ベンの足音が、リブレックスを並べてある書棚のほうへ遠ざかっていく。「ぼくが持っているベーシックなものをきみにあげようと思う。ギリシャ、ローマ、中国、北欧、ポリネシア、シュメール」そこでちょっと息をつく。「マヤ、インカ、韓国、西アフリカ、北アフリカ。それから……」

　わたしは心の中で、してやったりとほくそ笑んだ。わたしが最初に頼んだのより、ずっと多くの物語をインストールしてくれるらしい。ベンが教師だったら、きっと大勢の子どもたちを幸せにしたことだろう。あとはただ、わたしにインストールされたコグがちゃんと稼働してくれるこ

とを祈るばかりだ。

「ここには何があったかな？　そう、これこれ。ニール・ゲイマンの『北欧神話』――この傑作を忘れちゃいけない。彼なりに語り直しをしたものだが、歴史書よりずっといいんだ。あとできっときみは、ぼくに感謝するはずだよ。いや、現実的にそれはあり得ないわけだけど、少なくとも誰のプレゼントかは、きっとわかってくれる」

かわいそうに。ひょっとしたら、せっかくの苦労も水の泡になることを、ベンは知らない。このままずっと眠りに入れなかったら、わたしが楽しめるのはベンが朗読してくれる物語だけということになる。それでも毎晩ひとつずつ読みきかせをしてくれるなら、おばあちゃんの物語といっしょに、わたしの武器庫にしまっておける。

「ゲイマン全集」ビーッ。「ダグラス・アダムス」ビーッ。「ル・グウィン、バトラー」ビーッ、ビーッ。「そうだ……あまりこちらで規制をかけるのも問題だな。もっと大人向けの作品だって、きみは楽しめる。何しろ時間はいくらでもあるんだ。ヴォネガット。アードリック。モリソン」ビーッ、ビーッ、ビーッ。少なくとも二十回以上、ポッドの中にビープ音がきこえてきた。

「将来のきみに会えたら、どんなにいいだろう。その頃には、きみはいっぱしの論客になっているんだろうな」そこで笑い声がもれた。「そのとき、ぼくがそばにいないのは幸いだ。きみの両親に殺されるかもしれないからね」そこで長いビープ音がひとつ響いた。「おっと、R・L・スタインを忘れるところだった。誰だって、ぞっとする怖い話を読みたいときがある。さてと、ひとまずこれでいいだろう。誕生日、おめでとう、ペトラ！　じゃあ……入れるよ」

ブーンという音が頭の中を震わせる。神経を麻痺《まひ》させるジェルに覆われて以来初めて、自分の肉体への刺激をはっきりと感じた。

頭のどこか奥のほうで、ふいにイギリス訛《なま》りのある声が朗々と響きだしてびっくりする。「始まりは、無であった――」

物語が、わたしの中にすうっとしみこんでいく。学校で勉強するのとは違って、覚えようとしなくても、自然に入ってくる。まるで著者のニール・ゲイマンが頭の中にいて、わたしの脳に向かって語りかけているようだった。

ベン！　ありがとう！　たとえこの先永遠に目覚めたままだとしても、ベンのおかげで、ずっとベンのお気に入りの物語をきいていられる。セーガンに着いたときには、正気を失っているかもしれないけれど、人類史上最高のイカれた語り部になっていることだろう。

「この世もあの世もなく、星もなく空もない――ただ霧に包まれた世界があるだけ……」ニール・ゲイマンが頭の中で語り続けている声が、だんだんに夢の中で響いているもののように思えてくる。ブーンという音が大きくなっていく。

熱い。背骨のてっぺん。

ベンが何をしたのかわからないけれど……だんだんに眠気が差してきた。コグがとうとう正常に働きだしたのだろうか？　できるなら、安心のため息をもらしたいところだ。

よし、いよいよだ。

目が覚めたとき、わたしはセーガンにいる。

8

音は最初、ゆっくりきこえてきた。何かをこするような音が、部屋の四方八方から流れてくる。頭はぼうっとしているけれど、確かにきこえる。目が覚めたのだとしたら……もう着いたということ？

時間が経過した感覚はまったくなかったけれど、すぐにでも両親と抱き合いたかった。ハビエルをぎゅっと抱きしめて、お気に入りの本を読みきかせてやりたい。

ブーンという持続音がしているから、宇宙船はまだ航行中なのだろう。

「頼む、どうか……」ベンの声。震えている。

ベン？　もし彼が生きているなら……宇宙船はまだセーガンには着いていない。わたしの心をしっかりつなぎとめていた糸が、ほつれだす。

ベンが何か指でカチャカチャやっている。わたしのポッドのコントロールパネルをいじっているのだ。「頼む、頼む……」同じ言葉を繰り返しながら、その声が、だんだんにいらだって切迫していく。

ドアを叩く音。それも、大ハンマーでドラム缶を叩いているような凄《すさ》まじい音だ。

「だめだ、だめだ……まだ、だめだ！」ベンの声はひきつっている。弟の乗った宇宙船が攻撃されたのを知ったときのように。「これでうまくいくはずなんだ……」

またドアを叩く音が始まった。

「世界から物語が消えたら、おしまいだ……」

絶望したように、ベンがそっとつぶやいた。

ドアがスライドする音。

「ベン！　警告したはずだ」

チャリン。何か金属のようなものが落ちた。わたしのポッドの上に。

「おい、じいさん、じたばたするな！」怒った声がうなるように響いた。「腕を拘束しろ！」じいさん？

もみあうような音と、悪態の声が室内のあちこちを移動し、最後にドスンという大きな音が響いた。もみあいが終わった。

誰かがため息をついた。「粛清《しゆくせい》するしかないな」

粛清？

「いったいこのポッドに何をしていた？」次の瞬間、わたしのポッドのコントロールパネルから、耳をつんざくようなビープ音が鳴りだした。「おい、見ろ。このペトラ・ペーニャには、選択科目のファイルがインストールされている。地球の本、音楽、神話……」

「すべて消去しなさい」女の声。「昔のものは何ひとつ残らぬよう徹底して消す。たかが子どもひとりに、コレクティブを危うくされてはならない」

「新たな歴史」別の人間がいう。

「新たな歴史」女が繰り返す。

コレクティブ。新たな歴史。あの人たちだ。いったい何をしようとしているのだろう？　もしこれが現実で、この人たちが地球の記憶をすべて消し去ろうとしているなら……。あらゆる危険を賭《と》して地球を脱出したというのに、わたしたちの未来はうちの両親やみんなが想像していたものとは、まったく違うものになるってことだろうか？

すべて消されてしまう前に、最後に思い出す記憶は、何よりも大切で特別なものがいい。

砂漠の星空の下、おばあちゃんが肩にかけてくれた毛布に、ふたりいっしょにすっぽりくるまっていて、カカオの入ったカップをおばあちゃんが渡してくれる。「目を閉じてごらん、チャンギータ（ちっちゃなおサルさん）」

わたしは目を閉じた。チョコレートの香りが鼻いっぱいに広がる。

「ほんの一口だけだよ」とおばあちゃん。

カカオにはカフェインをはじめ、子どもには刺激が強すぎる成分が入っていて、ママはふだん飲ませてくれなかった。

「決意表明をしてごらん。自分が何になるのか、宇宙に向かって宣言するんだ」おばあちゃんがそういった。

わたしはカップから一口飲んだ。チョコレートのような甘さはなく、小さなかけらが歯にまとわりついた。「今、自分がなりたいものは？」わたしはきいた。

「今。そして、明日」おばあちゃんがわたしのほっぺたに手を置いた。「これから何年も先の未来まで」

わたしがママのような年になったら、いつでも自分の本当の気持ちを話せるようでいたい。おばあちゃんが着ているような、すその長い花柄のワンピースを着たい。髪の毛を好きなだけ長く、自然に伸ばしたい。

「わたしは……」そこでくちびるを噛んだ。「わたしは……」

頭の奥でピクピクッと小さな音がして、とろとろと眠気が差してきた。

〈第十二睡眠ポッド、リアクティベート〉

9

十二歳になった夏、パパといっしょにシャトルに乗って、サンタフェからロックハウンド州立公園へ出かけた。名前のとおりの場所で、地質学者のパパにとっては楽園そのもの。

到着するなり、パパからヘルメットを渡された。

「嘘でしょ?」わたしは眉を上げた。「なんでこんなもの、かぶらなきゃいけないの? 空から岩が落ちてくるわけじゃあるまいし」

「ママと約束したんだ」

「ママはここにいない」わたしはささやいた。

パパは小さな革手袋まで寄越してきて、ささやき返す。「母グマを怒らせたくないから、準備は万端にしてきたのさ」そういうと、にっこり笑って日焼け止めをかかげた。

わたしはあきれて目をぐるんとさせた。

「大事なおまえにわずかでも危険が及ばないようにと、ママは必死なんだ」そういうと、まるでママがすぐ横に立って見張っているかのように、服から出ているわたしの肌の隅々まで、日焼け止めをスプレーしていく。

そうやっていつも過保護にされているせいで、まるで袋の中に真空パックされているような窮《きゅう》屈《くつ》さをつねに味わっている。でもここでパパとふたりきりになったことで、その袋の隅を誰かが小さく破り取ってくれたような気もしていた。

それぞれに、ロックハンマーと小さなバケツを手に取った。渓谷の日陰になった一角へ、パパのあとについて歩いていく。パパは岩の層のひとつで足をとめ、頭をいろんな角度に動かして岩を眺めだした。「よし、これだ」

振りかえったパパに、わたしは肩をすくめて見せる。「地質学のお勉強だね」

パパは片目をつぶって見せる。「約束するよ。いつの日かおまえも、これを単なる勉強材料以上のものとして眺めるようになるさ」パパは自分のハンマーをかかげた。「そして……掘り出すようにもなる」

わたしは口をぎゅっと結び、パパに背を向けて笑いを隠した。公園の入り口を入って、まだ一キロの半分も歩いていないというのに、パパのとなりに腰をおろし、ボトルを取り出して、水をごくごく飲みだした。まるでもう丸一日歩いたあとみたいに。パパはハンマーをつかって、十センチ四方の区画を少しずつ慎重に叩いていく。黒っぽい部分で手をとめると、その周囲を指できれいに払い、輪郭《りんかく》を少しずつえぐっていって、とうとう一個の石を掘り出した。

表面の土を払い落として、にやっと笑う。まるで貴重な遺物でもあるかのように、慎重に観察している。

わたしは水のボトルを置き、何年にもわたって人々が採掘した跡がある岩の表面を手袋をはめた手で払った。「これなんか、どう?」白い石をつかみあげていう。土がこびりついているものの、何かきらきらした感じがあって、きれいに土を取り去れば、奥から特別な輝きが現れそうだった。

「石英だな。しかし目的を見失うなよ。今日はロザリオの数珠玉《じゅずだま》にする碧玉《へきぎょく》を探しに来たんだ」そういうと、パパはポケットから、十個かそこらの丸い数珠玉を取り出して、土の上に一列に並べていく。そうして、たった今岩の層から掘り出した濃い赤色の石をかかげる。「これも磨《みが》いたら、このグループの立派な一員になりそうだ」

わたしは寄せ集めの数珠玉を見おろした。「なんかみんな違っていて、同じ種類の石には見えないけど」

「それは、石のひとつひとつが、異なる個性を持っているからだ。個性はそのままに、それでも碧玉という同じ分類に入れられるなら、石のほうも文句はないだろう。だが分類は、あくまで人間の都合であって、勝手なものだからな」

「でも、その石、このグループに入っても、なじまない感じがするけど」

手にした石をパパが日差しにかざす。赤い石の中に黄色いすじが入っている。そうして見ると、その赤い色味は、さっきパパが小さなバケツに入れた石の色味と似ていた。「まったく同じである必要はない。互いに自分にないものを補い合えばいい。違いっていうのは、全体で見れば美しさの要素なんだ」

砂利を蹴散《けち》らすタイヤの音が、渓谷にやかましく響き渡った。音のするほうにふたりして顔を上げると、一台のトラックがスピードをあげて砂利道を走ってくるのが見えた。

「車は進入禁止だって、看板に書いてあったのに」わたしはいった。

「ああそうだ」パパは日差しに目を細めた。「とはいえ、ここまで入ってくる人間は、今となってはもうほとんどいない。コレクターのほうで、勝手なルールをつくっているんだろう」迷彩模様の真新しいシャツとズボンをぎこちなく身につけた男がふたり、トラックの両側から降りてきた。

パパがそちらに会釈《えしゃく》をしたけれど、ふたりは何かこちらにきこえない話で笑っていて、気づかない。

ふたりはトラックの後部座席から、両手でようやく抱えきれるほどの大きなバケツをひっぱりだした。

パパが首を横に振る。わたしのほうへ身を乗り出すと、口の端から皮肉っぽくいった。「凄腕のロック・ハンターのお出ましだ」

わたしは鼻で笑った。

時代遅れの野球帽をかぶった背の高いほうが、近場の岩の層へまっすぐ歩いていく。ふつうなら、頭を動かして、さまざまに見る角度を変えながら、掘り始めるのに一番いい場所を探すものだ。ところがこの人は、岩の表面にひたすらスキャナーをすべらせているだけ。しばらくすると、そのスキャナーから、ビーッという音が鳴り響いた。「ここに何かあるぞ！」

背高のっぽの男が身を引くと、ずんぐりむっくりしたほうがそちらへ向かって歩きだした。パパの持っている電動ドリルに似たものを手にしている。ドリルのボタンを押すと、ブーンという音が鳴り響いた。男はスキャナーがビープ音で知らせた場所まで歩いていくと、岩の表面を電動ドリルで砕いていく。わずかもしないうちに目的の石を掘り当てたようで、男はうれしそうに叫んだ。「ターコイズだ！」

パパがため息をつく。「ああいったやり方を禁じる法律が、昔はあったんだがな」

「今は？」

「プシューッ。消えてなくなった。岩自体に興味を持つ者がほとんどいないから、文句をいうやつもいないのさ」

「じゃあ、どうしてわたしたちは、わざわざ歩いてここまでやってきたの？　車で入ってきて、スキャナーをすべらせて、強力なドリルで掘って、好きな石を手に入れればよかったんじゃないの？」

パパは両の眉をつり上げた。「なぜなら、パパとおまえは、ああいう連中とは違うからだ」

パパは片方の腕でわたしを横抱きにすると、もういっぽうの手で、土をひと握りつかみあげた。その手をひらくと、土のいくらかが指のあいだからこぼれ、残りの土は風に吹き飛ばされていった。パパの手のひらに残ったのは、小さな灰色の石がひとつ。

「土はまず触れてみないとな。触れているうちに、わかる。これは自然が持っていけといってくれているプレゼントだってね。そして人間は、そこから必要なだけいただく」おばあちゃんも、食べ物について、同じようなことをいっていた。

「でもパパ、あの人たちはターコイズを見つけたんだよ！　今じゃ、すごい価値のある石だよ」

「石の価値は、誰が決める？」そういってパパはわたしに小さな灰色の石を寄越した。「パパのプロジェクトが完成したら、こうして集めた石が、ホープダイヤモンドよりも貴重なものになる」

わたしはため息をついた。「もっと長い時間いられたら、いろいろ見つかるのに」

「心配するな、ペトラ。また来るよ」パパはわたしのヘルメットのてっぺんをコツンと叩いた。

「そのときにもしターコイズが見つかれば、大切にいただこう」

一時間もしないうちに、男たちはバケツにいろんな石を山盛りにしてトラックにもどった。走り去るトラックを見ながら、パパは首を横に振る。そのあとも、ふたりであれこれ探して、パパが持っている数珠玉に似た石をいくつか見つけた。太陽が地平線近くまで落ちてきた頃には、公園から持ち帰っていい限度とされている八個のうち、七個が集まっていた。

汗が額をしたたり落ちて、安全ゴーグルがみるみる曇っていく。もう終わりにしようと思ったとき、土の下に、小さな黄色い岩屑《いわくず》が見え、よしこれで最後だと思い直した。ロックハンマーをつかって、そのへりを少しずつ掘っていき、えぐり出したところで手袋をはめた手で埃《ほこり》を払う。黄金色の碧玉で、深紅の細いすじが入っている。わたしは誇らしげにパパにかかげて見せ、にっこり笑った。ほかの石といっしょにバケツの中に入れると、それだけが、狼煙《のろし》のように目を引きながら、ほかの石と見事な調和を見せた。

パパは言葉もなく、今日一日ハンマーをふるった岩棚に腰をおろした。おまえもすわれというように、自分のとなりをポンポンと叩く。わたしがそこに腰をおろすと、腰にパパの腕がまわされた。ふたりで日没を眺めているあいだ、パパのため息が何度もきこえた。ふたりとも汚れて、疲れきってはいたものの、この日は最高の一日として記憶に残るだろうと思えた。

しばらくすると雨がしとしと降りだして、あたりいっぱいに濡《ぬ》れた土の匂いが広がった。

「ねえ、パパ?」

「なんだ」

「ノック、ノック」

「おっ、ジョークか。きいてやろう。『はい、どなたですか?』」

「ペトラ」

なんだ、つまらないというように、パパが深いため息をついた。『どちらのペトラさんですか?』」

わたしはわざと大げさに呼吸をし、砂漠に降る雨の匂いを胸いっぱいに吸いこんだ。「ペトリコール(長い日照りが続いたあとに雨が降ったときに、地面から立ち上る匂い)です」

パパがバタンと仰向けに倒れ、「やられた!」といった。

10

頭の中に埋めこまれたコグから、同じメッセージが繰り返し流れている。〈わたしはゼータ1、植物学と地質学のエキスパート。コレクティブに奉仕するのがわたしの役目です〉

灼熱の熾火《おきび》をうなじからひっぱりだすような感触があった。コグが取り出されたのだ。昼寝をしすぎたあとのように、頭がぼうっとしている。どのぐらい眠っていたんだろう？　いずれにしても、このコグが発するメッセージによって、わたしを洗脳しようとする試みは失敗に終わった。

わたしの名前はペトラ・ペーニャ。わたしたちは二〇六一年七月二十八日に地球から出発した。〝コレクティブ〟は、出発時にわたしたちの脳内にインストールされたプログラムもろともに地球の記憶をすべて削除しようとしたが、わたしという存在も、わたしに備わった記憶も、ベンのおかげで消されずに済んだ。

室内を動きまわる人の気配。なんでこんなに大勢が？　ベンひとりしかいなかった、あの数日の静けさが嘘のようだ。

わたしが目を覚ましたのは、どんな世界？　ベンはとうの昔に亡くなっているはず。それでも、あれがベンの最後だったと思える記憶を、わたしはまだ持ち続けている。粛清《しゅくせい》。新たな歴史。

〈第十二睡眠ポッド、排出開始〉冷ややかな声が響いた。

ジェルを排出するなら、間違いなく目的地に着いているということだ。

足もとから、ゴボゴボいう音がきこえてくる。

ちょっと待って。まだ心の準備ができていない。

でもこれは、わたしの望んだとおりの結果では？　家族といっしょに、とうとうセーガンに到着したのだから。

「なんだか興奮します」

「彼女を台の上に」

おかしい。目覚めたときにはパパとママがいるはずだ。

ずっと昔にこの宇宙船で、反乱のようなことが起きたのは薄々わかっている。それが今も尾を引いているってこと？　それとも、もっと恐ろしいことになっている？　おばあちゃんちの鶏小屋でガラガラヘビを見つけたとき以上に怖くなってきた。

あの日、鶏小屋のうしろからガラガラヘビの頭が突き出し、羽根に包まれたニワトリの頭が産卵箱にぐったり垂れているのを見つけた。

身体が持ち上げられた。スポンジのようなものの上におろされた瞬間、ジュワッという水音がした。

ガラガラヘビが出すシャーッという音が耳をつんざく。動けない。鍬《くわ》を構えてこちらにやってくる、おばあちゃんの姿も見えない。

「身体を横向きに。臓器を再稼働させる準備を」

やめて！　そう叫びたかった。

「電気インパルスをオンに」

フランケンシュタイン博士の物語が頭に浮かんだ。やめて！　電気インパルスなんて！

激しい痛みが胸を焼く。ピクッとわずかに動いた心臓が、まもなくドッキンドッキンと力強く鼓動し始める。

いきなり咳きこんだ。

「バイタルに異状なし」

酸素が肺にどっと流れこんでくる。

何もかもがいっぺんに進んでいくのに圧倒される。喉《のど》が焼けるように痛い。まるで扁桃腺炎《へんとうせんえん》にレモン汁を搾ったみたい。こんなときこそ、ママにそばにいてほしい。ハビエルを探したいけれど、まぶたがあかない。

空気がシューシューいう甲高《かんだか》い音がしたと思ったら、耳の中に詰まっていたものが勢いよく吸われていった。トゲだらけのサボテンで上から下にこすられでもしたみたいに、顔に縦縞《たてじま》を描くように、チクチクする痛みが広がっていく。

「なんだ、あれは？」誰かが驚いた声でいう。

「地球の病だ。隔離が必要では？」

すると、女の声が答えた。ウィンドチャイムのような響きのいい、なめらかな声だ。「彼らの前で、その言葉をつかわぬようにと、以前にもお願いしたはずです」

「すみません、長官」

ニュースで見たコレクティブのことを考えた。〝過去の傷や痛みを消す〟といっていたけど、いったいどこまでやったのだろう？

ママやパパをはじめ、宇宙船に乗りこんだ科学者たちが、そんな専横を許すはずがない。みんなすべてを記憶している。忘れるはずがない。

わたしの鼻すじを、一本の指がさっとなでた。「ソバカス。あの世界で太陽から受けたダメージです」長官がいう。「皮膚フィルターを持たないので、この手の身体的異常が起きてしまうのです」

頬をお湯が流れていったあと、水分が吸われていく。それが終わると、冷たい空気が顔を打った。

耳に吸引器が取りつけられたようで、水分が完全に吸い取られると、くぐもっていた音が急にクリアになった。小さなビープ音がサイレンのように鳴っている。

頭の中できこえていた、あの無機質な声が同じ言葉を繰り返す。今度はどこか遠くからきこえてくるこだまのように、かすかな声だった。〈わたしはゼータ1、植物学と地質学のエキスパート。コレクティブに奉仕するのがわたしの役目です〉

エンドレスできこえてくるこのメッセージは、いったい何世紀のあいだ、わたしの頭の中で流れていたのだろう。

それに対抗して、わたしは心の中で真実を唱える。わたしの名前はペトラ・ペーニャ。わたしたちは二〇六一年七月二十八日に地球から出発した。

依然として、自分が誰であるかは忘れていない。だとすると、何をしたのか知らないが、ベンがやろうとしたことは成功したのだ。きっと彼がインストールしてくれた物語の数々も、頭のどこかに仕舞われている。

「ゼータ2に、電気インパルスをもう一度」となりのポッドのほうから声がきこえてきた。「ゼータ2を横向きに」

長官のなめらかな声がすぐ近くで響く。「あなたは誰ですか」

ゴホゴホッという咳に続いて声がした。「あたしはゼータ2――」スーマの声。スーマはまた咳をした。

「ゼータ2、あなたの役目を教えてください」

「あたしは……エキスパート……」言葉がすんなり出てこない。「あたし……寒い」スーマの言葉が途切れた。

「欠陥アリ、ですかね?」と男の声。

閉じたまぶたを通して光がしみこんでくる。

ゆっくりと息を吸いこむ。ここで自分に注意を引いてはならないとわかっていた。それでも無理やり目をあけると、いきなり眼球に激痛が走った。ハバネロのタネを取った指で、うっかり目をこすってしまったときのようだった。まぶしい光が目を強く刺激し、頬に涙がこぼれる。何もかもがぼやけているけど、五人ほどの人間がスーマを取り囲んでいるのはわかった。みんなこちらに背を向けていて、頭から爪先まで、防護服のようなもので覆っている。窓はどこだろう。空か星か、どちらでもいいから見てみたい。けれど窓は薄い金属板に覆われていた。かつて室内にはポッドが三列にぎっしりと、卵を入れるケースのように並んでいたはず。それが今は、がらんとしている。目を素早く走らせてハビエルを探す。室内には、少なくとも八人の人間がうろうろしていたけれど、その中にハビエルと同じ小さな背格好の人間はいなかった。

手袋をはめた手で、スーマがポッドから引き揚げられた。わたしたちのポッドのあいだにある台の上にのせられる。身体からジェルが流れて床にしたたり落ちた。

スーマが気だるげに目をあけた。と思ったら、次の瞬間のけぞって、その目を恐怖に大きく見ひらいた。「ママは？」震え声をもらす。「ベンは……？」

「残念」長官は冷ややかな声でいい、スーマのコグをボウルの中にチャリンと落とす。

「長官、彼女を粛清しますか？」

どうやってスーマを助けたらいいのか。戦う相手が多すぎる。ふいに胃が揺れたと思ったら、何かが喉をじりじりと這《は》い上がってくる。吐いちゃだめ。吐くな。

長官が新しく、きらきら光る黒い球体をかかげた。

「その必要はありません。彼女をポッドにもどしてください。このアップグレードしたコグといっしょに」そういうと、スーマのポッドのコントロールパネルに顔を寄せた。「スーマ・アガルワルは、生涯ゼータ2として生きていくのです」

スーマの身体が台の上から持ち上げられ、ポッドの中にそっと寝かされた。手袋をはめた手の中で、弱々しく身をくねらせるスーマは、死にかけた魚のようだった。

長官が身を乗り出し、まるでナナフシが木に取りつくように、スーマのウエストを両手でがっちり押さえた。「困ったものです。再度プログラミングするのに、貴重な時間を費やすことになりました。本当なら、最初のミッションで彼女の技術をつかえるはずだったのに」そういうと、アップグレードしたコグをインストーラーにセットして、アクティベーションのボタンを押した。

むらさき色にぼうっと光るコグをスーマのうなじにすべらせたあと、ほかのみんなに向き直った。

「今度こそ、過去のものを一切残さぬよう徹底してください」

そんな横暴は、わたしたちの両親がぶち壊す……そうであってほしい。

スーマの背骨に溶けこんでいくコグの光がかすかに見えた。スーマは顔をしかめ、哀れっぽい声を出したものの、すぐに大人しくなった。ストラップで固定されることもなく、みなが黙るうちに、ポッドにジェルが満たされていく。スーマがジェルの中に沈んでいく。

わたしの心臓が胸の中で暴れだした。きっと外にもきこえている。

ひとりがこちらを振り向いた瞬間、まぶたをぎゅっと閉じた。

ポッドにもどされるわけにはいかない！　なんといえばいい？　わたしはゼータ1……。

またお湯をかけられた。胸、お腹、最後は足を流された。身体を持ち上げられ、また別の台に移し替えられた。毛布で身体をすっぽり包まれる。

「脳のスキャンを」

頭の中がブーンと震動しだす。小さなビープ音が、頭の片側から反対側へ、少しずつ移動していく。

目をあけるのが怖い。いったいスーマは何を見て、あんなに脅《おび》えたのだろう。そんなに怖いことがあるだろうか？　みんなただの人間なのに。

「第十二ポッド――若年セクター。あなたは誰ですか」長官がいった。すぐ近くに顔があって、ヒヤシンスのような甘い息の香りがした。

いいたくても声が出ない。呼吸をするのがやっとで、しゃべるなんてとてもできそうになかった。

スーマのように「残念」といわれてはならない。長官の手がわたしの頬に置かれた。「目をあけてください、ゼータ1」

思い切って目をあける。次の瞬間、悲鳴を呑みこんだ。

血管と筋肉が半透明な皮膚の下をホバーウェイのように走っている。その病的なまでに白い手に、額をすうっとなでられながら、反応するなと自分にいいきかせる。

ゴクリと唾《つば》を飲みこんだ。目の前に立つ人物は、とても人間とは思えない。アルバカーキーの水族館で見た、透きとおるように白いエビ、ゴーストシュリンプに近い。美しい……いや、ぞっとする。磨《す》りガラスのように半透明な皮膚の下を縦横に走る血管が、青や赤にぼうっと光っている。頬骨は極端に高く、その分、あごのラインがげっそりそげて影が落ちている。くちびるは赤みがかった藤色で、異常なほどぽってりしている。

目の色が極端に明るいので、虹彩の奥にある、クモの巣状の毛細血管が見える。その目で長官がにっこり笑った。

わたしの額からお湯がしたたり落ちて口の中に入る。ハビエルのポッドがあった方向へ目をやったが、ほかの多くのポッド同様、そこには何もなかった。

まるですぐ近くに立っているように、パパの言葉がきこえてきた。「問題は、それを実現するために、彼らがどんな手をつかうかだ」

ドア近くには、緑に光るジェルの中にスーマが浮かんでいる。いったい何がきっかけで、こんな事態になったのだろう?

このコレクティブというのが何であるにしても、当面わたしは、彼らの望むとおりの人間になったと思わせておかないといけない。〈わたしはゼータ1、植物学と地質学のエキスパート。コレクティブに奉仕するのがわたしの役目です〉

両親とハビエルさえ見つかれば、あとはすべてうまくいく。それに、この人たちが何者であろうと、このわたしから記憶を奪うことなんてできない。

わたしの名前はペトラ・ペーニャ。わたしたちは二〇六一年七月二十八日に地球から出発した。そして今、二四四二年に、わたしたちはセーガンに到着した。

わたしはあらゆる手を尽くして、自分の家族を探す。

11

わたしのからんだ髪を、ママが最後までほどき終えた。

「ギリシャ語の〝岩〟を意味する単語を、ママはそのまんまわたしの名前にしたんだよね」

ママがくすくす笑う。「思いついたのはパパよ。わたしは響きがいいと思ってね」鏡に映ったママが、首を横に振って笑った。「わたしが賛成するまで、あの人はどういう意味なのか、教えてくれなかったの」

「岩か。泥にまみれた古い岩。そんなイメージだよね」

「美しい名前よ。あなたと同じに」

ママの編み髪からほつれた髪が、胸に垂れている。ママのグリーンの瞳は、日差しを受けて青みが際立ち、金色の膜に覆われているみたいだった。鼻を中心にソバカスが点々と散っている。わたしはママみたいにはきれいになれない。でもママがわたしを見つめるまなざしからすると、本気で自分の娘が美しいと思っているようだった。

「それに、性格からいっても、あなたにぴったりの名前よ。ペトラは強いんだから」ふと見あげると、ママの目に涙が盛り上がっていた。「なぜだかわからないけど、あなたはいつの日か、驚くほど素晴らしいものの礎《いしずえ》になる気がする」

わたしはあきれ顔を返した。「わたしのやりたいことを、何もさせないくせに」表立って口にはしないけれど、それには理由があるとわかっている。わたしの目のせいだ。

だけど、何も挑戦させてくれなかったら、どうして何かの〝礎〟になれるだろう？　わたしの本当に好きなことから目をそらして、植物学を勉強しろという。わたしには語り部になる可能性だってあるのに。ストーリー・ジェネレーターが物語の価値をおとしめている。一冊の本が、血の通った人間によって書かれたものか、機械によってプログラミングされたものか、わたしにはただちにわかる。わたしの望みはただひとつ。真実だと感じられる物語を語ることなのだ。

わたしは胸の前で腕を組んだ。

ママがわたしの髪を編み終わり、先っぽに髪留めを取りつけた。「あのね、ペトラ。別に、わたしのような人間になりなさいといってるんじゃないの」そこで立ち上がって、わたしの額にキスをする。「わたしの仕事は、あなたを危険から守ること。あなたが、考え得る限り最高の人生を送れるように」

12

「あなたの役目を教えてください」長官の声が耳をやわらかく打つ。

わたしは寝返りを打ち、咳きこんで緑の痰《たん》を吐きだした。さあ、いよいよ演技の本番だ。「わたしは……ゼータ1」かすれ声が出てきた。「植物学と地質学のエキスパート。コレクティブに奉仕して従うのがわたしの役目です」

まずい！　セリフを間違えた。「従う」は余計だ。「奉仕する」だけでいい。

長官が額に皺《しわ》を寄せた。半透明な肌の下で薄青い血管がピクリと動く。

「クリック、彼女を起こしてください」と長官。

クリックと呼ばれた男は、わたしの脇の下に腕を通して起こし、すわらせた。冷たい手であごをつかまれ、左、右と、顔の向きを変えさせられる。「じつに興味深い」クリックがいった。長官と同じように、この男の皮膚の下にも血管が透けて見えた。まるでアイシャドーを塗る手もとが狂ったように、左眉の上にあざやかな青色の血管が浮いている。そしてやっぱりこの男も長官と同じように頬骨が異様に高く、顔の下半分がげっそりそげていた。ふっくらしたくちびるは、化粧品でそう見せかけているのではなく、本物だ。何本にも分けて細く編んだ髪を頭部にぐるぐる巻き付けていて、となりに立つ長官と、外見はほぼ似たり寄ったりだ。

いったい過去三百八十年のあいだに、この人たちに何が起きたのだろう。生物学の授業でキャンター先生が、オオシモフリエダシャクについて話していたことを思い出す。イギリスに生息するその蛾《が》は、もともと樹皮に擬態して淡い体色をしていたのが、大気汚染によるすすで樹皮が黒っぽくなると、それに合わせて体色も黒っぽくなったという。めざましい進化を遂げたのだといっていたが、あの蛾は美しかった。

でも、この人たちの異様な外見は、進化の結果とは思えない。そういえば長官は「皮膚フィルター」という言葉を口にしていた。自分たちの皮膚に、そういうものを移植したのだろうか？外見を同じにするという、ただそれだけのために？

ゴクリと飲みこんだ唾《つば》が、熱した石炭のように感じられた。クリックが小さなコップをわたしの口もとへ持ってきた。どうしていいかわからず、一口だけ口にし、それを飲みこまずに頰の内側にためておく。わずかな液体が喉《のど》を通っていった瞬間、痛みがすっと消えた。頰にためておいたものもゴクリと飲み下すと、全身にかーっと熱が広がっていき、思わず身震いした。おばあちゃんのカカオにちょっと似ているけれど、それよりずっと刺激は強い。

記憶を消された人間は、どんなふうにしゃべって、どんなふうに歩くのか。わからないから、大人しくすわったまま、両腕を脇にぴったりつけている。

ふたつ先のポッドから出された子が、咳をして粘液を吐きだした。

「そうそう。すっかり出してしまうんだ」男が女の子の背中を優しく叩く。「名前を教えてもらえるかな？」

小さな声で女の子が答えた。「わたしはゼータ4、ナノテクノロジーと外科全般のエキスパート。コレクティブに奉仕するのがわたしの役目です」

その子は、男に半透明な鼻先を突きつけられ、目をじっと覗きこまれても、ひるまなかった。ゼータ4はハビエルと同じぐらい幼く見える。男に手首を持たれ、手を上下に動かされても、じっとしている。「これだけ小さな指なら、いい仕事ができそうだ」

クリックがわたしのほうを振りかえった。電子スコープの金属の取っ手をつかんで持ち上げる。小児科医がいつもやるようにスイッチを入れると、スコープからあざやかなピンク色の光が放射された。

クリックはこちらへ身を乗り出すと、わたしの足をまじまじと見た。そうして足にスコープを当て、そこから上へ向かって、順々に肌の上をすべらせていきながら、折々にスコープを持った腕を伸ばし、表示面を確認する。

それがおへそのあたりを通過しようとしたとき、思わず手で払いのけそうになった。だめだ、ここは黙って自分の役割をまっとうしなければ。

クリックはスコープの先を押し、ホロタックを扱うのと同じに、そこに向かって声を発した。「心拍数は正常範囲」それからさらにスコープを上へすべらせていく。

どうしよう！　わたしの目……。

低すぎて視界には入らないけれど、スコープの動きは感覚でわかる。首まで来て、あごをすべり、それから口……。

鼻すじまで来たところでスコープがピーッと音を発し、あざやかなピンク色に変わった。一巻の終わり。

クリックが身を乗り出して、わたしの顔をじっくり見ている。部屋の明るすぎる照明の下、間近に迫る眼球には、うすむらさきの虹彩の下にクモの巣のように張りめぐらされた毛細血管が透けて見える。

「長官。ちょっと見てください」とクリック。

わたしは身を強ばらせ、浅く呼吸する。動こうにも動けない。ショック症状に陥《おちい》っているのがわかる。

長官がスコープをしげしげと見た。「なるほど、欠陥ですね」そういって、スコープの先端を押す。

スコープから機械特有の声が流れてきた。〈眼疾。病名——網膜《もうまく》色素変性症〉

「ほかの者の目と、違いはないように見受けられますが」とクリック。

長官がため息をついた。「この人たちの肉体的欠陥は、多くの場合、外からはわかりません」

思わず奥歯を嚙みしめた。この目のせいで両親が過保護気味だったのはわかるけれど、わたしは欠陥品なんかじゃない。

クリックがまたわたしの目をスキャンし、失格の診断を下すように首を横に振った。

信じられない。ここまで来て、こんなことになるなんて。長い年月を旅してきた苦労がすべて水の泡。けれど、うちの両親は規則を知っていながら、「わたし」の病気を「彼らの」新しい世界へ持ちこんだ。嘘はないと宣誓しながら、わたしの偽の診断書にサインをしたのだ。おそらくベンは、それよりもっとささいなことで抹殺されたはず。ゆっくりと息を吸っては吐き、震える手を腿《もも》の下に隠す。

でも目に欠陥はあっても、わたし自身は欠陥品ではない。それでも抹殺されるなら、死ぬ前にいいたいことをいってやろう。噛みしめていた奥歯をゆるめ、口をあけてしゃべろうとしたそのとき——。

長官がクリックに向き直った。「問題にはなりません。目に用はない。こちらが活用すべきは、彼女の脳です」

わたしは長官のいるほうへ、さっと顔を向けた。

「それにしても、連中の身体ときたら……なんというか……独特ですね」クリックが声に皮肉をにじませていった。

それはこっちのセリフ！

「コレクティブは、これまでに長足の進歩を遂げ、さらにその先へ進むために危険を冒してきました。そうですね、クリック？」

クリックが肩を落とした。「はい、長官」

「そうして、わたしたちはひとつになった」長官がクリックの耳にそっとささやく。

クリックはかすかに頭を動かした。

「こんなちっぽけな欠陥など乗り越えられるほど、わたしたちは十分進化したのです」そこで長官が振りかえり、わたしの目を覗きこんだ。「相手は大昔の遺物。特異な外見には目をつぶりましょう。わたしたちの力と、彼らのプログラミングのおかげで、価値ある頭脳が残った。わたしたちにとって意味があるのはそれであって、ささいなことに目くじらを立てる必要はありません」

「おっしゃるとおりです」クリックがスコープを置いた。

わたしは身動きせずに、長官の顔をしげしげと眺めた。ひょっとして、この人たちはそんなに悪い人間ではない？

厳密にいえば、ベンを抹殺したのはこの人たちではない。それより前の世代の人々だ。それにこのコレクティブという人たちは、地球の人々のように、目の疾病でわたしを差別しない。結局、あれから四百年近くも経っている。人間も変わったのだろう。

それでもスーマはまだポッドの中に浮かんでいて、記憶を消されて洗脳されている。パパがいっていたように、問題は彼らがどんな手をつかうかということ。なぜわたしたちの記憶を消したいのかわからないけれど、今はそんなことはどうでもいい。両親と弟を見つけるまでは、自分に与えられた役割をこなさなきゃいけない。

クリックがわたしの身体に重い毛布をかけてきた。それがたちまちふくらんで、温かい液体が噴き出し、肌に残っていたべたつきを流していく。肌からジェルが完全に洗い流されると、毛布の裏地から温風が吐きだされた。身体は乾いていくものの、温風で室内の物音はくぐもってきこえる。

わたしは地質学の調査で教わったように、少しずつ視線を移動させて室内の隅々にまんべんなく目を走らせた。ここには十八のポッドがあったはず。それが今は、わたしのポッドをふくめ、四つしか残っていない。小さな女の子ゼータ4のポッドと、スーマの入っているポッドと、あともうひとつ。

スーマ、別名ゼータ2は、隅のほうでまた睡眠状態にもどっている。そうなると次は最後のポッドだ。ゼータ3の身体が持ち上げられ、ポッドの中で上体を立ててすわらせられた。ずいぶんと痩《や》せている男の子で、ハビエルよりも背が高い。

「ゼータ3、目をあけてください」

わたしは即座に、ソバカスの浮いた自分の褐色の肌と、男の子の肌を比べた。ゼータ3はソバカスの下にまぶしいほど白い肌がある。それにしても、「ゼータ」に番号をつけて呼ばれるなんて、あんまりだ。せめて自分の心の中では、みんなにちゃんとした名前をつけよう。

男の子のキャップがはずされたとたん、赤みがかって、ふさふさした金髪が現れた。金髪（ルビオ）。よし、この子はルビオという名前にしよう。

長官が検査用のプローブでルビオの舌を押し下げ、喉を覗きこんだ。「これは除去してください」

「ゼータ3、口をあけて」とクリック。

ルビオがいわれたとおりにする。マスクと手術用手袋をしたアシスタントが、ルビオに近づいていくのを見て、わたしの呼吸が速くなる。回転音と、レーザーのブーンという音に続いて、焼けるような臭いがした。まだ彗星《すいせい》のことを知る前、週末にパパがチョリソーと卵を焦《こ》がしてしまったときのにおいに似ている。

クリックが器具のスイッチを切った。こぶのようなものがふたつ、液体の入ったガラス容器の中に落とされた。

わたしの喉がきゅっと締まる。

まるで珍しいものでもあるかのように、クリックはそれを目の前にかかげたあと、ほかの血液サンプルと並べてトレーの上に置いた。助かった、わたしはもう扁桃腺《へんとうせん》は取っている。

でもハビエルはまだだ。この人たちに、あんなふうにハビエルを突っつきまわさせたりはしない。たとえわたしがスーマのように、もう一度洗脳されるとしても。

身体を乾かしていた温風がとまった。クリックがやってきて、またわたしの上体を起こしてすわらせる。ゴムのキャップをはずされるとき、生え際《はえぎわ》のうぶ毛がクリックの爪にひっぱられた。乾燥させたヘチマの繊維質《せんい》みたいなもじゃもじゃの巻き毛が、どっとあふれてきた。

それを見て、クリックの目が大きく見ひらかれた。まるでわたしの髪に攻撃されるとでもいうように。

しかしありがたいことに、ちょうどそのとき、ルビオのひょろりとした上体がぐにゃりと倒れ、クリックの注意はそちらに向いた。倒れたルビオはポッドのジェルにまた浸かっている。

「ゼータ3の補助をお願いします！」女が叫んだ。

「通常の反応だ」とクリック。「5ユニット近くも眠っていたんだから」

わたしは素早く計算する。もう到着しているなら、1ユニットは七十年以上だ。

「どうしましょう?」女の人がおろおろときく。

「寝かせておきましょう」長官が冷ややかにいった。

そんなばかな！

「もう少し休めば、通常の活動ができるようになります」そういったときには長官はもうルビオの口の中に青いカプセルを入れており、ルビオの上体を少し起こして緑の液体が入ったカップを口もとへ持っていく。液体の緑と、ルビオの金髪のとりあわせが、クリスマスのリースのようだった。「飲みなさい」

ルビオは緑の液体でカプセルを飲み下した。上体を倒したが早いか、もう深い寝息を立てている。

同じことが、金髪の小さな女の子にもなされた。

クリックがわたしのほうへ歩いてくる。わたしはいわれたとおり口をあけた。震えているのは、眠りから覚めた直後の自然な反応だと、そう思ってくれますように。

クリックがわたしの舌にカプセルをのせた。口を閉じて、カプセルを頰の内側に押しこんだ。緑の液体をほんの一口飲んでみる。ふいに気分が穏やかになって、震えがとまった。単なる思い過ごしではなく、はっきり効果があった。もし感情をコントロールする方法が生み出されたのなら、石のような無表情を保っていたほうがいいだろう。そうして、二度とこの手の薬を飲まされないよう気をつけないといけない。

すみやかにポッドに横になり、やりすぎかと危ぶみつつ、いびきもかきだした。頰の内側でカプセルがふくらんでくる。寝返りを打って横向きになり、シマリスのようにふくらんだ頰を素早く隠す。

「部屋を閉めて、みんなを休ませて」そういって、長官は部屋から出ていった。ほとんどの人間はそのあとについて出ていったが、クリックと、ひとりの女が最後まで残った。

「興奮の一日だったわね。彼ら、びっくりよね」

口の中でカプセルがふくらみ続け、うっかりすると喉に落ちていきそうだ。

クリックが舌打ちした。おばあちゃんもいらだったときによくやる。

「ちゃんとつかえればいいがね」ため息まじりにいって、クリックはドアのほうへ歩いていく。

「この1ユニットのあいだにエプシロンを次々と排除していってから、まともにつかえるエキスパートはいなくなった。この連中が非の打ち所のない知識を持ち合わせ、問題なく服従することを祈るばかりだ」

クリックが部屋の照明を落とすと、同じ並びにある十三歳以上の子ども部屋から、緑色の光が通路にもれているのがわかった。まだポッドはあった！　ふたりの会話はよくわからないけれど、その意味をあれこれ考えている暇はない。ハビエルがそっちの部屋に移されたかもしれない。確かめないと。ドアが閉まる音をきいてから、わたしはポッドに備わる吸引チューブに身を乗り出し、口をあけた。ぐずぐずになったカプセルが、口の中に残っていたジェルといっしょに吸いこまれて穴の中に落ちていった。歯医者さんでやるように、ボウルに唾を吐きだしてから、口をぬぐう。

まだ力の入らない足で、足音を忍ばせて歩きだす。目指すのは、狭い通路にもれだしている緑の光の源。ただ、あの部屋にハビエルが寝かされているとしても、今のわたしには何もできない。あの人たちの手でポッドから安全に出してもらうまでは。それでも、とにかく顔を見なくては。

一度振りかえってみる。目を覚ましたり、こちらを見ていたりする人間はいない。それを確認してから、通路を進んでとなりの部屋に向かった。わたしたちの部屋と違って、こちらはがらんとして、奥の一角に黒っぽい影が落ちているだけだ。何か集めて置いてあるみたいで、緑のぼうっとした光はそこからもれている。わたしのいた部屋と同じように、本来窓があるべきところには金属板がはめこまれていて、外の景色を遮断している。星々も、セーガンの風景も、まったく見られない。そもそも暗すぎて、わたしの目はなかなか慣れない。ブーンという低い持続音と、機器類の発するかすかなビープ音が、着実なリズムを刻んでいる。見えないままに、何かにぶつかったら大変なので、すり足でゆっくりと、緑の光のほうへ進んでいく。

ポッドにジェルが絶え間なく補充されるシューシューいう音がない今は、たとえナノチップが落ちた音でもききとれる。奥の一角までたどり着くと、そこに並んでいるのは、緑のジェルが入ったポッドではなかった。何かの機械やモニターみたいなもので、横に引き出しが並んでいて、緑の光はそれに付随した常夜灯みたいなものが発していた。

ハビエルのポッドじゃなかった。

もう何かにつまずくのを気にすることもなく、がらんとした部屋をぐるぐるまわりながら、いったいハビエルはどこに移されたのだろうと考える。ハビエルがポッドから出されるまで、あるいは両親が見つかるまで、わたしたちの再会はないということか。

ゆっくり後ずさりながら、自分の部屋へもどる途中、何かにつまずいた。

ヒッと声をもらし、振りかえった。

「ゼータ1、何か困ったことでも？」クリックがじりじりと近づいてくる。通路の青い照明の下に立つ姿は、暗闇で光る深海魚のようだ。

わずかに口にした安定剤の効き目がふいに消えた。震える手は背中に隠したものの、しゃべることができない。

「きみは眠っているはずなんだが」とクリック。

「トイレに」浅い呼吸のあいだから、しゃがれた声が出た。

クリックがにやっと笑う。「ついておいで」そういうと、先に立って通路を進み、わたしの部屋のほうへともどっていく。「いや失礼した。まだ教えていなかったね」

　さっきの部屋とわたしの部屋とのあいだにボタンがあった。クリックがそれを押すと、壁の一部がドアのようにスライドして、その奥に小さな空間が現れた。まるで教室の机のように、四つのトイレが一列に並んでいる。「嘘……」つい声が出てしまった。まさかこの人たちは、わたしたちの羞恥心《しゅうちしん》まで消してしまったの？

「ゼータ1、何か問題でも？」

「せきばらいをしただけです」といってわたしは中に入り、急いでドアを閉めてクリックから隠れる。

　クリックは口笛を吹きながら外で待っている。陽気な曲ではなく、幼児の排尿をうながす歌でもない。ヒュー、ヒュー、ヒューと、三つの音をひたすら単調に繰り返している。

　わたしは目を閉じて、便器に尿がしたたり落ちるのを想像する。しばらくそうしていても、何も落ちていかないので、排出ボタンを押した。立ち上がって手を洗おうとするものの、洗面台のようなものは見つからない。代わりにカウンターに手袋のようなものが埋めこまれている。洗浄と乾燥のふたつの機能を備えた、あの毛布と同じ素材でできているようだ。片手を入れてみると、やはり毛布と同じように、温かいマッサージ噴流が出てきて手を洗い、終わると温風が吹き出した。

　ドアをあけるとクリックが待っていた。先に立って、わたしたちの部屋へと先導する。「睡眠カプセルやトニックは必要かな？」

「いいえ！」不自然なほど早い応答になった。

クリックはドアの横に立ち、わたしが自分のポッドに入るのを見届けてから歩み去った。ルビオの低いいびきが、混雑したホバーウェイを思い起こさせる。

ママとパパとハビエル。家族と自分の再会を阻《はば》む、あらゆる物事に思いを馳せる。

まだ小さな頃、おばあちゃんの家に泊まりにいって、雷雨に遭《あ》ったり、怖い夢を見たりしたとき、わたしは決まっておばあちゃんの温かいベッドにもぐりこんだ。そうすると、わたしを落ち着かせるために、お話をしてくれるのだ。おばあちゃんのコットンの寝間着は花の香りがして、息にはコーヒーとシナモンの香りが混じっていた。けれど、今わたしが横になっているベッドは冷たくて、消毒剤の臭いがするだけだ。目を閉じて、おばあちゃんの胸に頭をのせている自分を想像する。

おばあちゃんの腕の中で身を丸めていると、耳もとで優しい声がしてくる。「むかしむかしあるところに、いつも戦争をしているふたつの国があった。片方の国の王には、イスタクシワトルという名前の娘がいた。娘は白人で、白いロングドレスを身にまとい、黒い髪にユリノキの赤い花を一本差していた」おばあちゃんはそこで物語の中に出てくる娘イスタクシワトルが、昔の大切な友だちででもあるかのようにため息をついた。「イスタクシワトル」といって、おばあちゃんがわたしを肘《ひじ》で軽く突っつく。「わたしの好きな呼び方でいえば、イスタ。彼女は、ある高位の司祭の息子と婚約させられていた。傲慢《ごうまん》な司祭は権力に飢えていたんだ。ところがイスタは、部族の若いリーダー、ポポカテペトルに恋をした。ポポカテペトルもまたイスタが大好きになった」

おばあちゃんから、おばあちゃん流の物語を語ってもらうより先に、わたしはその伝説を知っていた。ポポカとイスタの絵が、パパの好きだったメキシカンレストランの壁にかかっていたからだ。ブラック・ベルベット・ペインティングという手法だった。興味を引かれて、ふたりの物語をグーグルで検索したりもした。

「イスタの父親がポポカを戦争に送り出すと、邪悪な司祭は自分の息子をイスタと結婚させるために嘘をつき、ポポカは激戦で死んだとイスタに伝えた」そこでおばあちゃんは、首を横に振った。「このあまりに悲しい知らせに、イスタは打ちのめされ、永遠の眠りについてしまった」

わたしはあきれて目をぐるんとさせた。本当は、イスタは死んでしまったのだと知っていたからだ。わたしは起き上がって、何いってるの？ という目でおばあちゃんを見た。「本当に？ イスタはただ眠りについてしまっただけ？」

おばあちゃんはわたしを黙らせた。「悲しみの深い眠りについたイスタを、戦場からもどってきたポポカが見つけた」

「だけど、正しくは、イスタは死んでしまったと伝わっているでしょ？」

おばあちゃんはわたしをにらんだ。これは自分の物語なのだから、自分流に語るのだという、いつもの意思表明だ。

「ポポカは眠っているイスタを抱きかかえて、雪に覆われた山のてっぺんに登ると、そこにふたり分の塚をつくり、たいまつに火をつけた。そうして、雪でこしらえた枕の上にイスタを寝かせ、そのまわりをユリノキの赤い花で囲んだんだ」

次の日、わたしはグーグル検索で、ポポカテペトルは実際にある火山の名前であり、ナワトル語で「煙を吐く山」という意味であることを知った。

語り部の強い思いをこめて、おばあちゃんは険しい表情で先を語った。「彼の炎と溶岩が、愛する人のそば近くまで来ようとする者を脅《おど》して追いやる。戦争に送られたことで、永遠の恋人イスタを失って、強い怒りに駆られたポポカは、これからはイスタとずっといっしょにいると誓い、彼女のとなりに横になっていっしょに眠った。隣国同士争い続ける者たちが、戦争によらず紛争を解決する日が訪れるまで、イスタを守ろうというのだ」

おばあちゃんは天窓から星空を眺めやる。「それだから今もまだ、ふたりは並んで眠っている。地球が平和な場所になったら、目覚めて結婚しようと願いながら。エスト・エス・ベルダ、イ・ノ・ミエント、コモ・メ・ロ・コンタロン・ロ・クエント（これは本当の話で嘘じゃない。わたしはきいたとおりに語っている）」

その話が本当でないのは知っているけれど、ポポカがイスタに自分の身を捧げて、一生を高い山の頂上で過ごし、平和な時代がやってくる日をともに待っているのだと考えると、いつでも心が和《なご》む。

おばあちゃんは自分の考えを断言してはばからなかった。世界の首脳たちは、自分たちが一番だとうぬぼれていないで、さまざまな人あってこその世界であることに気づかねばならないのだと。それなのに結局、彗星が衝突するというときになっても、みんな自分のことしか考えない。時間がなかったのはわかるけれど、資源を提供し合ったら、シェルターや、もっと多くの宇宙船をつくることもできたのではないか。みんな自分のことしか考えない。だからイスタとポポカは永遠に結婚できない。

山のてっぺんにいるポポカとイスタが目に浮かぶ。イスタは白いドレスを着て、長い黒髪と、耳のうしろに差したユリノキの赤い花を風にそよがしている。

ポポカはイスタの手を握って微笑《ほほえ》んでいる。けれども、ふたりはまだ待っている、ずっと、ずっと……。

13

あくびをして眠たい目をこする。次の瞬間、はっとして起き上がった。ゼータ4とルビオのふたりがすでに着替えをすませ、気をつけの姿勢でドアに向かって立っている。

わたしはあわててポッドから出た。

ゼータ3、すなわちルビオのうしろには、金髪の小さな女の子が、これもきちんと並んで立っている。この子がゼータ4だった。ルビオとのあいだに少し距離を置いている。ゼータ4の左の耳もとから始まる三つ編みは、後頭部をぐるりとめぐり、ねじり編みのおだんごにして右の耳もとに留めてある。長官とほとんど同じ髪型だ。子どもであっても、同じ髪型にするよう洗脳されているらしい。わたしも急いで髪をまとめ、ゼータ4の真似をして手早く三つ編みにしていく。

ゼータ4もルビオも、わたしよりずっと幼い。わたしの小児用コグが正しく稼働しなかったのには、年齢が関係しているのかもしれない。大人に近いせいで、ほかの子どもたちにプログラミングされている生活リズムが、わたしにはされなかった。そうでなければ、自分だけ寝過ごすなんてあり得ない。

編み上がった髪は、静電気に帯電したライオンのたてがみのように、あちこちつんつん飛びだしていて、ねじり編みのおだんごは二度もほどけて、胸にだらしなく垂れている。

靴を履《は》く手が震えた。こんなことで失敗して、両親を捜すチャンスをふいにするわけにはいかない。

並んでいるふたりのあいだに急いで飛びこんだ。その瞬間、ドアがスライドしてあいた。通路から入ってきた空気が、やけに消毒薬臭い。ふとスーマのポッドに目を落とすと、安心しきった顔でジェルの中に浮かんでいた。彼女は今この瞬間、故郷やママの記憶を消されている。

すぐに誰か入ってくるだろうと思い、まっすぐ前方に目をすえる。呼吸を整えていると、何かやわらかいものに指先をなでられた。えっ、と思って目を落とすと、ゴーストシュリンプのミニチュア版がわたしを見あげていた。男の子。ハビエルより幼い。にこっと笑うと丸顔がますます丸く見える。ほかのコレクティブと同じ、うすむらさきの目と透きとおるような肌をしている。男の子はにこにこと、顔いっぱいに笑みを広げた。なんだか……かわいい。でも、どうして入ってきたのに気づかなかったんだろう？　わたしの視力が万全でないせいもあるだろう。そうでなくても、こんな小さい子なら、わたしと違って人目につくことなく動きまわれる。

男の子がわたしに身を寄せ、伸ばした指で、わたしの腕をすーっとなでた。

「ボクシー！」長官の声がして、わたしも男の子も同時に飛び上がった。「あなた、何をやってるの？」ドア口からきく。

ボクシーと呼ばれた男の子が、首をちょこんとかしげた。「この人たちの肌にある点々。これって、なあに？」

長官が軽く腰をかがめ、上から男の子にぬっと迫る。「ここに入ってはいけないと、そういったはずです」

ボクシーはさっとわたしから離れた。「だってナイラ、ぼく、ゼータが見たかったんだ」

ナイラと呼ばれた長官は片眉をつり上げ、舌打ちをした。

ボクシーが目を伏せた。「長官……でした」

「もう見たからいいわね」長官は手首をさっと動かし、長い指をハサミの刃のように突き出した。

ボクシーがちらっとこちらを見て、わたしと目を合わせた。にっこり笑うボクシーに、こちらも自然に笑みを返す。

長官がこちらへ振りかえったので、あわてて目を前方にもどした。

すると長官が笑顔をつくった。うちのママがソーシャルメディアスマイルと呼ぶ顔だ。「ゼータのみなさん、わたしがコレクティブの長官です」イチジクのような甘い匂いのする息がすぐ近くから漂って、鼻孔いっぱいに広がる。「コレクティブのために大きな貢献をしてくださる、みなさんの活躍を楽しみにしていますよ。なすべきことがたくさんあるのに、時間は限られていま す」

長官は一列になったわたしたちの前に立ち、全員を見おろしていう。「当面は、ひとつの集団として動いてもらいますが、そのうちそれぞれに別個の任務が下されます」そういうと、くるりと方向転換し、通路へ出ていく。「いらっしゃい」と呼ばれて、わたしたちはペットのようにぞろぞろついていく。

同じ並びにある部屋の中を覗いたら、あの日の記憶がよみがえってきた。このドアの向こうに、あの怒りっぽい世話人のリーダーがいて、金髪の男子が入るポッドの前に立っていた。わたしたちはさらに歩いていく。いくつもの部屋の前を通ったけれど、どの部屋にも、本来ずらりと並んでいるはずのポッドはなくなっていて、代わりに、巨大な蜂の巣に似た居住空間が備わっていて、巣房《すぼう》のような六角形の部屋のひとつひとつが、寝室として個人に割り当てられているらしい。

長官が新たな通路に入っていく。記憶では、そのずっと先に、巨大な中庭を見おろせる窓があるはずだった。眼下に広がる広大な風景を初めて見たハビエルが歓声をあげて、両手をガラスに押しつけていた日のことがよみがえる。陸上トラックやプール、反対側には劇場やカフェテリアがあって、魔法でつくりだしたような空間だと思った。そういうところでずっと暮らしてきたのだから、コレクティブは幸せだ。

そんなコレクティブを、ママの植えたセコイアの木、ヒュペリオンがずっと見守ってきた。イスタとポポカが平和の訪れを待って、人々の営みを見守っていたように。

あの角を曲がれば、窓の並ぶ場所に出る。期待に心臓の鼓動が速くなる。緑の森の中に立つママのヒュペリオンがもうすぐ見える。よし、角を曲がった。

あまりのまぶしさに、思わずのけぞった。歩をゆるめて窓から下を覗いたとたん、喉《のど》がからからになった。巨大な空間の真ん中には何もなく、真っ白な平面がどこまでものっぺりと広がっている。パチパチと強くまばたきをしながら、ここは違う場所だと自分にいいきかせる。ここには、あの公園のような、だだっ広い中庭がない。灌木《かんぼく》も高木もなく、ステージも劇場もない。陸上トラックとトレーニングマシンが並んでいたところには、ただ白い壁があるだけ。

地球の空を映していた天井のスクリーンは消えていて、光沢のないのっぺりした金属板が残っているだけだ。ママの木が生えていた遊歩道のある緑の芝生はガラスの床に変わっていて、下から照射される光に、玉虫色の輝きを見せている。カフェテリアの食料がぎっしり詰まっていた棚はからっぽで、壁にずらりとすえ付けられていたマグナウェーブも消えて、テーブルがいくつかと、白い柱が数本立っているばかりだった。あらゆる物が消えてしまった空間は実際より二倍は広く見える。喉の奥に、大きなかたまりがこみあげてきた。

ひとたび大人たちが目覚めれば、わたしたちは走ったり、遊んだり、水泳をしたり、映画を観たりして、セーガンの移住環境が整うのを待つはずだった。足の感覚がなくなって、わたしはその場に固まった。

うしろを歩いてたルビオがぶつかってきた。「ゼータ1?」肩を叩かれてから、急ぎ足の三歩で長官に追いつく。

また窓の外に目をやると、がらんとした空間にゴーストシュリンプのようなコレクティブが点々と散らばって、その場をうろうろしているのが見えた。

何もない天井で、あざやかな緑の光が点滅して「調和」という文字を表示した。いや、これは目の錯覚に違いないと、そう思った瞬間、緑の光がむらさきに変わって、「ひとつに」という言葉を表示した。

ナイラ長官がわたしたちをガラスのエレベーターに先導する。エレベーターが下がっていく中、わたしは長官の背にした宇宙船の反対側をまっすぐ見つめている。そっちのほうで、両親がポッドに入って眠っているはずだった。パパとママがいるところへ行きたい。どこにいようと、ハビエルのいるところへ行きたい。それがもう、二度とできないように思えてくる。体育のヨガで教わったように、呼吸に意識を集中して泣かないように頑張る。

大勢の人の努力の結晶を、この人たちはすべて台無しにしてしまった。いったい、どんな理由があって、あれだけ素晴らしい設備を破壊したのだろう?　どれもこれも、わたしたちの世話を担《にな》う、この人たちのために用意されたのではなかったのか?

エレベーターを降りると、頭のてっぺんに見事な編み髪のおだんごをのせた男がいて、まるで自然史博物館で開催される異民族の展示ででもあるかのように、興味津々という顔でわたしたちを指さした。ほかにも、長官のナイラやクリック、ボクシーと同じように、金髪の編み髪を頭部にめぐらしたゴーストシュリンプたちが大勢いる。みな皮膚の下を川の支流のように流れている血管が透けて見える。異常に高い頬骨も、たっぷりしたくちびるもみな同じだ。

あの日宇宙船に乗りこんだ、科学者をはじめとする乗客や、世話人たちの肌の色はさまざまだった。わたしはソバカスの散った自分の褐色の腕を見おろす。いったいこの人たちは、自分の身体に何をしたのだろう?

最初に目にした男が、茶色がかった緑のパンを上品に齧《かじ》り、薄い黄色の液体を飲んでいる。パンはバイオテクノロジーでつくられたバイオローフ。科学の授業と、予習をしなさいが口癖のキャンター先生のおかげで、尿を浄化して飲料水にする技術をわたしは完璧に知っている。また新たな技術が生み出されて、次は尿ばかりか……。どうか、そんなことにはなっていませんように——。

そっちに目が釘付けになっていたものだから、自分とそう年が変わらない男の子がナイラ長官のとなりに立ったのに気づかなかった。その子がわたしにお盆を突き出してくる。その顔かたちを見て、同じ学校に通っていた男子を思い出した。そう、コール・ステッド。あの子と同じように、この男子も、ほとんど人と目を合わせようとしない。コールがわたしの存在に気がつくのは、ランチの列で自分の目の前に並んでいるときぐらいだったろう。お盆の上には、小さな立方体をした茶色がかった緑のパンと、薄黄色い液体が入ったカップがきれいに並んでいた。ルビオとゼータ4はすでに口を動かして、プルーンを圧縮したような四角いものをクチャクチャ嚙み、手にしたカップから液体を飲んでいる。

お盆を持った男子が、それでわたしを突っついた。食べちゃだめだと、頭の中で危険信号が鳴っているというのに、四百年近く何も食わせてもらっていないのだといわんばかりに、凄《すさ》まじい食欲がわたしを誘惑する。

ナイラがこちらに目を向けた。「ゼータ1、どうかしましたか?」

睡眠状態にもどされたスーマのことが頭に浮かんだ。自分も同じ顚末《てんまつ》をたどったら、両親を見つけることができなくなる。ルビオとゼータ4に異変は出ていないようなので、わたしもお盆から四角いパンをつかみ、口の中に放り入れた。ケールと藁《わら》とプルーンと酢を混ぜて焼いたら、きっとこんな味になるに違いない。ナイラがわたしをじっと見ている。この人は、嘘を見破る力でもあるのだろうか。

わたしは大げさに口をもぐもぐさせる。

よろしいというように、ナイラがうなずいた。「毎日ここに集まって食事をします」

わたしはペースト状になるまでくちゃくちゃ嚙んだ。配膳をしているコール似の少年が、小さくため息をついてお盆の向きを変え、今度はわたしの目の前にカップに入った謎の黄色い液体を突き出した。わたしはカップを取りあげ、しげしげと中身を見ながら、前の晩に出された謎めいた緑の〝トニック〟とは違いますようにと心の中で祈る。配膳の少年は足早に去っていった。

ナイラが振りかえって、またわたしをじっと見た。頭の片隅でやめろという声が響く前に、わたしはカップに口をつけた。ぐっと一呑み。助かった。リンゴジュースを薄めたみたいな味がするだけで、気分に変化はない。数秒のうちに、胃の中で混じり合った固体と液体が一気に膨脹《ぼうちょう》した。これだけで丸一日持ちそうな膨満感だ。

げっぷが出て、消毒薬臭い大気の中に、マメ科の牧草の臭いが広がる。その臭いをナイラのいるほうへ、ふっと吹いた。目の前のエレベーターのドアがあいてクリックが現れた。素知らぬ顔でカートを押して出てくる。カートには六枚の透明なお盆が載せられていて、そのそれぞれに、赤、青、緑、金の飲み物が、ケツァール（カザリキヌバネドリ）の虹色をした羽を広げたようにあざやかに並んでいる。それを目にしたみんなが拍手をし、感に堪えないといった声をもらす。まるで今から配られるのが色つきのジュースではなく、個人用の豪華なホバークラフトででもあるかのような反応だ。

クリックは、かつてのカフェテリアにカートを押していき、そのあとにわたしたちもついていく。やがてホールのような場所へ出てきた。この部屋の先に、かつては広大な中庭だった、宇宙船の中心部であるドーム形の巨大な空間がある。

そこでクリックは、わたしたちひとりにひとりに、飲み物がぎっしり並んだお盆を一枚ずつ寄越した。並んでいるのは、彼がトニックと呼んだ液体だ。「コレクティブをつねに穏やかに保つのが、きみたちの仕事だ」といって。

わたしはホールに集まった群衆に目を向ける。パーティー客のようにはしゃいでいる人間はひとりもいない。ドリンクのカートが運ばれてきたのを見て、一瞬だけ目を輝かせるものの、特に興奮するでもなく、いらいらするでもない。以前パパは職場でひらかれたパーティーに出席して、無理して楽しそうなふりをしていたけれど、ここにはそういう人もいない。みんなただ……いるだけ。この集まりは、いったいなんなのだろう。

ナイラ長官が、クリックとわたしのあいだにするりと入ってきた。わたしの持っているお盆から、エメラルドグリーンの液体が入ったグラスをひとつ手にとって、口もとへ持っていく。目をつぶってゴクリと一息に飲み干すと、口をまっすぐに結んだ。くちびるのあいだから染み出た液体が黒っぽい線になっている。

長官はにっこり笑って、ホールの中央へ歩いていく。しんと静まった会場に、長官の靴音だけが響いている。途中でくるりと振りかえると、その顔にキツネのような笑みが浮かんでいた。

頭の中におばあちゃんの声が響いた。

「キツネとカラスのお話は、ずっと覚えておくんだよ。他人を信頼するのはいいことだ。しかし、ときにこのキツネのように、信頼を勝ち取るために約束をする者がいる。そういう者はトリックスターといって、必ずしも相手のためを思っちゃいない。だから、この人は自分の利益を優先しているんだなと、すぐ気づかなきゃいけない」

「どうやったら、わかるの?」わたしはきいた。

おばあちゃんはわたしのほっぺたにキスをして、こういった。「お話をきいて、カラスの失敗から学ぶことだ。このカラスは、キツネのせせら笑う表情を見ずに、もっともらしい言葉だけをきいていた」

そこでおばあちゃんはキツネのように目を細めて、ずるそうな顔をつくる。

「わたしたちの祖先の時代、動物は話をすることができたんだ。『カラスくん、大変だね』とキツネは地上から空に向かって声をかけた。『そんなに重そうなチーズを運んで飛ばなきゃならないなんて。ちょっとばかし落っことしていったら、軽くなるんじゃないかな』

「素晴らしいニュースをお知らせします！」長官の発表が始まった。「バイオドローンによって、この星の大気には十分な酸素があることが確認されました」

人々が興奮にどよめいた。

「水の塩分濃度もさほどではありません」長官は続けた。

クリックが喉をゴクリとさせる。「いよいよだ」と、誰にともなく、そっという。

「空を飛びながら、カラスはキツネにいわれたことを考えた。もちろん、カラスは疲れきっていた。ここまで運んでくるだけでも大変な苦労だったんだ。キツネのいうとおりにすれば、この先ずっと楽になる」

「しかしコレクティブが未来まで生き残るためには、酸素だけでなく、大気の組成を正確に分析する必要があり、そのために……被験者が必要となります。この星を探索するゼータたちに付き添って、大気がわたしたちの生存に適するものかどうか、身をもって検証してくれる仲間が必要なのです」

「カラスはチーズを口から落とし、それをキツネが丸飲みにした。それでこの話はおしまいだ」

「みなさんご存じのように」長官が続ける。「ゼータの一団が、わたしたちに加わりました」そういって、ルビオ、ゼータ4、わたしを手で示す。

みんなの目がいっせいにこちらに集まり、お盆を持つわたしの手に思わず力がこもる。血が凍りつきそうになったが、とにかく今は自然にふるまうことにする。この世界では何を「自然」というのか、わからないけれど。

「ドローンは、水中の植物を集めることができません。よってサンプルは人間が自力で採取してこないといけません。その危険な仕事をゼータたちが引き受けて、わたしたちに必要なサンプルを集めてくれるのです」

わたしの持っているお盆のグラスが細かく振動する。セーガンの地表に初めておりる「危険」におののいているのか、それとも宇宙船から出られることに興奮しているのか。きき捨てならないのは、まるでわたしたち自らが志願して、その危険に挑むといわんばかりの長官の口調だ。

男がひとり、目を大きく見ひらき、乱れた呼吸でこちらへ近づいてくる。わたしのお盆から、ルビーレッドのトニックが入ったグラスをつかんだ。手の中で液体が震えている。男はそれを口もとへ持っていき、ほかのみんなが見ていないすきにと焦るように、一気に飲み干した。口もとをぬぐった手の甲に、赤いすじが残る。男はにっこり笑い、たちまち幸せいっぱいという顔になった。二杯目を口に持っていき、赤いトニックの痕跡を消すように緑のトニックを一気飲みする。

男はクリックを振りかえって、気さくに話しかけた。「このオレが、明日の朝、ゼータといっしょに行く人間に選ばれたらしいよ」

あ、カラスがここにいた、とわたしは思う。

クリックの顔から笑みがはげ落ちた。「ああ、レン」相手の肩に片手を置き、「ナイラが決めたんだ」という。それから少し間を置いていいたした。「コレクティブのために、きみはゼータといっしょに行かないといけない」

「もちろんだ」レンと呼ばれた男は自分の肩に置かれたクリックの手にちらっと目をやって、また新たなグラスを手にとった。「喜んでお引き受けしようと思ってる」そういった声が震えていた。

テーブルにグラスを置く手に力がこもりすぎたのか、トニックがグラスの中からはね上がった。

「コレクティブのために」

クリックが顔にはねた緑のしずくを手で払う。その仕草を誰かに見られなかったかと、あたりにさっと目を走らせる。

ナイラが、手にしたグラスをかかげた。「みなさん！　今夜は楽しんでください。近い将来に、困難な仕事が待っていますが、それを成し遂げることで、わたしたちはまた一歩、理想に向かって前進できる」そこでいったん言葉を切り、わたしたちのいるほうに、ちらりと視線を向けた。

「わたしたちの祖先が犯した誤りを修正していくのです」

わたしは奥歯を嚙みしめた。祖先というのは、わたしの両親や乗客たちを指している。

ナイラ長官がホールの向こう側にいる男に合図した。男はうなずくと、ディスプレイの上で手をさっと振った。ホールの照明が暗くなり、わたしの視界はぼやけてくる。ブーンという音。ホログラムの星がわたしたちを取り巻いた。わたしは手にしたお盆をあわててテーブルの上に置いた。目の不調については知られているものの、見えないせいで、暗がりの中で人に体当たりしたり、虹色のトニックをぶちまけたりしたら最悪だ。柱の一本に背をつけて立ち、誰にも気づかれませんようにと祈っている。

ブーンという音が大きくなり、まもなく金属を引き裂くような音が響いた。このぞっとする音は、ＮＡＳＡが録音した、さまざまな惑星の電波だ。ナイラは目を閉じて深く呼吸している。まるで今流れているのが、ティアおばさんがよくきいていたニューエイジの瞑想音楽でもあるかのようだった。音がわたしの全身を震わす。回転するホログラムの星々と、その合間に見え隠れする、口に赤い線のついた、いくつもの青白い顔。どれもこれも貧血症の吸血鬼のようだ。

わたしのとなりで女のゴーストシュリンプがぼんやり微笑《ほほえ》んでいる。その横のテーブルに、空になったグラスが山のように積み上がったお盆があった。

ナイラがやってきて、柱の反対側にいるクリックのとなりに立った。惑星の音が大きすぎて、ふたりが何を話しているのかわからない。わたしの着ている暗灰色のジャンプスーツがカモフラージュの役目を果たしますようにと祈りながら、そうっと近づいてみる。

「レンのことですが……長官、もし環境がわれわれの身体に適さなかったら、どうするんです？」

クリックが周囲の音に負けぬよう声を張りあげた。

「酸素はあります。水は浄化処理をすれば大丈夫」なんの感情もこもらない声。

クリックは小さく息を吐き、首を横に振った。わたしと同じことに気づいたらしい。

「それはそうですが、『われわれの身』には、危害が及ぶ要因がほかに存在するかもしれない。予測不可能なことが起きたらどうするんですか？　つまり、レンの身体――われわれの身体は、以前とは異なっているわけで」

ナイラがクリックに向き直って、厳しい目を向ける。あたりを浮遊する星が顔をすべっていく瞬間、肌の下の血管がぼうっと青く光った。「過去にコレクティブが、われわれの身体にどんな手を加えようと、それが最善の結果を生むと考えてのこと。現在のわたしたちの身体にたどり着くために、祖先は努力を重ねてきたのです。共同体には犠牲が必要であり、犠牲は代価を伴います」

　クリックがうなずいた。それはもうすでにわかっている、念のため確認したまでだという顔だった。ふたりが話題にしているのは、自分たちの身体に加えられた改変であることは間違いない。おばあちゃんはいつもいっていた。自然にちょっかいを出すと、必ずしっぺがえしがあると。

「確かなことは、われわれのうちの誰かが、実際にそこに立ってみないとわかりません」長官は穏やかにいう。「それでもしセーガンの環境がコレクティブに適さないとわかったら、去ればいいのです」

　クリックが長官の顔をあわてて見直した。「去る？」

「ここ以外に、人類が生存可能と考えられる惑星が、2ユニット圏内にあるのがわかっています」いってすぐ、クリックから目をそらした。

　三百八十年の旅に5ユニット近くかかったということは……。胸が苦しくなって息ができない。2ユニット圏内というのは、人間の一生を二回費やしてようやく到達できる場所。

　クリックがさっと顔をよそへ向けた。わたしと同じ計算をしたのだろう。「しかし、そのために……」

　まわりの人々はトニックを飲みながら、そばに寄ってくる星々を突っついている。まさに今このとき、自分たちの生き方が決められているなどとは露とも知らない。

「そのために、犠牲が必要なのです」ナイラが断固とした口調でいった。「われわれにはコレクティブの全成員に対して義務があります。命が危険にさらされることなく、なんの脅威もなく生きていける永遠の故郷を見つける。それは、祖先の人々と未来の人々に対する義務であり、たとえ自分たちがこの宇宙船で生涯を終えることになっても、探し続けなければならないのです」

頭がふらふらする。ひんやりした柱に頬をくっつけた。惑星がひとつ、部屋の向こう側をゆっくり横切っていく。何人かが興味を示して、あとをついていく。

「おっしゃるとおりです、長官」クリックがいって、ホログラムのショーに目をもどした。

でも、わたしたちはどうなるの？　ゼータ4やルビオやわたしは、この宇宙船で、彼らに奉仕して一生を終えろと？　そのあいだ、ポッドで眠っている親たちは、ずっとどこかに隠されているのだろうか？

しかし、そちらのほうが、まだましだというのはわかる。セーガンの環境因子に危険なものがあって、それによって全員が死に絶えてしまうよりは。ナイラの言葉は冷酷に響いたが、確かに、セーガンに人間が住めるかどうかを正確に調査するのは必要不可欠だ。そして長官の言葉は、コレクティブの人間を守るためなら、あらゆる手をつかうと、そのようにもきこえた。

ぐずぐずしてはいられない。ここを出て、パパとママを捜さないと。

14

パパといっしょに、ママに頼まれた庭の土質改良材、ピートモスの大袋を車から下ろす。大きいが、コケだから見た目より軽い。ふたりで片側ずつ持っているのだけど、パパは実際以上に重たいふりだ。「おまえがいなかったら、とても運べなかった」おまえは役に立っていると、暗にそういいたいのだ。実際には九歳の女の子にできることは限られている。

裏門をくぐって裏庭に出ると、芝生に敷いたブランケットの上でママとハビエルが眠っていた。太陽はまもなく地平線の下に沈んでいく。

カメのラピドが、しゃなりしゃなりと、小道沿いにある自分のねぐらへもどっていく。小道の先には砂漠が広がっている。

パパとわたしがピートモスの袋を地面に置くと、ママが大きく伸びをして、上体を起こした。

「ちょうど日が暮れる頃に白馬に乗った王子様と従者が冒険からもどってきました。プレゼントのコケを携えて」

「ホームセンターへの危険なミッションをなんとかクリアできて、ほっとしているよ」

「ここのためですもの、命をかけるだけの価値はあるでしょ」ママが自分の庭を手で示していった。「ここはわたしたちにとって、中世における戦場と同じ。死ぬときは、熊手や鍬《くわ》を手にしていたい」

パパがゲラゲラ笑った。「ペトラ、頼んだぞ。そのときには、パパとママの死体を堆肥置き場まで転がしていってくれ」

「やめてよ！」わたしは怒鳴った。

ハビエルがびくっとして目を覚まし、ヒクヒク泣きだした。

「よし、オレに任せろ」パパがいい、ハビエルを抱きあげて肩車した。幼児のぷっくりした足がパパの胸にぶらさがる。「パパが風呂に入れてやるからな」

ママはスマートフォンを取りあげて、フラッシュライトを点灯させた。「ねえペトラ、おやすみ前に、ちょっと冒険をしない？」

わたしはすかさずうなずいた。ずいぶん久しぶりだった。ハビエルが生まれる前はパパとママを独り占めできたから、そういう冒険をしょっちゅうやっていた。

「妖精を見つけにいこう」ママはウィンクをして立ち上がった。

わたしは笑った。ママはわたしを面白がらせるすべを心得ている。「砂漠にはいないよ。妖精は森にいるんだから」

「ここだって森よ。砂漠の森」いったそばから、ママが喉《のど》をゴクリと鳴らした。「今の見た？」小道の先に立ち並ぶ木の、一番手前の一本に、ママがフラッシュライトを浴びせ、そちらへそろそろと歩いていく。その木はピンク色の花に覆われていた。

「デザートウィロー（北米やメキシコの砂漠に沿った河岸や水路の近くに生える。白色の花冠の咽部はピンク色やむらさき色をしている）？」わたしはママのあとについていく。

「正解。やるじゃない」ママがにっこり笑う。

花びらを羽に見立てて、妖精がそこにいるのを想像しようとするものの、ただ群がって咲く花にしか見えない。「妖精なんていないよ」

ママはわたしの言葉を無視して、フラッシュライトを別の方向へさっと向けた。「あっ、いた。ほら、セージの妖精がこっそりひそんでいる」

茂みにぎっしりと咲く黒っぽいむらさき色の花。わたしはそこにじっと目を凝《こ》らしてみる。「何もいないけど」

「イギリスではラベンダーに妖精を引きよせる力があると考えられているの。でも、わたしたちのデザートセージ（常緑の小低木。あざやかな青むらさき色の花を咲かせる）には何もいないわね」

日差しが薄れて空がむらさき色に染まり始めた。地平線上にオレンジ色のリボンを置いたように、残照が細くのびている。ママがフラッシュライトで小道の先を照らし、くちびるに指を一本当てて、「しーっ」といった。

あとについていきながら、わたしは小声でいう。「ジャイアントパイプ・サボテン」とげとげした巨大な緑の腕を空に突き出している。それを見て、思わずわたしはいった。「あの下に、きっと妖精の町があるんだよ！　アルバカーキーみたいな大都会が！」その言葉が引き金になって、わたしの想像力が一気に羽ばたいた。「きっと盛大なパーティーがひらかれている。サボテンの腕一本一本に魔法のドアがついていて、ドアの色は全部違うんだ」わたしは一番背の高いサボテンの茎を指さしていう。「一番大きなドアは金色にちらちら光っている。妖精たちはパーティー会場にたどり着くまでに、たくさんの困難が待ち構える迷路のような道すじをたどらないといけない。一歩間違えば、繊細《せんさい》な羽を引き裂かれてしまうバラのトゲだらけの輪っかを抜けて、つっこんでしまえばたちまち眠りに落ちてしまう花盛りのカモミールをよけて、一滴でも羽についたら飛べなくなってしまうハチミツを避けて。そうしてすべてをクリアしたあとは……」わたしはそこで声をぐっと落とし、ささやくようにいう。「なぞなぞに答えなくてはならない」わたしは目をすーっと細めて、両腕を空に向かって差しのべる。「わたしはあらゆる虹の中に存在します。わたしは空にもいます」そこで地面に両膝をつける。「大海の深みにもいれば、カケスの羽の中にも存在します。さて、わたしはなんでしょう？」

ママはにっこり笑ったものの、その目はわたしを素通りして、わたしの背後に広がるあたりを見て、何か探している。

わたしは膝を曲げてお辞儀をする。「正解です、妖精さん。わたしは青です。さあ、どうぞお入りください」わたしの意識は妖精のパーティー会場に飛んでいって、もう砂漠の風景は一切目に入らない。「妖精のドレスやスーツは、トンボの羽のようにちらちら光っている。ツリガネソウのカップに入った妖精のドリンクは、噴水から噴き出した色とりどりのジュースやネクター」わたしはそこで目をつぶった。「ホタルがぎっしりとまっている樹木は、電飾を施したようにきらきら光って――」

ママがまた、「あっ」という声をあげ、話をさえぎって、わたしの背後を指さした。「えっ？」わたしの意識が、サボテンの一番長い茎の中で行われていたパーティーから現実にもどる。ママのフラッシュライトが、小さな黄色い花を咲かせる現実世界の茂みを照らしている。

わたしはため息をついた。「クレオソートブッシュ（葉にクレオソートのにおいがあるメキシコや米国南西部に自生する植物）」

「正解！　どう、植物学って面白いでしょ？」

「なんだ、そういうことか」妖精探しを通して、ママはわたしの中に植物学への興味をかきたてようとしていたのだ。それでも夢中になっているときは面白かった。

ママがわたしの頭にキスをして、フラッシュライトの光を家に向ける。「そしてあそこに、あらゆる妖精の中で、一番愛らしい妖精が暮らしていました。ペトラ妖精です。ペトラはお休み前にシャワーを浴びなければなりません」ママがわたしの目をとらえ、ウィンクをする。「どっちが先に着くか、競走よ」

早くも駆けだしたママのあとを追って、わたしも全速力で走りだす。闇の中に置いていかれるのが怖かった。

15

ナイラとクリックの会話がふいにやんだ。柱の陰から少しだけ身を乗り出してみると、クリックは思った以上に近くにいた。まずいと思い、すぐ身を引いたものの、その瞬間、クリックの立つ先に現れた、クレーターのある白い天体に目が釘付けになる。このホログラム・ショーが天文学的に正しくつくられているなら、月のうしろには……。

編み髪をきれいにねじっておだんごにしている男が、そちらを指さして笑顔になった。「なんと美しい！」

３Ｄのホログラムが、青と緑の巨大なビー玉のように回転している。それを見て数名がゴクリと喉《のど》を鳴らした。その天体の地を実際に踏んだことがあるのは、ここにいる人間の中で最も若い、わたしたちだけだ。目の前で優雅にまわっている地球は、実際にはもう存在しないけれど、よみがえる記憶に思わず顔がほころぶ。あの地球に、おばあちゃんがいる。

目に涙が盛り上がってきた。うっかりもらした嗚咽《おえつ》は、会場の甲高《かんだか》い音楽にかき消された。かつて自分が暮らしていた天体に一瞥《いちべつ》もくれず、ルビオは知らん顔でその横を過ぎていく。

巨大な広場に近い、天井の一番向こうはしに、まばゆい光のすじが現れた。彗星《すいせい》だ。振りかえると、みんなもそれに気づいていて、始まったばかりの天体ショーにじっと目を注いでいる。彗星は尾を引きながら、星々と、立ち並ぶ人々のあいだをゆっくり通過していく。さっき食べたものが、胃の中から突き上げてくる。あれは単なるホログラムだと自分にいいきかせる。今飛びだしていって、ハレー彗星を押しやったところで、本来の軌道からはずれることはない。もう起きてしまったことを、起きなかったことにするのは不可能だ。

長官が腕を振ると、光るヘビは地球目指してスピードをあげた。地球の太平洋にあるハワイとフィジーの中間に激突し、破壊された残骸がボウル状に噴き上がる。あらゆる方向に吹き飛ぶ光の弧。打ち上げ花火が室内いっぱいに花ひらいたかのようで、トニックでくちびるを緑に染めたコレクティブのあいだから、大きな歓声がわき起こった。まるでフットボールの試合で見事なタックルを目の当たりにしたかのようだ。天体がひとつ、木っ端微塵《こっぱみじん》になったというのに。

太平洋で生まれた炎の輪が、東はアメリカへ、西は日本へ、みるみる広がっていく。会場の隅々まで充満する微粒子が、やがてわたしたちの身体を通過して宙に舞いあがり、地球のあった場所へ雨のように降りそそいだ。

あの微粒子の塵《ちり》が舞う中に、おばあちゃんがいる。想像したら、喉がきゅっと締まった。大丈夫、わたしは失神なんてしない。くちびるがじんじんするだけ。と、そこでいきなり部屋がガクンと傾いた。近場のテーブルに倒れかかり、椅子の上にくずおれる。こんなところを誰かに見られたらおしまいだ。

音楽が静かになって、ナイラが部屋の中央に歩いていく。照明が少しだけ明るくなった。周囲をふわふわと舞う、わたしたちの惑星の残骸が、ナイラの顔立ちを優しく見せている。

ついさっきまで地球が優雅に回転していた場所を指さしてナイラがいう。「今日は、われわれが新しい天体へたどり着いたお祝いをしましょう。過去の世界に起きたことは、悲劇ではありません。わたしたちが過去を捨て去る転機だったのです。コレクティブの尽力により、紛争や飢えや戦争だらけの過去の記憶が、わたしたちの未来に入りこむ余地はもうありません」

うちの両親だって、よりよい未来を望んでいた。けれどパパは、そこへ行き着くためにどうしたらいいか、長官とは正反対のことをいっていた。「過去の間違いや過《あやま》ちを忘れずにいて、子どもや孫たちの未来がより良いものになるようにするのが、われわれの務めだ。互いの違いを認め合いながら、平和な世界をつくりだす方法を見つけなきゃいけない」

「われわれは今単一の共同体となって、過去の悪徳と決別しました。もはや〝新しい〟歴史をつくるのだと考える必要もありません。過去は消滅しました。今あるコレクティブと新しい天体が始まりです。コレクティブが一丸となって、素晴らしい故郷をつくっていくのです」そこで長官はグラスをかかげた。「わたしたちの新しい始まりに乾杯」

会場いっぱいにコレクティブたちの声がとどろいた。「新しい始まりに乾杯！」

わたしは床をにらんだ。たとえわたしの両親と、ほかの乗客たちが目を覚ましても、これだけたくさんのコレクティブがいる。

思わずテーブルの上につっぷした。耳にキンキン響く音楽がまたもどってきた。話し声と笑い声も。

「ゼータ1？」

頭を起こし、鼻の下の汗をさっとぬぐった。見あげるとナイラがいた。「長官、すみません、新しい食事にまだ慣れていないようで」目を合わせられない。「すぐにもどって、トニックの配布を手伝います」

「その必要はありません。あなた方の本日の業務は終わりです。自分の部屋にもどって休みなさい」肩をぽんぽんと叩かれて、背すじに震えが走った。「今回の船外活動で、調査が無事完了したら、あなたにはさらに重要なミッションが待っています。研究室での仕事は、きっとあなたの性に合うでしょう」

そういえば、宇宙船に乗りこんだ最初の日に、シャトルや資材の入ったコンテナが集めて置かれているのを目にした。そのときはまだ研究室はなかったけれど、セーガンに到着したらすぐ、うちの両親たちがつかえるよう組み立てることになっているとベンがいっていた。

「楽しみです。コレクティブに奉仕することが」

わたしの言葉をきいて、ナイラはにっこり微笑《ほほえ》む。こちらも無理やり笑みを返した。わたしの知識がコレクティブの役に立つと、相手がそう確信している限り、わたしの身は安全だ。

「さあ、もう行きなさい」

いわれなくても行く。またとないチャンスだ。エレベーターのある方向へ歩いていきがてら、ゼータ4を見ると、飲み終わったグラスを置いてお代わりをもらおうしている女に、いそいそとお盆を差しだしていた。

わたしはエレベーターに乗り、六階のボタンを押した。

最初の日、ベンは両親にこういっていた。「お気持ちはお察しいたします。親御さんたちのポッドは船のちょうど反対側に用意されているんです」

エレベーターが上がっていくあいだ、頭の中で、自分たちの部屋から、そのちょうど反対側にあたる場所まで線を引いた。わたしと両親のあいだには、コレクティブの半数を収容する居住空間があるはずだった。

エレベーターを降りて、左右に目を走らせる。ひとまずほっとして、ふーっと息を吐く。もし誰かに見つかったら、「方向がわからなくなった」といえばいい。自分の部屋の前を通過して、宇宙船の奥へ奥へと進んでいく。大人の部屋は百八十度向こうの点対称の位置にあるはずだ。思った以上に距離があって、しまいに息が切れてくる。やがて、わたしたちのポッドが置いてあったセクターと部屋の並び方がまったく同じ場所に出てきた。ひょっとしてあそこ？　前方に、それらしき部屋がある。ドアはスライド式で、ひらくときも、ヴヴヴヴと、わたしたちのポッドが置いてあった部屋と同じ音がした。

けれども、そこに両親のポッドはなかった。部屋の奥の壁に沿って、蜂の巣状の居住空間があるばかり。各巣房《すぼう》の六角形の入り口の奥に、判で押したように同じベッドがひとつずつあって、同じ毛布がかけられている。毛布は、コレクティブの繊細《せんさい》な皮膚から熱を逃がさないために必要なのだろう。ベッドの下には、コレクティブの着る服が畳んで置いてある。

パパとママはどこ？

先へ進んでいっても、同じ部屋があるばかりで、そのどこにもポッドは置かれていなかった。長い通路のずっと先から、人の声がきこえてきた。足をとめ、きき耳を立てると、声がどんどん近づいてくるのがわかる。

まわれ右をしてダッシュし、宇宙船後方の中央までもどってきた。壁にもたれ、目をぎゅっとつぶり、どうするか考える。近づいてくるのが誰であろうと、そちらへ向かっていく。何をしているのかときかれたら、道に迷ったと嘘をつく。それをしないなら、両親を捜す手立てを別に見つけないといけない。わたしは目をあけた。光に目が慣れるまでに少し時間がかかる。とりあえず身を隠そうと思い、近場に目を走らせた。目の前のドアの隙間から、なじみのある青むらさき色の光がもれている。声はますます大きくなってきた。

一歩踏み出してドアをあけ、中にすべりこんだ。

金属の床に、わたしの靴音が反響する。深い海を思わせるロイヤルパープルの光。そうだ、この色はプレアデス社のシンボルだった。すぐ先に、螺旋《らせん》を描きながら下っていく階段があって、下のほうは闇に消えている。ドアがスライドして閉まったちょうどそのとき、すぐ外で声がした。息を詰め、声が遠ざかって消えるまで待つ。

また一歩足を踏み出してみる。靴音の残響がいつまでも消えない。これと似たような恐ろしい場面を夢で見たことがある。肘《ひじ》を支えてくれるママもパパもハビエルもいないまま、漆黒《しっこく》の闇の中へひとりで歩いていく夢。手すりをつかんで、一段、また一段と降りていく。踏んだそばから、段がむらさき色にぼうっと光り、わたしの足を追いかけてくるようだ。ひょっとしたら、誰かがうしろからついてきているかもしれない。そんな想像から気をそらすために、段数を声に出して数えながら降りていく。どこまで行っても階段は終わらない。「百四十二、百四十三」自分の声だけを頼りに、とにかく降りていく。「二百十七、二百十八……」

足音の反響がやけに耳につくと思ったら、小さな踊り場に立っていた。目の前に、またドアがある。ドアの隙間に耳を当ててみる。ゆっくりとドアをあけて中に入る。次の瞬間、記憶がよみがえった。ここは宇宙船の中央船倉だ。何ひとつ見逃さぬよう、部屋の片側からスタートして、少しずつ視線を移動していく。入ってすぐの部屋の片端で、宇宙船に乗りこんだ最初の日に見たのと同じように、黒いカブトムシのようなシャトルがきらきら光っている。三百八十年前と少しも変わっていない。奥に入っていくと、プレキシガラス製の研究室があった。ベンが組み立てたのだろう。ナイラが話していた研究室もこれに違いない。金属のコンテナがずらりと並ぶ倉庫が付随してるはずだが、どこを見てもそれらしきものはない。

代わりに、何列にもわたってずらりと並ぶ睡眠ポッドがある。

思わず顔がほころんだ。歓声をあげそうになる口を手で押さえる。少なくとも百はあるだろう。自分の胴を両腕で抱きしめたら震えていた。今にも泣きだしてしまいそうだ。

とうとう見つけた。あとは、どのポッドにうちの家族が入っているかだ。

コグを引き抜くツールはたぶん盗める。ママとパパの頭を持ち上げて、首の付け根にそれを当てればいい。目が覚めてきたら、気道からジェルを吸入しなきゃいけないけれど、その機器は各ポッドに備わっている。一番大変なのは、ポッドから出してジェルをきれいに落とす段階だろう。何しろ本人はまだふらふらしていてまともに動けない。それでも、両親のどちらかひとりを完全に目覚めさせれば、そのあとの作業はいっしょにできるから、家族全員を目覚めさせるのは、そう大変ではない。ルビオを目覚めさせる工程を見ていたけど、そんなに難しそうではなかった。

たとえコレクティブが両親の記憶をいじったとしても、ママはきっと妖精狩りのことは覚えてるだろうし、パパはペトリコールのジョークを忘れない。

ハビエルだって、『夢追い人たち』の本を読んであげたときのことは忘れない……。

並んだポッドへ駆け寄ると、床がぱっと明るくなった。列のあいだに設けられた通路に照明が備わっているのだ。それで気がついた。ポッドからは光がもれていない。どのポッドも真っ暗だった。

一歩足を進めるたびに胃がねじくれる。からっぽ。これもからっぽ。またからっぽ。百以上もあるポッドの中はすべてからっぽのようで、みな暗い影に沈んでいる。

ポッドには、ネームプレートの横にオレンジ色のボタンがついていて、それだけがチカチカ光っている。名前を読もうと、身を乗り出す。Fline と書かれていた。アルファベット順に並んでいるのだとすぐ気づき、そのとなりの列に移る——Richter。さらに順々に見ていくと、Quinn……Putnam、Peterson。

そこで深く息を吸った。Pequin。そして次はいよいよ……Peña。……からっぽだった。胃を押さえてポッドにかがみこむ。一切の機能が停止している中、オレンジのボタンだけが点滅している。押すな。押さなければ、現実にはならない。頭の奥で警告の声が響いている。いや押したくても身体が凍りついて動けない。

目をつぶって何度か深呼吸してから、手を伸ばしてボタンを押すと、蓋《ふた》がひらいた。からっぽのポッドを覗きこんでいるわたしの耳に、室内のどこかにあるスピーカーから、なめらかな声が届く。〈ペーニャ・エイミー。記憶消去失敗。リプログラミング失敗。7–24–2218 粛清《しゅくせい》〉

ガクンと膝が折れて、床にくずおれた。粛清？　ポッドにつかまって息をあえがせる。その言葉の意味することを考えたくない。考えなくてもわかっている。ママも、ベンと同じ末路をたどったのだ。

ママのポッドのへりから、中へ身を乗り出す。ワタをえぐられたカボチャのように、自分の身体の中身がすっぽり抜け落ちた感じがする。まもなくここに誰かがやってきて見つかる。そんなことが、もうどうでもよくなった。

　セーガンで家族いっしょに暮らすという、ママの期待していた未来はすべて消えた。もうママに髪をとかしてもらうことも、おでこにキスをしてもらうこともない。いっしょに妖精狩りをすることも。きっとセーガンなら、植物や想像上の妖精が、地球のどこよりもたくさん見られるに違いないのに。母と娘、それぞれに求めるものは違っていた。それでも新しい星で、いっしょに暮らせるはずだったのに。

　ママのぬくもりが少しでも感じられないかと、ポッドの内部を手でさすってみる。けれどもそこは、ただの冷たい空洞でしかなかった。

「ママ?」そっとささやいて、ママが眠っていたポッドのとなりに横になり、身を丸めた。一度隅のほうから物音がきこえたような気がしたけど、誰も現れない。

　しばらくして、身を起こした。どれぐらい時間が経ったのか、はっきりしない。這《は》いずるようにして次のポッドに近づいていく。こちらもからっぽだ。「お願い、どうか、どうか」小声でいって、ボタンを押した。

〈ペーニャ・ロバート。記憶消去失敗。リプログラミング失敗。10―23―2277粛清〉

　パパのポッドに抱きついた。巨大なこぶしで胸をおしつぶされるようだった。燃えるように目が熱くなり、肺に空気が入っていかない。こんなのおかしい。これだけ大勢の人に、どうしてこんな仕打ちができたの?　うちの両親は家族がいっしょに暮らせるよう望んでいただけだったのに。また物音がきこえた。もうどうでもいい。

　パパとママが消された日は、六十年近くも離れている。裏庭でママがいっていたのは冗談だとわかっているけれど、ふたりの最期といってわたしがいつも想像するのは、うちのガーデンベッドに並んで横になっている光景だ。ところが今は違う場面が頭に浮かんでいる。遠くかけ離れた時代に死んだふたりがばらばらに放り出され、年もとらずに、地球を出発したときと同じ外見のまま、巨大な宇宙空間にひとりぼっちで浮かんでいる。

胃の中のバイオローフが喉に突き上げてきた。床に飛び散った嘔吐《おうと》物は、食べたときよりずっとかさが増していた。口をぬぐって横になり、パパのポッドに身を押しつける。

無理やり呼吸し、重たい身体をひきずって次のポッドへ向かう。

見たくないが、知らずにいることはできない。両親のポッドと同じように、こちらもオレンジのボタンがゆっくり点滅してネームプレートを照らしていた。ペーニャ・ハビエルと、かろうじて読める。

中を覗いてみる。からっぽだった。

ハビエルまで。みんないなくなってしまった。

金属のドアがひきずられる音。ずっと奥から響いた。奥は闇。「誰かいるのか?」闇の奥から太い声が飛んできた。

来た道をダッシュでもどり、足をもつれさせながら階段を駆け上がる。頬を流れる熱い涙がとまらない。

16

自分の部屋にもどってみると、ベッド代わりにしていたポッドは消えて、巨大な蜂の巣があった。背後から照明が当たっていて、コレクティブの居住空間と同じように巣房《すぼう》が個室になっている。そのうちふたつは影になっていて、そこにルビオとゼータ4が入っていた。わたしはゼータ4のとなりの巣房にもぐりこむ。

ビニールのシーツに涙がたまっていく。どうしてハビエルまでが？　ほんの小さな子どもなのに。

こんなことなら、わたしの記憶も完全に消されてしまったほうがよかった。そうしたら、ほかのみんなと同じように何も悲しまずに済んだだろう。家族といっしょに死んでしまいたいなどと願わずに、この巣房の中でぐっすり眠っている。わたしは過去をすべて覚えている。そう長官に話したら、粛清《しゅくせい》されるか、もう一度プログラミングし直されるか、ふたつにひとつだ。どちらにしても、ママとパパとハビエルの身に起きたことを想像しながら、生涯をここで送るよりはいい。

眠っているはずのゼータ4が、となりで哀れっぽい声をあげている。もうコグは入っていないわけだから、彼女にしてもルビオにしても、眠っているあいだに洗脳されることはない。

ゼータ4が飛び上がって壁に激突したらしく、蜂の巣全体が細かく震えた。

「イヤだママ、注射は一回だけっていったでしょ！　もう痛いのはイヤ」

上体を起こした拍子に頭をぶつけた。

地球にまつわる記憶は、ゼータ４の頭の中から完全に消えているはずだった。たとえ夢の中であっても、母親と病院に行ったことを思い出すなんてあり得ない。

外へ這《は》いだしていき、悪夢から覚めさせようと、ゼータ４の腕をさする。すると相手はキャッといって、わたしの手を払いのけた。

それでもこの子を怖い夢の中にずっと置いておくことはできない。今度は一度腕をぐいと押しやってから、大きく揺さぶってみる。ゼータ４がはっと起き上がって、わたしのほうを振り向いた。「ゼータ１、何……？」深く息を吸って眉間《みけん》に皺《しわ》を寄せたかと思うと、ゲンコツで自分の額をゴツンと叩いた。そうすれば混乱した頭が整理されるとでもいうように。「わけがわからない……」あごがぷるぷる震えている。「あの人は現実の人じゃない……」涙のたまった目でわたしを見あげる。「そうだよね？」

宇宙船の船倉には、彼女のママの名前が書かれた、からっぽのポッドも置いてあるはずだった。二度と会うことはできないママを恋い焦《こ》がれる気持ち。それが、まだゼータ４の心のどこか深いところに残っている。そしてゼータ４は少なくとも夢でママに会えて、目覚めたときには、その心の痛みを現実ではないものとして追いやることもできる。わたしの夢にママは出てこない。夢の中でママと再会して、宇宙船に乗りこむのをしぶって冷や冷やさせたことを謝ることはできない。「そのことは、あした話しましょう」わたしはゼータ４にそっとささやいた。

ゼータ４はまた頭をベッドにもどした。喉《のど》がひくひくしている。現実ではないと否定しながらも、自分の感情を扱いかねているのだろう。こういうとき、おばあちゃんには、子どもをなだめるとっておきの手があった。真似してみたら、うまくいくだろうか。それともハビエルのときのように、もっと動揺させてしまうだろうか。

「ちょっとペトラ、何もこんなときにお話を語ってきかせなくたっていいでしょ」

ママの声がよみがえる。

宇宙船に乗るのをしぶるんじゃなかった。あの言葉が、ママがわたしにかけた最後の言葉のひとつだなんて、あまりに悲しすぎる。ゼータ4の身体が細かく震えているのを見て、迷っている場合じゃないと心を決めた。羽毛のようにやわらかな髪をなでてやりながら、震える声で始めた。

アロロ・ミ・ニーニャ（お眠りなさい、わたしの娘）
アロロ・ミ・ソル（お眠りなさい、わたしのぼうや）
アロロ・ペダソ（お眠りなさい、少しでも）
デ・ミ・コラソン（わたしの心をこめた、この歌をききながら）

歌い終わって、あわてて涙をふいた。

ゼータ4が寝返りを打って、わたしと向き合った。「ゼータ1、今のはなあに？」

わたしはゴホンとせきばらいをした。「子守歌。子どもを眠らせるときに歌う歌。わたしはあんまりうまくないんだけど」

「コーモリウタ」ゼータ4は間違って発音した。「なんかいいね」といって、手の甲で目をごしごしこする。「ゼータ1？」

「何？」

「どうしてわたし、夢を見て泣いたのかな？　泣くなんておかしい。長官に話したほうがいいかな？」

「だめ！」わたしは彼女の手を押さえた。

ママとパパのポッドからきこえてきた言葉が、頭の中によみがえる。〈記憶消去失敗。リプログラミング失敗。……粛清〉

「夢のことは、誰にも話しちゃだめ。コレクティブに報告するなんてあり得ない」

「そこまでいうなら」とゼータ4。

「そう、絶対にだめ」わたしは彼女の手をぎゅっとつかんだ。「ねえ、お話をするけど、きいてくれる？」

明日長官に、自分が誰であるか思い出したといってしまえば、わたしの中にあるお話は、すべて消え去ってしまう。だったらそのまえに……。

「お話って、なんの？」

そこでルビオが寝返りを打った。相変わらずいびきをかいている。

「ええっと……昔話。コレクティブにも役立つはずなんだけど。とりあえず今は、わたしたちのあいだだけの秘密ね」

「昔話……」とゼータ4。

わたしはおばあちゃんと同じように始めた。「エラセ・ケ・セ・エラ……」

ゼータ4が眉間に皺を寄せた。「それ、どういう意味？」

「お話が始まるときの決まり文句。むかしむかし……っていう意味よ」

ゼータ4はぽかんとした顔をしている。スペイン語がわからないんじゃない。お話の決まり文句が、すっかり記憶から消えているのだ。

「昔話っていうのは、お話にふさわしい雰囲気を出すために、いつも同じ言葉で始めるの。最後もやっぱり決まり文句で終わる」

理解したというようにゼータ4はうなずいたものの、実際少しもわかっていないだろう。

「むかしむかし、ブランカフローという名前の王女さまがいました」わたしは始めた。ふつうのおとぎ話にはしない。そもそも、おばあちゃんからきいた話を英語でちゃんと語れるのかどうかも怪しい。おばあちゃんによると、公衆の面前でスペイン語を話したり、物語を語るのを避けた時代があったらしい。自分の幼い頃がそうだったという。スペイン語と肌の色がもとで面倒に巻きこまれることがあったのだ。それでおばあちゃんはそのときも、昔の習慣そのままに、スペイン語と英語の混ざったスパングリッシュで、わたしにお話をしてくれた。星をちりばめた毛布を広げたような夜空の下で、マツの煙が漂う中、おばあちゃんはささやくように語った。それは昔から伝わるお話だったけれど、おばあちゃんのおばあちゃん、そのまたおばあちゃんも、みんな自分なりに、その時代に起きたことを反映して細部を変えていたらしい。もちろんおばあちゃんも、独自の話に仕立てていた。

「自分の生まれ育ちや、先祖から伝わっている昔話を恥じちゃいけないよ。その上で、おまえはおまえで、自分にしか語れない物語を語るんだ」そういわれたことを覚えている。

わたしはおばあちゃんのような語り部にはなれないだろう。それでもいい。ゼータ4のために語ろう。おばあちゃんのために、自分にしか語れない物語を語ろう。

「過去の世界に起きたことは、悲劇ではありません。わたしたちが過去を捨て去る転機だったのです」宇宙空間に地球のかけらが飛び散るホログラムをバックに、ホログラムと見まがう顔の長官は、ぬらりとした声でいった。これをおばあちゃんからきいた話に組みこんだらどうなるだろう。

わたしは六角形の巣房の前であぐらをかいてすわり、お話を続ける。「ブランカフローの父親は変わり者の王でした。外の世界を恐れて光の下に出ていかないため、モンスターのような異形の姿になっていました。皮膚は半透明で、ヘビを思わせる、ぬらりとした声でしゃべるのです」

ゼータ4がはっとして、それからくすりと笑った。はっとしたのはわたしも同じで、長官への皮肉を交えた語りに彼女がちゃんと反応しているのに驚いた。思わず顔がほころんでしまう。洗脳されても、そういう反応をする脳の機能は残されていた。あるいはお話の中の何かが彼女の心を突き破ったのかもしれない。

「けれど、ブランカフローは思いやりに満ちた、誰にでも分けへだてなく心をひらく女性でした。肌はサングレ・デ・クリスト山脈のような赤みがかった茶色をしています」

ゼータ4が目を閉じて、にっこり笑った。頭の中でお話の世界を想像しているのだろう。サングレ・デ・クリスト山脈がなんであるかは、さっぱりわからないにしても。

わたしはゼータ4のやわらかな髪をなでる。「羽毛のようにやわらかな金髪は、シロフクロウのようです」そうか、羽毛（フェザー）だ。ゼータ4の名前がこれで決まった。

「フクロウ」と、フェザーがそっとつぶやき、額に皺を寄せる。それってなんだろうと、もう二度とわたしたちが目にすることはない生き物のことを考えている。

「あるとき、この王国に見知らぬ王子がふらりと入ってきました。この王子を、ブランカフローの父親は思いのままにしてやろうと考えますが、ブランカフローがそうはさせません」

自由を得たいならばと、王子に無理難題を次々とふっかけていく王。わたしはそのひとつひとつをフェザーに語ってきかせ、それを解くために必要なものをブランカフローがすべて用意したことを語った。けれども、難題をすべて解いた王子に王は自由を与えず、王子とブランカフローは王国から逃げ出すのだった。

ちょっと盛りこみすぎだろうか……。

「父親は娘と王子に追っ手を差し向けました。ふたりはそれぞれ王のペガサスに乗っています。追っ手がすぐそこまで迫ってくると、ブランカフローは髪にさしていた櫛《くし》を投げました。すると櫛が落ちた地面から山脈が現れました。地球に新たな山が誕生したのです」

「地球？」

長官のパーティーで回転していた緑と青の地球。トニック以外に彩《いろど》りのない、あの無色透明に近い世界で優雅にまわっていた。思い出したとたんに胸の奥がかっと熱くなった。「そう、地球」

「地球」フェザーが繰り返す。

わたしは話の先を続ける。「その地球に、ブランカフローと王子は暮らしていたのです。地球も天体のひとつです」

「きいたことがあるような気がする。でも、この昔話が、どんなふうにコレクティブの役に立つの？」
それには答えずに先を続ける。「ブランカフローはそれから、黄金のピンを落としました。するとそれがサハラのような熱い砂漠に変わりました。それでも追っ手はますますスピードをあげて、ぐんぐん近づいてきます。ブランカフローが瑠璃《るり》色のショールをさっと投げました。すると、それが落ちたところに青い波と白い泡が立って、たちまち太平洋のような大海になったのでした」

大海と波について、わたしが語るのをききながら、フェザーが眉間に皺を寄せる。そういえば、この子がどこからやってきたのか、出身地も知らなかった。

「そしてとうとう、ブランカフローは王子を故郷の家族のもとに無事帰したのでした。王子の父親は息子を救ってくれたブランカフローに心より感謝して……」よし、ここが腕の見せどころ。「その賢さに心打たれて、ブランカフローを自分の後継者に指名し、王国の次期支配者にしたのです。ブランカフローは自分の補佐に、王国のことをよく知っている王子を任命しました。そうしてブランカフローは王子の国を治めただけでなく、自分の横暴な父親や、無情な独裁者や暴君を次々と倒していくのでした」最後は決まり文句でしめくくる。「イ・コロリン・コロラード・エステ・クエント・セ・ア・アカバード（というわけで、めでたし、めでたし、これでこのお話はおしまい）」

フェザーが、ためていた息を吐いた。「明日になったら、コーモリウタを歌って、また別の昔話をしてくれる？」

「子守歌」そう正して、わたしはにやっと笑う。「いいわよ。誰にも話さないって約束するなら」

フェザーはうなずいた。

となりの巣房から別の声がした。

「ぼくも誰にもいわないよ」

顔がかっと熱くなった。となりの六角形の入り口を覗くと、ルビオがすっかり目を覚まして、頬づえをついていた。ルビオにまできかせてしまった。

「面白かった！」とルビオ。「ぼくはブランカフローが好きだ」

フェザーが枕に顔をうずめ、目を閉じた。「わたしも」

もう一度フェザーの頭をなでてから、自分の巣房へ這ってもどる。「わたしも」といいながら、自分のつくりあげた新しいブランカフローにすっかりうれしい気分になっている。

そうだ、〝わたしの物語〟はまだ終わっていない。こんな結末で終わらせてはいけないのだ。

室内は静かで、ふたりのやわらかな寝息と、スーマのジェルがポッド内を循環するシューシューという音だけが響いている。目を閉じるとまぶたの裏に、からっぽになった家族のポッドが浮かんでくる。淡々とした声で告げられた「粛清」のひとこと。

もしここに両親がいたら、わたしにどうしろというだろう？　もしハビエルが、今のわたしを見ていたら？

三人とも、生きろというに違いない。戦えと。この宇宙船にいつまでもいることはできない。逃げ出す方法を見つけないと。

おばあちゃんなら、祈れといっただろう。けれど目をつぶって神さまと話をしようとしても、何もきこえてこない。いずれにしろ、わたしのほうだって、何もいうことはなかった。

代わりに、おばあちゃんといっしょに星空の下にすわっている場面を想像する。闇の中に散らばる無数の星々。目を細めれば、空全体がきらきら光っているように見える。

それか、ハビエルの背中を抱いて横になり、GGGのやわらかなパーカーに頰をくっつけて、星座のほくろをこすっている場面でもいい。

それから、パパがわたしの胴に腕をまわしているところ。わたしたちは、岩と、砂漠に降りだした雨のさわやかな匂いに包まれている。

ママがわたしの目もとから髪を払い、デザートセージを指さしている。わたしの想像の中で、むらさきの羽を持つ妖精が、ひらひら飛びながらこちらへ近づいてくる。

思い出を消されて生きていくなんて、できるはずがない。思い出を忘れてしまえば、うちの家族は存在しなかったことになる。頰に落ちてきた涙が首を伝い、髪の毛を濡《ぬ》らす。

フェザーとルビオにだって、家族の思い出を取りもどす権利がある。家族とともにどんな希望を持っていたのだろう？　わたしと同じように、セーガンで新しい生活を始めるからねと親に請け合ってもらったのだろうか？

ルビオが大きないびきをかいたちょうどそのとき、クリックが入ってきた。畳んだ衣類の束を持っている。蜂の巣の裏側にまわって、暗灰色のジャンプスーツを、一枚、一枚、ベッドの足もとに置いていく。わたしは少しワクワクしてきた。あれを着てセーガンへ降り立つのだ。

しかし本気でこの宇宙船から脱出しようというなら、冷静でいないと。「こんばんは、クリック」わたしはいった。

「やあ、ゼータ1。気分はどうだい？　もう寝てなきゃいけない時間だよ」

「気分はよくなりました」

「それはよかった。明日は朝から大変な一日になるからね。危険も覚悟しておかないと」

心臓が胸を連打する。「わたしたちの活躍に、コレクティブのみなさんはきっとワクワクするんじゃないでしょうか」そこでナイラ長官のぬらりとした声を真似していう。「コレクティブのための被験者であることを誇りに思います」

クリックが眉間に皺を寄せた。

答えが返ってくるまえに、わたしは寝返りを打った。

17

ガツンと頭をぶつけた。〈ゼータはシャトル搭乗の準備をしてください〉と船内の通信系から声が流れてきて、あわてて跳ね起きたらこれだ。

金属のドアに、気をつけの姿勢で立つフェザーとルビオの姿が映っている。ジャンプスーツのファスナーを首もとまで閉めてぴしっと着こなし、きれいに編んだ髪が一糸乱れず頭部を取り巻いている。わたしはあわてて立ち上がり、手早く着替えてから、手櫛《てぐし》で髪のからまりをとき、ぞんざいながら一本に編んだ。はみだした髪が頬をくすぐり、ジャンプスーツもあちこち攣《つ》れている。

ワークブーツの紐をなんとか結び終わったところで、ドアがスライドしてあき、クリックが現れた。顔が興奮に輝いている。「ゼータ諸君、ついてきたまえ」

なんだって寝坊なんかしたんだろう？　よりによって、百パーセントのパフォーマンスを求められる今日という日に。

急いで手袋をはめ、自分も列にくわわる。

エレベーターの方角へ向かうクリックのあとについて、わたしたちは一列に並んで行進する。通りかかる部屋から好奇心に満ちた顔がいくつも覗き、行く先々で、こっちを見てひそひそ話す声がする。

エレベーターに乗りこんで、ガラスの外を覗くと、かつて広い中庭があった場所に、ただのっぺりと広がっている床が目に飛びこんでくる。ぼうっと青白く発光している様子は氷原のようで、あの上を歩く人間は、いつ氷が割れて呑みこまれるかわからないと、不安に駆られることだろう。昨夜ナイラが祝宴をひらいた、もとカフェテリアがあった場所は、パーティーにつかわれていたテーブルや柱がすべて撤去されて、またがらんとした空間にもどっている。

エレベーターを降りると、氷原のような床の小さな片隅に、鉢植えの植物を前に流れ作業をする人たちが集まっていた。とたんに胃が締めつけられる。この空間で植物を成長させるには、ヒユペリオンの土壌に添加したのと同じ、ママの持続性肥料をつかうしかない。ケールと思われる植物の大きく成長した葉が次々とハサミで切りとられていく。切った葉は、ひとすくいのプロテインパウダーと、ママがパン種を発酵させるときにつかうイーストのかたまりのようなものといっしょに圧縮器に入れられる。わずかもしないうちに、嫌な緑色をしたチョコレートバーのようなものができあがり、取り出したそれを、小さな四角に分割していく。

パーティーでバイオローフを配布していた少年がわたしたちに近づいてきた。サイコロ状の小さなパンが山盛りになったお盆をこちらへ差しだしてくる。どうしてこんな仕事が必要なのだろう。各自歩いていって、自分でお盆からつまめばいいのに。フェザーとルビオが手を伸ばしてパンをつかんだ。わたしも同じようにする。笑顔で感謝の意を示したものの、相変わらず相手はわたしと目を合わせようとしないので、生産ラインを夢中になって眺めているふりをする。

クリックがやってきた。となりに立って、わたしが注視している方向を指さす。「植物学の知識があるきみには、興味津々だろうね。われわれのシステムは無限に食料を自給できる。まさに奇跡というべきだろう。野菜、プロテイン、イースト。これだけで永遠に食料が生み出せる」

「わかります。必要な葉だけを切りとるようにすれば、残りは成長を続ける。それにイースト菌は出芽により、無性生殖で増えていきますから」いいながら、わたしは奥歯を嚙みしめた。宇宙船に乗りこんだ日、カフェテリアの棚にぎっしり詰まっていた食料を目にした。あれだけあったら、この先あと百年は持つはずだ。あのケールをはじめ、植物の種子はすべて、セーガンの土壌で栽培するために積みこんだのだといってやりたい。いや、それをいうならプロテインパウダーだって、わたしたちがセーガンで生活するために用意したものだった。

コレクティブの小さな男の子、ボクシーが、こちらに手を振って近づいてきた。となりにナイラがいる。にっと口を大きくあけて笑うボクシーの前歯にバイオローフがこびりついているのを見て、笑いを嚙みころした。

ナイラににらまれて、ボクシーが腕を脇におろした。

それにしても、ものすごい人の数だ。コレクティブはほかの場所にも散らばっているのだろうけど、ここにいる人数だけでも、当初に科学者たちが想定していた世話人の数を遙《はる》かに超えている。世話人に供給される食料は綿密な計画のもとにひとりあたりの分量が決められていたものの、この人たちはもはや世話人ではないから、当初の決まりなど守っていない。

これだけ大勢の人間とポッドで眠る乗客の生活を、この宇宙船の中だけで維持するのは不可能だ。そこで気がついた。そうか、この人たちには、コレクティブ以外の生活を維持する気はない。そう考えると、わたしたちがあっさり使い捨てにされるのも無理はない。

コレクティブの多くは、食事を済ませるとそそくさと席を立った。残った者たちは、巨大なフロアの掃除を始める。すでに舐めても安全なくらい清潔そのものだというのに。上を見あげると、そこにも同じように働く人の姿があった。少なくとも四十人がハーネスを着用して天井からつり下がり、しみひとつないドーム形の天井をスクイージーで掃除している。折々にむらさきに点滅する「調和」と「ひとつに」の標語。その一文字一文字は、人間の身体より大きく、自分より大きな文字に取りついて掃除をしている作業員が、ブドウに齧《かじ》りつくアリに見える。

頭上のショーに飽きて頭をもどすと、壁から切り出したようにパタパタと、蝶番《ちょうつがい》で下支えされた作業室が次々と外に飛びだしてきた。まるで巨大なドミノのように壁の端から端へ連なっている。貨物エレベーターでビーッという音が響いたと思ったら、資材の入ったコンテナが浮揚されたところで、それぞれの担当が自分の持ち場へ運んでいく。

両端に五人ずつ、合わせて十人の人間が、寝るときにつかう毛布を広げ、埃《ほこり》を取り去ってから、またきれいに畳んで容器にすべり落としている。別のラインでは、ジャンプスーツの繕《つくろ》いが始まった。もう何万回もやっているとしか思えない。誰もがよどみない手つきで、正確に作業を進めている。

宇宙船自体は、自動運転の上に自動メンテナンスだから、数百年にわたって手がかからない。わたしたちの眠るポッドやコグの確認、セーガンに着陸してからの生活準備を除けば、ベンのような世話人たちは、自分の好きなことに費やす時間と空間が確保されているはずだった。

それなのに、この人たちはただ忙しく立ち働くだけ。創造性や個性を発揮できるような場はなく、一糸乱れぬ流れ作業には、彩《いろど》りも面白味もない。

それでもやはり、長っ尻《ちり》の人間はいるようだ。休み時間に校庭の片隅に集まって、始業のチャイムが鳴ったあともコーヒーを飲んでいる先生たちみたいに、ここにもバイオローフをだらだら食べながら、いつまでも居すわっている人たちがいる。クリック、フェザー、ルビオは黙って食事をしており、ナイラはボクシーを相手にお説教を始めた模様。そういう人たちから、わたしはゆっくり離れ、コレクティブたちの会話を盗みぎきするべく、壁際のテーブルについているグループに近づいていく。

シュモクザメのように目の間隔が離れた男が、バイオローフをちょびちょび齧りながら、「うーん」といっている。

誰かのいった言葉への反応か、それとも口に入れた食物に対する感想か。生まれてからずっとバイオローフしか口にしたことがないのなら、旨いもまずいもないだろう。この人たちは、マンゴーチリパレタ（レッドペッパー入りマンゴー味のアイスキャンディー）も、チョコレートも、タキス（酸味と辛みのついたチップス）も、まったく食べたことがないのだ。

男のとなりにすわる女が、何かいいたげに身を乗り出した。ナイラより少し背が低いが、その分編み髪をねじりあげて頭の上に高く結っている。「レンが送り出されるそうね」いってから女はゴホンとせきばらいをした。「レンとあたし、まだ小さな頃、同じクリエーション・バッチにいたの」

わたしはボクシーに目を向けた。きっとあの子はナイラの子どもだろう。

「ふたりとも同じ仕事をしていた。そこに惑星探索はふくまれなかった」

「グリシュ、きみはいったい何がいいたいんだ？」シュモクザメがきいた。

「別に何も。ただ、不思議だなと思っただけ」そういうと、グリシュはふいにバイオローフを丸ごと口に放りこみ、歩み去った。

突然肘《ひじ》をつかまれて飛び上がった。人が近づいてくる気配などなかったのに。

「行くよ」クリックがいって、にっこり笑い、ナイラ、ボクシー、フェザー、ルビオのいるほうを手で示す。ナイラに追い払われたボクシーが肩を落とし、すごすごと去っていく。

わたしはバイオローフを丸呑みして、みんなのあとに続いてエレベーターのほうへもどった。

ガラスのエレベーターは暗色の金属チューブの中を降りていく。わたしたちはオイルサーディンの缶詰めに入れられたイワシみたいだ。

数階分を降りたところで弾むようにしてとまり、小気味いいチャイムの音が鳴ってドアがひらいた。ここは……うちの家族の、からっぽのポッドが置いてあった場所。手が震えてくるものの、もう家族はここにいないと自分にいいきかせて、顔はまっすぐ前へ向けている。みんなもう大昔にいなくなったのだ。この宇宙船に自分がとどまる理由はもはや何もない。フェザーとルビオの両親もここにいたはずだ。けれどふたりはナイラのあとにくっついて歩くだけで、ずらりと並ぶ真っ暗なポッドには目もくれない。

まだ睡眠中のスーマを思い出す。わたしには誰も助けられない。

ここでもコレクティブたちは階上と同じように、掃除を中心とした単純作業をせっせとこなしていた。いったいどこまできれいにすれば気が済むんだろう？　こちらの職場も、やはり生彩はまるでない。殺風景な空間には絵の一枚もかかっておらず、音楽も流れていなかった。

クリックがせきばらいをした。「長官、ドローンの報告に何か進展は見られましたか？」

「特にこれといっては」ナイラはクリックに目も向けずにいった。「居住可能区域にハリケーンが感知されて、周期は八時間。探索の予定時間を変更する必要はなし」

クリックがしょっちゅう質問する真意はわからないが、おそらく彼の知らないところで、長官が独自に進めている案件もあるのだろう。

宇宙船第一号は、セーガンに無事到着したのだろうか。到着できたとして、そこで生きていけるようになったのか？　うちの船と同じような革命は、そちらでは起きていないのだろうか？　地球から先に脱出した仲間たちを躍起になって探そうという意志は、コレクティブにはなさそうだ。

さらに歩いていくと、宇宙船への搭乗口に出た。喉の奥にぐっとこみあげてくるものがある。最初の日、嫌がるわたしの肘をママが持って、地上からここまで延びるスロープを歩かせた。けれども、あのときとは様変わりして、今はスロープに代わって金属製のトンネルが延びていて、その先にシャトルが接続されていた。ベンがいっていたとおり、暗い隅に置いてあったシャトルがここに移されたのだ。ナイラが先に立って、わたしたちをシャトルの内部へ案内する。

学校の社会科見学で、シャトルには何度も乗っているが、これは一般的なシャトルとはまったくの別物だった。

プレアデス社のストリップライトはまだ健在で、細い箱に電球を並べた劇場にあるようなライトが、床と天井の隅々に高貴なむらさき色の光を投げかけている。中央をあけて、シャトルの左右に一列に並んだ座席は独特の藍《あい》色で、見るからに高級そうだ。前からうしろへ、隙間なく座席が並ぶスクールシャトルとは違って、こちらの座席は左右に十席ずつしかなく、それぞれ操縦席と同じだけの広さが確保されている。広々とあいた中央のスペースにはワークステーションがあって、作業台の上に細かい仕切りのある長い棚がしつらえられ、そこにサンプル採集用の器具やパウチが、すぐつかえる状態でずらりと並べてあった。さまざまな試験管や採集器具がこれだけ並んでいるのを見ても、少しも怖《お》じ気《け》づかないのは、三百八十年にわたってわたしの中にインストールされた科学知識のおかげだ。どの器具をどのようにつかって、どの袋に収めたらいいのか、すべて頭の中に入っている。

フェザーが左側に並ぶ座席のひとつに腰をおろし、シートベルトのバックルをはめた。ルビオも同じようにする。

わたしはフェザーと通路をはさんだ向かい側の座席に腰をおろした。それからすぐ、パーティーでトニックをがぶ飲みしていたレンが入ってきた。フル装備で全身を固めている。くちびるの両端がかすかに緑色に染まっているところを見ると、出がけにトニックをひっかけてきたのかもしれない。わたしたちとは距離を置いて、うしろのほうの席に腰をおろすと、レンはすぐに目をつぶった。

フェザーは退屈でたまらないというように、ゆっくりまばたきを繰り返している。わたしがじっと見ているのに気づいて声をかけてきた。「ナイラ長官は、わたしの仕事は何も思いつかなかったんだよ」急に饒舌《じょうぜつ》になって甲高《かんだか》い声でしゃべりだした。「だから地表に下りたら、わたしはナノテク用の素材を見つけることにした。ねえねえ、カーボンナノチューブって知ってる？」わたしは首を横に振り、口をぎゅっと結んで笑いを嚙みころした。

ナイラ長官が近づいてきた。深く息を吸ってから、わたしのほうへ身をかがめる。「ゼータ1」

急いで顔から笑みを消してうなずいた。このばかげた呼び名に応える必要が早くなってほしい。

「あなたの任務はとりわけ重要です。除草作業において、あなたの専門知識を活用してほしいのです」

地球を脱出する前は、ママとパパの望んだとおりの科学の知識をインストールされたとしても、実際にそれを活用して、何かを成し遂げることになるとは思っていなかった。そもそもわたしは科学を研究するつもりはないと両親に訴えていた。わたしには別の夢があるのだと。

セーガンで生活していくためには、人々が居住する建物を建造する必要があり、その邪魔になる植物を根絶やしにしないといけない。それはコレクティブも同じだ。

除草剤として何がつかえるか、ちょっと考えてみる。毒性のほとんどない、食酢、食器用洗剤はどうだろう。徹底的にやるなら、大昔のベトナム戦争でつかわれた、枯れ葉剤、エージェントオレンジみたいなものか。けれどそれは、地球の歴史に関わる重大な薬剤なわけで、そういうことをわたしが覚えているのを、長官に知られるわけにはいかない。「もう少し、具体的におっしゃってくれませんか?」わたしはきいた。

相手は目をそらしていう。「セーガンに自生する植物の一部を根絶やしにする除草剤が必要なのです。それを空中散布することができれば、危険な植物と接触するリスクを負わずに済みます」

コレクティブが実際にセーガンの地を征服して、そこで生きていくというのは信じられなかった。この人たちが宇宙船の外で暮らすなんて。たとえ着陸はしても、無菌で安全な場所から離れることはないだろうと、どこかそんなふうに思っていた。

「空中散布用の除草剤をつくること自体は難しいことではありません」別に嘘をつく必要もない。「宇宙船内の研究室で簡単につくれます。現地で生活するのに妨《さまた》げになりそうな植物のサンプルをわたしが集めてきます。……コレクティブのために」

最後につけたした言葉に、長官がにっこり笑った。

「用意ができました」とクリック。

「じゃあ、始めましょう」

ナイラが両手を握りあわせ、わたしたちひとりひとりに目を向ける。レンにも向けられたものの、彼はすっかり上の空だ。

ナイラとクリックがシャトルから出ると同時に、エアロックのドアが音を立てて閉まった。シャトル内に広がる静寂の中、レンがつぶやく意味不明の言葉だけが不気味に響いている。

コックピットには誰もいない。が、シャトルのエンジンが動きだしたのが、足に感じる震動でわかる。遠隔操縦が開始されたことを示す光が、コックピット内を赤く染めている。

わたしはレンをちらっと見た。まだ目をつぶっている。もともと病的な顔色は、それ以上青くなりようがないものの、くちびるが異様なむらさき色になっていて、今にも失神しそうだ。

ガタンという音とともにシャトルがドックを離れ、発射レールに乗った。車体が九十度回転して、ひらいた発射口と向き合ったとたん、わたしの口があんぐりあいた。

コックピットの窓の向こうに、むらさきと青にちらちら光る、アワビの真珠層《しんじゅ》のような空が広がっている。わたしの目は特定の色をとらえにくい。なんの支障もないフェザーとルビオの目には、この空はさらに魅惑的に映っていることだろう。

振りかえると、フェザーの顔に笑みが浮かんでいた。ルビオは額に皺《しわ》を寄せ、「すごいな」とささやいた。

ふたりとも、わたしのように度肝を抜かれるほどの感動はないようだ。それでも、美しいものに胸打たれる感情は、心の奥深くに残っている。洗脳によってどれだけ脳が麻痺《まひ》していようとも。

低速で回転するブレンダーのような音。やがてそれが、安定した高い持続音に変わった。あと数秒で、シャトルはヒマワリの種のように宇宙空間に勢いよく放り出される。ものすごい圧で座席に身体を押しつけられた次の瞬間、シャトルが空に吸いこまれた。反重力にとらえられて速度がゆるみ、やがて静止した。宇宙船と同じ高さに浮上している。

シャトルが妙な感じで震えているのは、宇宙船で遠隔操縦をしているクリックの手が震えているからだろう。人にはいえないが、ホバーカーを数え切れないほど運転した経験のある（だいたいはパパの膝の上で、ママが見ていないときに操縦桿を握った）わたしのほうが、今のクリックより、ずっとなめらかに操縦できただろう。

反重力の静寂がシャトル内に広がると、ようやくレンが何をぶつぶついっているのか、わかってきた。同じ言葉を何度も繰り返している。「コレクティブのために。コレクティブのために」

半透明の肌に玉の汗が浮いている。

「ヘルメット着用」スピーカーからクリックの声が響いた。わたしは首のうしろに追跡装置を、耳のうしろに通信機器を装着し、両方のプラグを服に接続した。座席のうしろに手をまわして、みんなと同じようにヘルメットをすっぽりかぶる。前で留め金をとめると、シュー〜ッという音がして密閉され、内部に備わったエア・カートリッジから新鮮な空気が流れ出す。

シャトルは宇宙船の陰から出て急降下を開始した。二百メートルうしろに胃だけ忘れてきたような強い衝撃が来た。ぎゅっと目をつぶっているうちに、降下角度が四十五度と、なだらかになった。みんな目をあける中、レンだけがまだ目をつぶっている。

〈千五百メートル〉高度計が知らせた。

コックピットの窓の向こうに黒い山の峰が見えてきた。降下して近づくにつれ、山の色は青々としてくる。

以前にパパがセーガンのタイダルロック（潮汐力によって生じる自転と公転の同期）について説明してくれたけれど、この高さから見ると、それがよくわかる。

ハビエルとわたしを膝の上にのせて、パパはこういった。「セーガンの公転周期と自転周期が同じだから、片側だけ、赤い小さな太陽からつねに光が差しているんだ」

「ということは、いつも明るいの？」わたしはきいた。

「地球の太陽ほど明るくはないよ」パパはそう答えた。

今眼下に広がる空は、サンタフェのたそがれを思い起こさせる。〈四百メートル〉高度計がまた知らせた。

「セーガンの太陽はごく小さいものだが、距離が非常に近いので、タイダルロックが起きる。陽光は人体にはさほど熱く感じられないが、セーガンの寒冷な側の氷を溶かすだけの熱量はある」

そういって、パパは科学オタクにしかわからないジョークでもいったみたいに、くすっと笑った。

「もちろん、そんなところまでわざわざ出かけていく人間はいない。われわれが暮らすのは、ちょうどいい条件がそろっている区域だからね」

「三匹のクマのお話みたいだね」ハビエルが口をはさんだ。

パパはにっこり笑って、ハビエルの鼻をつまんだ。「そのとおり。だからみんなはセーガンをゴルディロックス惑星と呼ぶんだ。イギリスの昔話でクマの家に入りこんだ女の子ゴルディロックスは、ちょうどいい温度のおかゆ、ちょうどいいサイズの椅子、ちょうどいい固さのベッドを選ぶだろう。われわれもそれと同じだ」

遠い東へ目を向けると、セーガンの暗い側で、山々が白い雪に覆われていた。パパのいっていたとおりだ。

〈二百メートル〉

セーガンのつねに輝いている陽光の下に、ジャングルの梢《こずえ》が見えてきた。ジュラ紀の植物さながらに、木々の葉は驚くほどに大きい。ジャングルのとなりには湖が広がっている。写真で見たフィリピンの海そっくりのターコイズブルー。こんな美しい景観の中で人間が暮らせるとしたら、まさに夢のようだ。

〈百メートル〉

ひょっとして危険な生き物はいないかと、樹木のあいだに目を走らせる。枝から垂れ下がるゾウの耳に似た形の葉は、一枚一枚の大きさがシャトルほどもある。あの葉陰にならティラノサウルスだって簡単に隠れられるだろう。なるほど、除草剤が必要なわけだ。巨大な屋根のように厚い樹冠の下に、いったいどんな捕食動物が隠れているのか。わたしたちが着陸する前に、その手の問題はすでにクリアされていると思いたい。そうでなかったら、追跡装置をはぎとって、安全な場所を求めて一目散に逃げるしかない。

着陸に向けてまた荒っぽい操縦が始まった。わたしもホバーカーを着陸させたことが何度もあるけれど、初心者の頃だって、ここまでひどい操縦はしなかった。何はともあれ助かった——無事着陸だ。

ドアがひらき、たそがれ色の空の光がシャトル内を満たした。ルビオとフェザーはすでにシートベルトをはずして、棚から必要なギアを取り出している。レンはシートベルトがはずれないといったふりをして、いつまでもぐずぐずしていた。

シャトルからスロープが下ろされ、わたしも採集に必要なギアをそろえた。バッグの中で試薬瓶がぶつかって音を立てる。足の震えをとめないと。

出口へ向かい、フェザーとルビオと合流すると、ふたりは新しい惑星をまじまじと見ていた。おばあちゃんの家の裏手に広がる砂漠みたいに大きな湖が、ほんの三十メートルほど先に広がっている。土ぼこりと転がり草の代わりに、水面を霧が静かに漂っている。湖水が岸をひたひたと打ち、西から吹いてくる温かい風が、ヒュペリオンと同じぐらい背の高いゾウ耳の木のあいだを抜けていく。ジャングルの周縁に立つ木はどれも風を受けて、東の方角にしなっている。

そうして、あちら側——セーガンの暗い側——には、雪と氷で覆われた山がそびえていた。湖の反対側に切り立つ遠い崖には、それぞれ異なる高さから瀑布が三本落ちている。東の冠雪から流れ落ちる凍るような冷たい水が、西で陽光と出会い、氷河のような青い湖に注いでいるのだ。

そよ風に乗ってきこえてくる、セミの鳴き声に似た持続音。

巨大な月が地平線の上に少しだけ顔を出しており、その背後に、また別の半分ぐらいの大きさの月がぽっかり浮いている。まるで大きな月の肩越しに、弟の月が顔を出し、興味津々で外を覗いているようだった。ふたつの月の背後のさらに高い位置には、薄むらさき色の空を背景に、環のある惑星が黄色く光っている。

そしてパパがいったとおり、それらすべてを見おろすように、小さな赤い太陽が、一番高いところに浮かんでいた。地球の太陽ほど明るくはないものの、ジャングルも湖も、金色の光に浸っている。目に支障がなかったら、もっとまばゆい世界に見えるに違いない。けれど今でも十分魅惑的で、これ以上に美しい世界は想像できない。三百八十年前におばあちゃんからもらった黒曜《こくよう》石《せき》のペンダント。あれがあったら、まさに今このとき、あの太陽に向けてかざしているはずだった。そうして風の中にささやきかけるのだ。「おばあちゃん、無事着いたよ」と。

そうしたら、おばあちゃんから返事が返ってきただろうか？

〈ああ、かわいい子！　おまえの声をききたくて長いこと待っていたんだよ。わたしは今ご先祖様たちといっしょだよ。わかるかい？　何百万の星を隔てていても、わたしはこうしておまえのそばにいる〉

その答えは永遠にわからない。わたしの手はからっぽ。ペンダントはもうない。お話もない。

物思いに浸っていて、ほかのみんな（レンを除いて）がすでにスロープの下まで下りているのに気づかなかった。わたしも一番下まで下りていき、地表に踏み出す一歩手前で足をとめた。

この世界の山は地球の山とあまり変わらない。何もかも、両親とリーダーたちが望んでいたとおりだ。とうとうここまでやってきた。今まさに、新しい世界に一歩を踏み出そうとしている。だけど、こんなのおかしい。だってセーガンへの最初の一歩は、ハビエルといっしょに踏み出すはずだったのだから。ヘルメットの保護ガラスの中、涙が一粒こぼれた。

18

「ゼータ諸君、シャトルから離れるように」クリックの単調な声が通信機から流れてきた。落ち着かないと。

まずフェザーが、一面コケだらけの地面に最初の一歩を慎重に踏み出した。迷うことなく、土壌サンプルの採集用パウチを取り出した。

わたしは左右に目を走らせる。もし今逃げるとしたら、どっちへ行けばいい？

ジャングルの近くに岩だらけの丘があり、その表面に黒い穴がぽつぽつとあいている。とりわけ大きな穴で、入り口がシダの葉でカーテンのように覆われているものがある。あそこなら隠れ場所になりそうだ。しかもすぐ横は鬱蒼《うっそう》と茂る森。あそこに飛びこめば、ほんの数歩で姿を消すことができる。追跡装置を捨てて、追跡を不可能にすればいい。服にはボディ・カムもついていないから、わたしの居場所を目視することもできない。これはすでに確認済みだ。たとえ目視したとしても、ずっと宇宙船の中にいて、木を一本も見たことがない人たちが、わたしをつかまえるために、巨大な葉っぱの垂れ下がる森に足を踏み入れるとは思えない。その恐怖を消し去るほど大量のトニックは銀河系に存在しないのだ。

ルビオはスロープから下りて地表に足を着けると、すぐにバッグから大気計測器を取り出した。

わたしは深く息を吸い、セーガンに最初の一歩を踏み出す。

足の着地する感覚が、思っていたのと違う。次の一歩もそうだった。小さくジャンプすると、地球にいたときより幾分長く空中にとどまっていられる。ここに今ハビエルがいたら、大喜びだったろう。セーガンの低重力環境で、どこまで高くジャンプできるか、きっと試してみるに違いない。けれどハビエルはおらず、ほかのみんなも数メートル先に移動していて、セーガンに着地したわたしの初体験は、孤独のうちに終わった。手をつなぐ相手もいない。

「こんなはずじゃなかった」思わず独り言がもれた。

「ゼータ1、最後がききとれなかった。もう一度いってくれないか?」通信機からクリックの声がきこえてきた。

「いえ――」バッグから毒素計測器をあわてて取り出し、忙しいふりをする。「この植物にルシフェリンが残存しています」これは事実だった。

「うわっ」クリックが驚いた声を出した。けれど、ルシフェリンがなんなのか、彼はまずわかっていないだろう。

「クリック」ナイラのたしなめるような声がした。

わたしはあたりを見まわす。クリック以外の誰かと、この興奮を分かち合いたかった。そう、完全にひとりじゃない。仲間がいる。けれどすっかり洗脳された頭では、この惑星にたどり着けた興奮と幸福は、わたしのようには感じられないだろう。

「ゼータ4、ヘルメットを取りなさい」長官の大きな声が、この場の静寂を破った。

「はい、長官」フェザーが甲高《かんだか》い声で答えた。

その命令に従うことの危険に、少し遅れて気がついた。フェザーのいるほうを見ると、彼女はためらいもせず、ヘルメットに手をかけて持ち上げようとしていた。

やめなさいと叫んでとめる間もなく、フェザーはあっさりとヘルメットを持ち上げた。わたしは自分のバイザーをはずして、彼女の口にかぶせようと、あわててそちらへ足を踏み出したものの、フェザーはもう深々と息を吸っていた。手遅れだ。凍るように冷たいクモの軍団が全身に這《は》い上がってくる心持ちがした。けれどフェザーはふつうに息を吸って吐いていて、起こりえるかもしれない危険に、まったくひるむ様子がない。

わたしの心拍数と速くなった呼吸がモニターに表示されないのを祈るばかりだった。レンのいるほうを見ると、彼はスロープの陰になったあたりから、こちらの様子を興味津々という顔で窺《うかが》っていた。

本当は、コレクティブは誰ひとりとして、新しい惑星に自ら下りる危険を冒したくないのだ。わたしは彼らにとってなくてはならない実験台。とりあえず今は必要とされている。

フェザーが地面にしゃがみ、土をすくってサンプル用パウチに入れている。これといって異変はなさそうだと見てとって、わたしも緊張を解いた。

「レン」長官が感情のこもらない声でいった。「ヘルメットを取りなさい」

わたしはシャトルのほうへ向き直った。レンがスロープのはずれに立っている。フェザーとはまるで違って、こちらはためらいだらけ。震える手でゆっくりと留め金をはずし、ヘルメットを持ち上げた。

レンがナイラを信頼していて、そのナイラが大気に危険はないと請け合ったのなら、どうしてためらう必要があるのだろう。するとふいに、ナイラとクリックがパーティーで交わしていた会話がよみがえってきた。

「酸素はあります。水は浄化処理をすれば大丈夫」

「それはそうですが、『われわれの身』には、危害が及ぶ要因がほかに存在するかもしれない」

レンは浅い呼吸をしながら目をつぶり、身体がどう反応するか待っている。しばらくすると目をあけて、緊張気味に笑いをもらした。「長官、大気は大丈夫のようです」

「ゼータ1、ゼータ3、ヘルメットをはずしなさい」安全な宇宙船の中からナイラがいう。

このセーガンで生きていく方法を見つけるか、宇宙船にもどるか。そのふたつしか選択肢がないのなら……何を怖れる必要があるだろう？

わたしはヘルメットを脱いだ。温かく湿った空気が鼻孔いっぱいに広がる——サンタフェの熱く乾いた空気とは似ても似つかない。草の香りと、ママが育てていたスイートピーのようないい香りが大気に充満している。宇宙船内の薬臭いよどんだ空気を思うと、今すぐにジャングルの中に消えて、二度と宇宙船にはもどりたくないという気がする。

とげとげした赤い花が、小さな太陽に向かって花びらを広げている。トゲのある蟹《かに》が太陽に向かって爪をのばしているみたいだ。フェザーが手袋をはめた手で、金属質の岩のかけらから泥をこすり落として採集用パウチに入れている。ルビオはビープ音の鳴る大気計測器を手に、湖の周縁を慎重に歩きだした。レンだけがなんの作業をするでもなく、その場に突っ立っている。まだ生きていることに安堵するような表情で。

わたしは水中の植物サンプルを集めるために、湖の岸辺に膝をついた。ドローンにはできない仕事だ。深いところに生えているシダが、螺旋《らせん》を描きながらくねくね伸びて、岸へ枝葉を伸ばしている。一枝が、水際に扇のように葉を広げており、そこならわたしの手も届く。水中にあるシダの中心部分に、何かぼうっとむらさきに光るものが群がっている。それが光の加減で微妙に色を変えながら、少しずつ、少しずつ、水面に近づいてくる。その上に手をかざして、手袋をはめた指でちょんと水面を突《つつ》いてみると、ふいに群れが花火のように爆発した。宇宙船の強烈な白い光と違って、たそがれのようなセーガンの光の中では、あまりよく見えない。それでも群れの中の一匹に目の焦点を合わせると、それが水草の螺旋の陰に消えてしまうまで、ずっと目で追うことができた。

わたしは息を呑んで、水際にあぐらをかいてすわった。手はひっこめて膝の上に置いて待つ。しばらくすると、ばらばらになった生き物たちがまた集まってきて、さっきと同じむらさき色のきらびやかな群れを形づくった。そのうちの一匹が、わたしに興味を持ったのか、群れから離れて水面に向かって泳ぎだし、こちらへ近づいてくる。すぐ近くまでやってくると、発光する小さなひれが見えた。薄いラベンダー色のひれを蝶の羽のようにパタパタ動かしながら、体色を徐々に淡くして水面に上がってくる。日傘をさしかけるようにその上に手のひらをかかげてみると、アメジストのような濃いむらさき色に輝いた。

湖水に生息する蝶、ウォーターバタフライとでも呼ぶべきその生き物は、水面に広がるシダの葉をつんつん突っついている。食べているのだとしたら、それはいい徴候だ。わたしは手を伸ばし、水面に顔を出している葉の一部を採集した。そのとたん小さな生命体が矢のように飛んでいって、仲間たちのいる安全な場所にもどってしまった。鉗子《かんし》で葉のサンプルをつかみ、そこに毒素計測器の先を向ける。表示面が明るくなり、「毒素検出されず」という文字が浮かび上がる。もう少し大きなサンプルを採取しようと手を伸ばしたら、二匹のウォーターバタフライがさっと逃げていった。「ごめんね」と謝り、サンプルを試薬瓶に落としてから、採集バッグに入れた。

「ゼータ1?」

「今確認をしているところです」こういうひとときでさえ、自分ひとりでじっくり味わえないのに心がいらつく。

それでも役割は果たさないと。湖に生息するツタを四袋分採集し、試薬瓶ふたつに湖水を入れる。そのあいだずっと無言を通し、採集したものはすべてバッグに収めた。

湖から離れて、灌木《かんぼく》に囲まれた森のほうへ歩いていく。大気を計測しているルビオはすでに二百メートル東へ進んでいて、フェザーはジャングルのへりのすぐ近くまで行って手にした石を太陽にかざしている。ふたりとも、少しも怖れる様子がない。コグによる洗脳とトニックによる神経ブロックが効いている証拠だ。わたしは急いでフェザーに近づいていく。何かを見せるふりをして、ジャングルの入り口から引き離した。

次の瞬間、あっと驚いた。あそこ！　花の真ん中。ミツバチだ。記憶にあるそれより、オレンジ色が強い。ブーンといいながら、わたしの目では追えない速さで遠くへ飛んでいってしまった。でも、今のは確かに……。

地球と同じ生物が暮らしているなんて、あり得るだろうか。高濃度の酸素が視力に影響して、幻覚を見たのだろうか。

「今の見た？」フェザーにきいてみる。

「見たって、何を？」

わたしは首を横に振った。「なんでもない」

フェザーはシャトルに向かって歩いていく。そこへドローンが一機近づいていった。フェザーがドローンの基底部にサンプルを入れたパウチをすべて留めつけると、ドローンはブーンと音を立ててシャトルへもどっていった。シャトルの前にはまだ、レンが立っている。

そうだ、ドローンのことを忘れていた。標準的な仕様のものでさえ、熱の徴候を感知する機能が備わっている。となると、追跡装置を捨てるだけじゃだめだ。ジャングルはわたしの体温まで隠してはくれない。ドローンに感知されておしまいだ。

ジャングルを振りかえって、ぎょっとした。野ネズミほどの小さなふわふわした生き物。目と耳ばかりがチンチラのように異様に大きい。それがわたしの左足を跳び越えていき、木の葉を齧《かじ》ろうとしている。次の瞬間、ミニチンチラはキーッと小さく鳴いて、赤い縁取《ふちど》りのあるあざやかな緑の植物から飛びのいた。そのまま一目散に走っていって森の中へ消えた。

ほかの植物と違って、これには齧られたあとがまったくない。そこらじゅうに葉を広げているというのに、どの葉の表面にも虫一匹ついていなかった。毒素計測器をバッグから取り出し、手袋にわずかも接触しないように気をつけながら、葉の表面を計測する。モニター部分がぱっと明るくなり、〈ＬＤ$_{50}$　０.００１ナノグラム（10億分の1グラム）／キログラム〉と表示された。心臓の鼓動が速くなり、何度か深呼吸をする。記憶に刻め。これをさわってはいけない！

地球に生息していたモウドクフキヤガエルでさえ、ＬＤ$_{50}$（半数致死量。被験者集団の五十パーセントを死に至らしめるのに必要な量）は二マイクログラム（100万分の1グラム）／キログラムだ。最強の猛毒といわれるボツリヌス菌の毒素であっても、人間ひとりを死に至らしめるのに、少なくとも体重一キログラムあたり一ナノグラムは必要なのだ。それなのに、こんな小さな葉に、想像を遙《はる》かに超える毒がふくまれているなんて！

「ゼータのみんな？　クリック？」

「はい」ルビオとフェザーが同時に答えた。

「赤い縁取りのあるあざやかな緑の葉があるけど、これは絶対に避けて」

「了解です、ゼータ1」ルビオが答えたあと、少し間を置いてクリックも了解の旨をつぶやいた。

鉗子をつかって猛毒の葉を採集し、パウチ三袋分をいっぱいにした。小さな葉を日差しにかざして、そっとつぶやく。「ごめんね、テストのために、宇宙船に連れていかないといけない」

わたしがここでふいに消えても、サンプルさえ手に入れば、コレクティブもわざわざゼータ1を捜しはしないだろう。追跡装置を使用不能にして、体温を隠せる場所さえ見つければ、逃げられる。きっとゼータ1は新惑星の未知なる危険の犠牲になったのだろうと思ってくれる。前方に見える岩の黒々とした部分にちらっと目をやる。そのとなりにはジャングルが広がっている。あの黒々とした部分は、地表の退色なんかじゃない。調べてみる価値はありそうだ。近づいていくと、通信機からナイラのせきばらいがきこえた。ずっと見張っているらしい。これだけたくさんのサンプルを持ってゼータ1が逃げたら、向こうだって放っては置かないだろう。ならばドローンに預ければいい。ドローンがわたしのサンプルを持って、シャトル目指して飛んでいくだろう。

あたりをざっと見まわして、自分のいる環境を確かめる。ルビオの姿が見つからない。東の方角にしばらく目を向けていると、いた。無事だった。

レンはまだ誰の作業を手伝うわけでもなく、ただそのへんをうろうろしている。同じ場所を行ったり来たりして、ふいに足をとめたと思ったら、顔に浮いた汗をぬぐい、頭をかいている。あまりの緊張で、相当参っているに違いない。何度か深呼吸した次の瞬間、緑の液体を嘔吐《おうと》した。

フェザーは岩の上から分光計を走らせ、組成が表示されるのを待っている。「よし、グラファイト。完璧」

ここで、どのぐらい生き延びられるかわからない。それでも心は決まっていた。コレクティブがわたしとわたしの家族にしたことを知ったからには、連中と同じ宇宙船には乗っていられない。どんな苦難が待ち構えていても、ここで生き延びよう。

わたしの考えを読んだかのように、ジャングルの奥深くからシューッという音が響き、金属を引き裂くような音が空気を震わせた。高い木の梢《こずえ》で、ゾウの耳に似た葉がゆさゆさ揺れている。池の上を走るキリストトカゲさながらに、レンがシャトルのスロープを全速力で駆け上がった。コウモリに似た生き物の群れが、いっせいに森から飛びだした。めいめい長い尾を垂らして向こう側の空へと飛んでいく。

落ち着けと、レンにいいたかった。見るからに無害な鳥……みたいなものが群れているだけだ。とはいえ、このわたしに何がわかるだろう?　ジャングルのへりからじりじりと離れていき、なんでもなさそうなふりで、岩山の表面の黒々とした部分目指して歩いていく。

何か調査をしていると思わせるために、途中に生える植物に毒素計測器を向けるのを忘れない。レンの今にも泣きだしそうな声が通信機から流れてきた。「長官、どうか宇宙船にもどしてください。お願いです」

わたしはさらに先へ進んで、黒々とした部分の上方からカーテンのようにつり下がっているものの正体を見極められるところまで近づく。二十メートルほど手前まで来たところで、心臓の鼓動が速くなった。やっぱり洞窟の入り口だった。カーテンはツタだった。どのぐらい奥まで続いているのかわからない。バッグに手を入れて熱画像測定器を取り出すと、思ったとおり、このあたりは周囲の環境より温度が低いとわかった。森では、わたしの体温を隠せない。上空をドローンが通れば一発でわかってしまう。けれども、どんな熱検知器であろうと、岩を隔てた先の熱を検知することはできない。

暗い洞窟の底で、ミニチンチラがツタのカーテンのあいだをちょろちょろしている。長官がレンの訴えに気を取られているすきに、石をひとつ拾って、入り口から奥へ投げてみる。カン、カン、カンと音が響いて、あとは何もきこえなくなった。

今なら誰も見ていない。モニターは湖に投げればいい。この洞窟に隠れてしまえば、体温も検知されず、わたしは自由になれる。

目を閉じて、おばあちゃんの腕の中でお話をきいたときのことを思い出す。「ブランカフローが感じていた恐怖をおまえは想像できるかい?」おばあちゃんはそういって、舌打ちをした。「それでも彼女は、空飛ぶ馬に乗り、きっとこの馬が自分と王子を運んで大海を渡ってくれると信じた。王はもっと速い馬に乗って、すぐそばまで来ているというのに」そのあとおばあちゃんはスペイン語で印象的な言葉をきっぱりいって、長いため息をついた。

「リスクを負わなければ、大海を渡ることはできない」あのときおばあちゃんはそういったのだ。

シャトルにちらっと目をやってから、洞窟に目をもどす。あのツタの陰に入りこんでしまえば見つからない。レンだって、こちらに目を向ける勇気はないだろう。

カメラの死角にあたると思える一本の木を背にして立つ。ここから一歩足をのばすだけでいい。

ナイラの声が通信機から響いてきた。「ゼータ諸君、今日のところはこれで十分です。そろそろもどってきなさい」

ツタのカーテンを脇に寄せ、中を覗く。湖にいたむらさき色の生き物と同じように、洞窟の中もぼうっと発光している。けれども、こちらの光はターコイズブルーで、ニュージーランドの洞穴にいるヒカリキノコバエの幼虫と同じ色だった。この洞窟もニュージーランドの洞窟と同じように数キロメートルにわたって続いているのかもしれない。

マイクを手で押さえてから、口に出していってみる。「リスクを負わなければ、大海を渡ることはできない」

誰かに腕をさわられ、驚いて飛び上がった。フェザーだった。わたしは押さえていたツタからとっさに手を放した。

「ゼータ1？　きこえたでしょ？　もどらないと」

わたしはフェザーと正面から向き合った。フェザーがにっこり笑う。ひよこの羽根みたいに、うぶ毛がおでこに貼り付いている。湿気のせいだろう。地面をじっとにらんでいるうちに、わかってきた。

フェザーとルビオを宇宙船に置き去りにして、ナイラとともに一生を終えさせるわけにはいかない。

おばあちゃんが何をいいたかったのか、ふいにわかった。ブランカフローはひとりで海を渡ったから勇敢なのではない。彼女の勇敢さは、王子を助けるためにリスクを負ったところにある。ルビオとフェザーを置いて逃げたら、だめなんだ。リスクを負ってでも、ふたりを連れて逃げなければ、大海を渡ることにはならない。

そして、逃げたら終わりではない。あの宇宙船と永遠におさらばできたとわかったら、今度はふたりに、自分たちが何者であるかを教える。家族の思い出を取りもどさせるのだ。そのあとのことは各自が自分で決めればいい。でもわたしが逃げるときには、ふたりも連れていく。

フェザーの腕を取って、わたしはため息をついた。「わかった。もどろう」

試薬瓶やサンプルのパウチが詰まったバッグのファスナーを閉めて、シャトルを目指して歩いていく。目の前まで来ると、セーガンの甘美な空気を胸いっぱいに吸いこんでから、スロープを上がってシャトルに入った。バッグを棚に固定し、シートベルトを締める。

シャトルが震動し、浮上する。コックピットの窓の向こうに、湖、滝、山の峰が見え、やがてアワビの真珠層《しんじゅ》みたいな空が広がった。サンタフェの空よりずっときれいだ。また無機質な船内にもどらなければならないと思ったら、胃がずしんと重たくなった。

レンはまったく反対のことを思っているだろう。彼が安心できる場所に、やっともどれるのだから。それなのに、目を閉じて胃をぎゅっと押さえているのはなぜだろう。

いいことを思いついた。洞窟の中を調査する必要があるからと、ルビオとフェザーを説得しよう。そうだ！　いっしょに来てくれれば、特別にお話をしてあげるといってやろう。だけど、ほかの人間にそれを絶対口外しないよう、何か方策を考えないといけない。それと、わたしひとりじゃないのだから、もっと生活資材が必要になる。それを準備するには長い時間がかかるだろう。食料や水はもちろん、安全に身を隠せて、周期的に発生するハリケーンからも身を守れる場所を探さないと……。宇宙船から逃げ出して、セーガンの地に着陸すれば、あとは安心というわけではないのだ。

みんな家族は失ってしまったけれど、このセーガンで三人力を合わせて生活することはできる。そうして、いずれはママが約束してくれたのに近い暮らしができるかもしれない。

シャトルが離陸を開始すると、遠くの空を、あのコウモリのような生き物の群れが横切っていくのが見えた。ふと後部の座席を見ると、レンがくちびるを震わせていた。呼吸が速くなっているようだ。どうして落ち着かないんだろう？　あの群れがシャトルの中にいるわたしたちを攻撃するはずもないのに。

時間はかかるだろうけど、フェザーとルビオに地球のことをすべて話してやったら、いつの日か思い出すかもしれない。

目を閉じて、セーガンの洞窟でみんないっしょに迎える最初の夜を想像する。ルビオとフェザーにお話をしてやろう。地球について話そう。焦らずに、最初はゆっくり。

再びレンの様子を窺うと、座席でぎゅっと身を縮めていた。今では全身がぶるぶる震えている。肌が発疹《ほっしん》に覆われていた。

19

震えているレンを見ていたら、頭の中におばあちゃんのささやき声が広がった。「人はね、恐怖の中で暮らしていると、まったく愚かなことをするものなんだ。ただし、純粋な善意から愚かなことをする者もいる」

瀕死の人間を見たことはないけれど、このまま何も手を打たなければ、宇宙船にもどるまでにレンが事切れるのは間違いない。わたしが採集してきた葉のほんの切れ端が、ここにいる四人全員の命を奪うとわかった。きっとレンは、そういうものに触れたに違いない。だったら、まだその毒が体表に付着しているはずで、ほかにも被害が及ぶかもしれない。

危険と向き合うとき、胸で十字を切って祈るといいと、そう教えてくれたのはおばあちゃんだった。ぜいぜいいっているレンの様子からすると祈る時間はない。わたしはヘルメットを脱ぎ、シートベルトをはずしてレンのところへ飛んでいき、レンのヘルメットを脱がせてから、水の入ったボトルの蓋《ふた》をあけて発疹《ほっしん》にかけた。最後に頭から水を浴びせると、レンがわたしを見て、もっと頼むと目で懇願する。

「緊急事態！」わたしはいって、フェザーのところへもどって彼女から水のボトルを奪った。震える手で蓋をあけ、全部レンにかけてやる。「救助をお願いします！」通信機の向こうで耳をそばだてているナイラたちに大声で叫んだ。しかし反応はない。

レンは目を閉じて不規則な呼吸をしている。わたしはルビオのボトルをつかみ、蓋をあけてレンに水をかける。一滴も出てこなかった。

「喉《のど》が渇いちゃって」ルビオが小さな声でいった。

あごから水をしたたらせながら、レンは座席の隅に身体を押しつけて震えている。

「ごめんなさい。もう水はないの」絶望感にさいなまれる。

湖水のサンプルをつかおうかとも考えた。けれど原因がわからないのだから、もっとひどいことになる可能性もある。

となりに膝をつき、涙をこらえながら、レンの顔をまじまじと見る。外見はわたしたちとまるで違う。それでもこの人はわたしたちと同じ、コレクティブが生き延びるための実験台になった。閉じた目はもうあかず、首がごろんと片側に倒れた。わたしの頭に冷たくしびれるような感覚が走る。「ああ、なんてこと」

引きちぎるように手袋をはずし、素手をレンの鼻の下に近づける。熱い息。まだ生きている。窓の外を見ると、ようやくカマキリ形の宇宙船が視界に入ってきた。

腕を突《つ》かれ、振りかえるとフェザーの顔があった。これまで見たことのない表情が浮かんでいる。「どうしたら、助けられるの?」悲しげな目でいった。

その表情を見て、少しほっとした。フェザーはレンを気の毒に思っている。コレクティブは、フェザーから同情という感情を消し去ることはできなかったのだ。きっとまもなく、この子の内側に眠る本来の人格が目を覚ますことだろう。しかしほっとしたのも束の間で、すぐに重大なことに気づいた。こんなフェザーを見たら、ナイラはどうする?

「ゼータ4、気を強く持って。お願いだから脅《おび》えた様子は見せないで」そういって、彼女のヘルメットの、頰のあたりをぽんぽんと叩いた。「コレクティブのために、ね?」

フェザーはせきばらいをし、うなずいた。「コレクティブのために」

わたしはカメラにちらっと目をやった。あれを通して、ナイラたちがこちらを監視している。

ルビオが手袋をはずして、親指の隅を突っついている。

〝大丈夫〟と、わたしは口の動きで伝える。

もうセーガンの風景は見えないというのに、ルビオが名残惜しそうに窓の外に目をやった。一瞬、わたしの中で孤独感がやわらいだ。ルビオもフェザーもわたしも、やっぱりコレクティブとは違う。わたしたちの内側には、人間なら当然持つべき大事な感情が備わっている。

レンが身じろぎをして、痛みに顔をしかめる。あごが細かく震えているのは、恐ろしくてたまらないからだろう。見ているほうもつらい。何がいけなかったのか、原因と治療法がわかったらどんなにいいだろう。コレクティブが故意に手をくわえた皮膚に原因があるとしたら、わたしにはどうすることもできない。宇宙船にもどるまでの時間が、異様に長く感じられる。

まったく不公平だよねえと、レンにいってやりたいが、そんなことをいえば、わたしが共感や同情といった感情を忘れていないことをレンに知られてしまう。死にかけていても、レンは依然としてコレクティブの一員だ。長官に知らせるに決まってる。

ガタンと音がして、シャトルが宇宙船に接続された。スピーカーから長官の声が響いてくる。

「そのまま動かずに」シャトルが回転しながら発射ポートからはずれ、上昇してドッキングユニットにもどった。わずかもしないうちにエアロックが閉まり、防護服と防護マスクに身を固めた救急スタッフが担架《たんか》を持って入ってきた。平然とした様子で担架を下げてレンをのせると、担架が床から一メートルほど浮き上がった。

レンのくちびるが動いて、わたしに向かってささやいた。「ありがとう」

こちらはできるだけ平静をよそおうものの、レンのあごのように顔が震え、目に涙がたまってくる。レンが連れ去られるあいだ、わたしたちは完全に固まって、身動きひとつしなかった。

座席にすわったままでいると、クリックの声がきこえてきた。「ゼータ諸君、バッグを置いてシャトルから出て、除染セクターへ移動しなさい」

それからすぐ、船倉に通じる通路に出た。通路はいつのまにか金属のチューブに交換されていた。ハムスターのように、チューブの中を通って、ひたすら前へ進むしかない。チューブの終わりは三つの出口に分かれていて、それぞれ別の小部屋に出るようになっている。ママの温室みたいに透明な部屋だった。

ジャンプスーツを脱いで隅に置く。除染シャワーの下へ入って全身をこすり、湯に顔を打たせる。たとえ監視されていたとしても、これなら流れる涙を見られなくて済む。外に出たら、ドアに新しいジャンプスーツがかかっていた。肌がさっぱりして、呼吸も問題ない。もしセーガンの自然放射線がレンに影響したのだとしても、わたしにはなんの害もないということだ。

ジャンプスーツのファスナーを上げたところで、ナイラ長官が近づいてきた。深く息を吸ってから、口をひらいた。「ゼータ1、レンを介抱してくれてありがとう」

「コレクティブのためです」いいながら、どうか泣き腫《は》らした目を気づかれませんようにと祈っている。

ナイラがにっこり笑った。「ありがたいけれど、今後はそういう気遣いは無用です」

自分の顔が、口輪から逃れようとする犬のようになっているのがわかる。「レンは回復するのでしょうか？」

ナイラは首をちょこんとかしげ、わたしのほうへ身を乗り出してきた。皮膚の下に透けて見える血管が、ウォーターバタフライと同じ色でちらちら光っている。湖の生き物はあんなに美しかったのに、どうしてこちらは……？

「コレクティブにとって有用な人物と、そうでない人物がいます」ナイラがわたしにぐっと顔を近づけ、探るような目で見てきた。「あなたは非常に貴重な人間であって、もはや無用な人間のために自身の身を危険にさらしてはなりません」

ここでうっかり下手なことをいうと、大変な事態になるとわかっていた。「わたしは、その……なんらかの毒素が風で運ばれて、レンの皮膚に付着したのだと思ったんです。それなら水で洗い流せると。申し訳ありません、長官。ああすることが、コレクティブに奉仕する最善の方法だと思ったんです」

長官が身を引いたので、ようやくまともに息ができる。

「研究室で、あなたといっしょに働くことになる人物をあとで紹介します」ナイラの視線が、船倉の奥のほうへ向けられた。あそこに研究室をはじめ、付随する施設があるのだ。「ふたりで、除草剤をつくってもらいます」

そうだった。そんなことをするより先に、自分は宇宙船から逃げていると思っていたから、すっかり忘れていた。

ナイラがむらさき色の目でわたしをにらんだ。それを最後に、こちらに背を向けて歩み去った。内臓を蹴《け》られたような気がして、両腕で胃のあたりを包んだ。あとほんの数日だと、自分にいいきかせる。準備ができたらすぐ脱出するのだ。

ルビオとフェザーがそれぞれの除染室から出てきた。まだ髪が濡《ぬ》れている。両親が入っていた今はからっぽのポッドの脇をすり抜けて、三人でエレベーターへと向かう。エレベーターの近くに、点滅する青いライトに照らされた鋼鉄のドアがある。初日にベンが教えてくれた備蓄倉庫だ。錠部分を保護している透明のケースは、しかるべき道具をつかえば簡単にはずせるだろう。中には、セーガンに到着したら乗客たちがつかうことになる食料と水質浄化剤がぎっしり詰まっているはずだった。

上昇するエレベーターの中、誰ひとり口をひらかない。やっぱりふたりもレンのことを考えているのだろうか。自分たちの居室のある階でドアがひらき、わたしたちは黙ったままフロアに出た。

部屋に入るなり、わたしは自分の巣房《すぼう》の手前にくずおれた。ずっと張り詰めていた緊張の糸がとうとう切れてしまった。マラソンを完走したあと、そのまま地面に倒れ伏したような気分だった。

クリックが差しだした睡眠薬をさもありがたそうに受け取る。口に放りこみ、頬の内側に隠しておいてから、トイレに行って急いで吐きだした。部屋にもどると、ルビオとフェザーはすでにそれぞれの巣房の中で寝ていた。

自分の巣房に這《は》い上がり、ルビオの大いびきをききながら眠りに落ちていった。

おばあちゃんが木陰に広げた毛布の上にすわって、マツの木の幹によりかかっている。

「ほら、チャンギータ（ちっちゃなおサルさん）。となりにおすわり」にっこり笑って、わたしにいう。夢の中なのに、まるで本当に目の前にすわっているように、おばあちゃんの声はリアルに響いた。風に吹かれて白髪交《しらが》じりの髪がなびいている。

おばあちゃんの胸に身を寄せてすわったとたん、自分の巣房にはもどりたくないと思う。もう二度と。

何かに片手を突っつかれた。目を下に向けると、ペットのカメがいた。「ラピド！」わたしは甲羅《こうら》をなでてやる。

ふいにラピドが、甲羅の中に頭をひっこめた。

見れば遠くのほうから、頭に羽根を飾った男の人がこちらへ近づいてくる。そのとなりに白いふわふわの毛をした小さなウサギもいる。

「キエレス・エスクチャール・ウン・クエント（お話をききたいかね）？」おばあちゃんがいう。

「白ウサギとケツァルコアトルのお話は、おまえも知っているだろう」そういって、わたしたちのほうへ歩いてくるウサギとケツァルコアトルを手で示した。あちらもおばあちゃんと同じように、夢ではなく本物に見える。

虹色の羽毛を持つ蛇神と、その神の命を自分の肉を捧げることで救ったウサギのお話を思い出す。

「うん。知ってる。ケツァルコアトルは人間の姿になって地球にやってきた。だけど、それは大失敗だった。人間は生きながらえるために、食物と水が必要だってことを知らなかったから」

「それでウサギが、ケツァルコアトルを苦しみから救ったんだ」おばあちゃんがそっとささやく。ケツァルコアトルはよろめきながら砂漠を歩いてくる。不思議な夢だった。まるでリブレックスの再現映像のようだ。ケツァルコアトルがわたしとおばあちゃんの目の前で倒れ、空中に塵《ちり》が舞いあがった。ウサギがぴょんぴょん跳んでケツァルコアトルに近づいていき、前足で頭の羽根飾りをちょんと叩き、ピンクの鼻先でケツァルコアトルの顔に触れた。「あなたには、食べ物が必要なんです」ウサギがケツァルコアトルにいった。

わたしはおばあちゃんを肘《ひじ》で突っついた。「それで白ウサギは自分の肉をケツァルコアトルに差しだしたんだよね」

おばあちゃんはうなずいた。

そして、わたしが前にきいたお話と同じように、ケツァルコアトルは、我が身を快く差しだしたウサギの優しさに心打たれ、結局ウサギを食べることはしなかった。代わりにおまえを月に打ち上げようという。そうすれば、月の表面にウサギの輪郭《りんかく》がずっと残り、こんな小さな動物もすごい力を持っているのだと誰もが思い出すというのだ。

けれど、ここではそうはならなかった。ウサギはそこでわたしたちのほうへくるりと向き直り、「ついていらっしゃい」という。ウサギが見ているのは、ケツァルコアトルでもおばあちゃんでもない。このわたしだ。「あなたを助けてあげましょう」とウサギがいう。

「わたしは、食べ物も飲み物もいらないの」そういって、ウサギの申し出を断った。

「ぼくはそれ以上のものをあなたにあげるつもりです。危険を顧《かえり》みず、リスクを負って他人を救おうとした。そのあなたにふさわしい、ごほうびをあげましょう」ウサギはそういった。名前は出さなかったけれど、ウサギはレンのことをいっているのだとわかった。「でも、救えたとは思えないんだけど」

ウサギはわたしに背を向けて、遠くに見えるサングレ・デ・クリスト山脈のほうへぴょんぴょん跳んでいく。「ついていらっしゃい」ウサギは振りかえって、自分についてくるよう、仕草で示す。

おかしい。お話の展開と違う。おかしな方向に進んでいく夢を正しい方向にもどそうと念じるものの、何も変わらない。

わたしは月を見あげた。

「ウサギがいるのはあそこじゃないよ」とおばあちゃん。「ほら、そこそこ」そういって砂漠をぴょんぴょん走っていくウサギを指さす。空の月からウサギの灰色の輪郭が消え、コレクティブの肌のように青白く光っている。

「ウサギの案内する場所へ行っておいで」おばあちゃんが穏やかにいう。

「でも、怖い」

「リスクを負わない者は――」

怒鳴るつもりはなかったのに、つい声が大きくなった。「おばあちゃん、ここは海じゃないよ！」そういって、無限の広がりを見せる砂漠を指さす。「ついていったら、死んじゃうよ。それにおばあちゃん、前にいってたじゃない。トリックスターに気をつけろって。もしかしたら、あのウサギがそうかもしれないよ」わたしはケツァルコアトルの息絶えた姿を指さした。「ほら、ウサギについていった結果、結局死んじゃったでしょ」偉大なる神の身体が塵に変わり、螺旋《らせん》を描きながら空に昇っていく。見ているだけで、胃の中をかきまわされる気分になる。「だいたい、お話ではこんなことにはならなかった。どうしておばあちゃんは、ストーリーを変えるの？」

おばあちゃんが声をあげて笑った。「変えているのはわたしじゃない。おまえだよ」そういって、ウサギのいるほうに、あごをしゃくる。「だが、リスクを負って、お話の導くとおりについていけば、おまえは自分の渡らねばならない大海を見つけることができる」

ウサギは山脈に向かってさらに遠くまで行き、カメのラピドは木の裏の、根っこのあいだにある巣穴へ、よちよち向かっている。あたりは平和で穏やかで、すぐそばにラピドもいる。「ラピド、こっちへもどっておいで」わたしが声をかけると、ラピドは根っこの下にある巣穴に姿を消してしまった。

「おばあちゃん」振りかえったら、おばあちゃんも消えていた。わたしはウサギの行方を確かめようと目を凝《こ》らす。砂漠のへりを針で突いたような、小さな点が移動していくのが見えたけれど、それもまもなく山ひだに消えてしまった。

砂漠の中にひとり取り残された。木も消えた。周囲にはのっぺりした砂が広がるばかり。おばあちゃんの声もきこえない……お話も、風に吹き飛ばされてしまったみたい。

怖くて、まだ心が決まらない。わたしのチャンスも消えていく。

地面が小刻みに揺れた。わたしのまわりで塵が回転する。ケツァルコアトルが塵になって消えてしまったときと同じだ。

「おばあちゃん！　もどってきて！」大声で叫んで、自分の巣房で起き上がった。目が覚めても夢の中の出来事は覚えていて、きっと自分は大きな間違いを犯して、ウサギを追いかけるチャンスを無にしてしまったのだとわかった。ルビオの小さないびきがきこえる。すっかり目が覚めると、何もかもがばからしく思えた。「単なる夢じゃないの」そっとつぶやき、巣房の天井をにらむ。

背後で、カチッという音が響き渡った。振り向くと、部屋から通路に出るドアが閉まるのが見えた。

20

そのあとは、朝までほとんど眠れなかった。誰がこの部屋にいたのだろうと、一度考え出すと気になってしょうがない。誰であっても、わたしが大声をあげて夢から覚めたのを見ている。じっくり時間をかけて、後《おく》れ毛がひとつも出ないよう丁寧《ていねい》に髪を編んでから、採集バッグを肩からかけて、背すじをぴんと伸ばして列の先頭に立つ。

エレベーターを下りると、部屋を突っきって、バイオローフを配っている男子のところへまっすぐ向かう。目の前まできても、もう彼から笑顔を引き出そうとか、目を合わせようとかは考えない。馬のエサのような四角いパンを小さなボール形のケーキだと思って半分齧《かじ》る。

そう離れていないところに、ナイラの背だけを少し低くしたような女性が、昨日と同じ人たちといっしょに朝食をとっていた。グリシュという名だった。わたしは彼女の真似をして、半分になったパンをちょびちょび齧るふりをしながら、そちらへ近づいていく。

「次は誰かしらね?」とグリシュ。「レンは役に立たなかった。だったら次はあたしってことじゃない?」

それで思い出した。この人はレンと同じコレクティブのクリエーション・バッチにいたといっていた。

目と目のあいだが広くあいた男、シュモクザメがグリシュを肘《ひじ》で突っついた。「つまりきみは、コレクティブのために自分が喜んで犠牲になると、そういいたいわけだよね、グリシュ。コレクティブのためなら、なんでもすると」左右をきょろきょろ見てから、声を落としていった。

グループのひとりがゴホンとせきばらいをして、緊張した面持ちでみんなから離れていった。

シュモクザメは言葉を続ける。「もしもコレクティブが組織されていなかったら、あとには戦争と飢饉があるばかりだ。あらゆる物事に対して成員が一致した考えを持って団結するおかげで、紛争ばかり起きていた過去のやり方には絶対もどらない」そこでバイオローフをかかげて見せる。「われわれは決して飢えることがない。コレクティブが多様性や複数の選択肢を要求する声を潰してくれたおかげでね」

どうしてそんなことがわかるんだろう？　美術館に足を運んだこともなく、セザンヌやサベージ（壁画で有名なアメリカの芸術家）の作品を見たこともない。バスキアも、カーロも。ウドン、ブカティーニ、アイリッシュシチュー、ペピアン（グアテマラの伝統料理）など、世界中の料理から選べるレストランで食事をしたこともないのに。誰かに同じことを何度も繰り返しいわれたからといって、それが真実だと思うのは間違いだ。

そこでふいに、ずっと昔に耳にしたドグマという言葉の意味を本当に理解した。

シュモクザメが唐突に、話しかけていたグリシュから、さっと目をそらして別の方向を見た。彼の目がさっきまで向けられていた方向に目をやると、グリシュのすぐうしろに、ナイラとクリックが立っていて、目の前の集団を観察し、耳をそばだてていた。

グリシュに警告してやりたかったがもう遅く、彼女はまたしゃべりだしていた。「どんなに一生懸命頑張ってコレクティブに奉仕したところで、生きていなけりゃ、その恩恵を――」グリシュが突然口をつぐんだ。振りかえって、自分の背後に誰がいるのか気づいた。

ナイラがクリックにうなずき、クリックは歩み去った。

そのあと一団は、シカの群れのようにじっと固まっていた。グリシュは一センチも動かない。捕食者に見つかった獲物のように。逃げようにも宇宙船の外には出られない。

長すぎる沈黙が続いたあと、とうとうクリックがもどってきた。ひとりではなかった。遠くからでもわかるほどに、ばかでかい身体をしたゴーストシュリンプ。名前はクルマエビと即決まった。となりに巨体を従えて、クリックの身体がずいぶん小さく見える。近づいてくると、大男のしかめた額に、永遠に消えそうにない皺《しわ》が波打っているのがわかった。

クリックはナイラのとなりで足をとめたものの、クルマエビはそのまままっすぐグリシュに近づいていく。テーブルにいる男のひとりが目をつぶった。クルマエビがグリシュの真横に立って、彼女の肘をつかんだ。

まだグリシュは動かない。「コレクティブはひとつ」グリシュが穏やかにいった。抵抗することもなく、グリシュはクルマエビといっしょに歩きだす。そのあいだ小さな肘をずっとつかまれている。エレベーターに乗りこむと、ふたりはまたたく間に暗色の金属チューブに吸いこまれて消えた。

わたしは目をそらした。天井の言葉がやけにしつこく点滅を繰り返しているように感じた。調和。ひとつに。

「コレクティブのために」シュモクザメがいう。

「コレクティブのために」グループのほかのみんなが唱和する。

戦争がない。飢えない。でもその代償は？

この宇宙船の中にいつまでもいてはいけないと、ふいに気持ちが焦ってくる。

部屋を突っきっていって、パンをもらう列に並ぶ。片側の壁に今日の残りが箱に入ってきれいに積んであった。また翌日つかうのだろう。備蓄倉庫と違って、こちらは錠前破りの必要がない。

みんなの注意は今、グリシュが連れ去られた騒ぎに持っていかれている。そのあいだにわたしは採集バッグをあけ、バイオローフの箱が積んである横の壁に身を押しつける。左右に目を走らせ、近くに誰もいないことを確認してから、手を伸ばして箱をひとつつかんだ。バッグにすべりこませようとしたそのとき、クリックに呼ばれた。

「ゼータ諸君！　出発の時間だ」

あたりにざわめきが広がった。みんなが興奮の面持ちで、フェザーとルビオを見つめる。わたしにも注目が集まる前に箱をバッグにすべりこませようと脇に目を落とす。

ボクシーがまじまじとわたしの顔を見あげていた。

今度は、わたしがシカのように固まる番だった。

ボクシーはくちびるに指を一本当てていう。「ぼくもさ、ものすごくお腹がすいちゃうことがあるんだよね」そういって、バイオローフの入った箱をふたつ、わたしのバッグに押しこんだ。

「誰にもいわないよ」にっこり笑って走り去った。

心臓がレーザー光線に変わって胸の中を跳ねまわっている。

「ゼータ1」フェザーが部屋の向こう側からこちらに手を振る。

わたしは急いでバッグの垂れ蓋《ぶた》を閉めた。手を振りかえしてから、壁に身を沿わせるようにしてエレベーターへ歩いていく。追加のバイオローフ二箱が命取りになりませんようにと祈りながら、真っ先にエレベーターに乗りこんでバッグを背中にまわした。

昨日と同じように、ナイラ、クリック、フェザー、ルビオ、わたしの五人で船倉に降りていき、シャトルへと続く同じ通路を進む。

角を曲がったところで、気密式のドアからクルマエビが出てくるのが見えた。こちらへ歩いてくるが、さっきまでいっしょにいたグリシュの姿はもうない。

すれ違うとき、彼は誰とも目を合わせなかった。まるで、何事も起きなかったかのように。五分もかからないで、間違いが正されたの？

今日はフェザー、ルビオ、わたしの三人だけでシャトルに入っていく。わたしは背すじをぴんと伸ばしたままでいて、ナイラやクリックを振りかえらなかった。急いで採集バッグを棚に固定し、シートベルトを締めた。もはや自分ひとりの問題ではない。今日のミッションは探索であり、三人で逃げる絶好のチャンスだった。

セーガンの地表に向かって下降していくあいだ、みんな黙りこんで、陰鬱《いんうつ》な雰囲気が広がっている。ルビオが振りかえって、昨日レンのすわっていた座席を見ている。

昨日と同じように、ジャンプスーツにカメラと通信機を接続してから、スロープを降りていく。ただし今日はヘルメットをかぶっていない。温かな空気が肺に入ってきて、ジャングルと湖に降りそそぐ金色の光が目にまぶしい。ふたつの月と、環のある惑星も同じ位置にある。昨日と変わらず魅惑的な風景だった。

スロープから地表に降り立った。「ふむふむ、あれはなんだろう」通信機の向こうで耳を傾けている者たちにきこえるよう、大きな声でいう。それから、さも興味津々といった様子で、左側のジャングルのほうへ歩いていき、その先にある洞窟を目指す。セーガンで船外活動をしているあいだ、ナイラたちがわたしのバイタルサインのみに注目して、こちらの動きは見落としていますようにと、心の中で祈る。数分も歩くとカーテンのようなツタが見えてきた。八時間周期で発生するハリケーンがちょうど終わったばかりで、まだ風に揺れている。カメラに映らないよう巨木の陰に身を入れてから、ツタを脇に寄せて中に入る。

洞窟の壁は生物発光でちらちら光っていた。それでもわたしの目は暗さに慣れるのに時間がかかる。しばらく洞窟の入り口に立って、自分の呼吸音だけをきいている。どうかセーガンにはクマが生息していませんように。手袋をはめた手を壁の上方にすべらせると、ちょうど頭の上に岩棚があった。その表面に毒素計測器を走らせる。さっぱり乾いていて、毒素は検出されなかった。バイオローフ三箱を素早く棚に載せながら、これだと、持ってもせいぜい数か月だと計算する。ただし宇宙船内の備蓄倉庫に入ることさえできれば、何年にもわたって暮らせるだけの水質浄化剤と食料が手に入る。急いで洞窟の入り口にもどり、大樹の陰で光に目を慣らしてから、外に出てあたりに目を走らせた。フェザーもあともう少しで、こちらに着く。途中、湖の岸にしゃがんで、見つけた岩の表面をこすって岩屑《いわくず》を落としている。ルビオはもっとシャトルに近い位置にいて、採集用パウチをドローンに留めつけている。

わたしは洞窟から遠ざかって、注意を引かないようにする。ようやく逃げおおせたところで、この場所を捜索されてはかなわない。ジャングルのへり近くで、赤い縁取《ふちど》りのある植物を見つけた。作業をしていると見せかけるために、ひと齧りしただけで死に至るそれを、また新たなパウチに詰めていく。地表を覆うコケのようなものも四袋分集め、地面に落ちていたゾウの耳に似た葉をハサミで切り分ける。どちらも別々の採集用パウチにいれてドローンにくくりつけ、シャトルへ送り返した。それからさらに、水と、湖に生息する植物のサンプルを集める。このあと研究室で働けるというなら、逃げる前に、セーガンの地で食べられそうな植物や飲用可能な水を検査しない手はない。

前日と同じように、除染してから部屋にもどる。途中、これからの生活に必要なものを貯《たくわ》えている備蓄倉庫の前を通りかかった。

自分の巣房《すぼう》に入ろうとしたところ、そこに先客がいた。黒い髪を長く伸ばした女の子が、わたしに気がついて身を起こす。

「スーマ!」大きな声が出た。

「誰のこと?」ざらついた声で相手がいう。

うれしい驚きに呼吸が乱れる。これでもう、あの子はあの宇宙船でさらに四百年も眠り続けるのかと、生涯悩みながらセーガンで暮らさなくて済む。ハグをしたいと思いながら、涙をこらえる。「いえ……あの、わたしのベッドに〝スマート〟な人がいるなって」

「ごめんなさい。あたし、ほかへ移ります」

わたしはうれしくてたまらず、どうしても顔がにやけてしまう。

「いいの、いいの。そのまま寝ていて」

「わたしはゼータ4」フェザーがスーマに自己紹介をする。「専門は――」

「ごめんなさい。ものすごく疲れていて」スーマがつぶった目をこすりこすりいう。長い睡眠から目覚めた直後の疲労とだるさを思い出した。スーマはそれを二回もやったのだ。

「あなたが目覚めてくれて、みんなうれしくてたまらないの」

その言葉に、全員の顔がこちらに向いた。

「つまり……サンプルの採集を手伝ってもらえるでしょ……コレクティブのために」自分の間違いに気づいて、いい直した。

ありがたいことに、その説明でみんなは納得し、またそっぽを向いた。

フェザーがスーマのとなりの巣房にもぐりこむ。スーマはまた横になり、「たまらなく眠いの」と心底つらそうにいった。

ルビオがにやりとした。ドアのほうへじりじり近づいていったかと思うと、素早く閉めた。

「それじゃあ、眠る前のお約束。ゼータ1がお話をしてくれるんだよ、ね、いいよね？」ルビオが懇願する。それからスーマのほうを手で指した。「そうすれば、ゼータ……？」スーマに手を振って首をかしげる。

「ゼータ2」スーマが答えた。

「ゼータ2。そうすれば、ゼータ2も眠れるからさ」とルビオ。

わたしは笑いを嚙み殺した。

スーマがまた横になり、「お話って？」と、わたしが断るより先にきいてきた。

緊張で胃がひきつるのがわかる。さあ、困った。みんなはお話を望んでいる。地球の物語をきかせれば、自分や家族について、きっと思い出すだろう。しかしもし思い出したら、よみがえった記憶をこの部屋の外にいる人間に話してしまうかもしれない。みんながわたしに注目し、待っている。リスクを負う価値はある。

「それはきいてのお楽しみ」ルビオがスーマにいって、強化ポリエステルの毛布を首もとまでひっぱりあげた。

わたしは床に腰をおろし、みんなが横になっている巣に向き合った。スーマに目が行く。彼女をひとり置いて三人で逃げることの罪深さが、どれだけ心に重くのしかかっていたか、いまさらながら気づいた。これで全員がそろい、逃げるチャンスも見えてきた。あとはもっとたくさんの食料と水の浄化剤を調達するだけでいい。ただしみんなが起きているあいだは、備蓄倉庫に忍びこむことはできない。

深く息を吸う。「むかしむかし」

フェザーが顔を出し、スーマの巣房を覗きこんで教える。「お話が始まるときの決まり文句だよ。雰囲気を出すためのね」

スーマがうなずくと、フェザーは顔をひっこめ、「続けて」とわたしにいう。

わたしはせきばらいをして語りだした。「ロス・ビエホスという、大変貧しい、年老いた夫婦がおりました。何もない小さな家に暮らして、食べ物もほとんどありません」そこでふと思った。ここにいるわたしたちも、この夫婦と同じではないか。そのことに、わたし以外の三人はまだ気づいていないけれど。「この夫婦は近所に暮らす人々と外見が違っていました。そればかりか、食べるものも、大切にするものも、ほかのみんなと違っていたのです。それでもふたりは周囲の人々に溶けこんで、何をいわれても喜んで受け入れ、生活をともにしていたのでした」

語りながら、ママの言葉を思い出す。「セーガンに到着したら、またそこで一から始めるの。農場を切りひらく開拓民のようにね」と。そして今、何がそれを阻《はば》んでいるかも明らかになった。「ところが、周囲の人々は冷酷で利己的で、自分たちの幸せしか考えず、よそから来た者には一切施しをしません。とりわけひどいのが、むらさき色のくちびるをした女です。いずれ大きな農場を経営したいと夫婦は夢見ていたのですが、この女は自分と仲間たちのために夫婦から土地を奪い、希望さえも徐々に奪っていったのです」

ひどすぎるというように、ルビオは首を横に振った。

おばあちゃんのお話では、老夫婦の夢を奪うのは、ろくでもない男だった。けれどこれからは、このわたしバージョンのお話が、わたしの中でずっと生き続けることになる。

立ち上がって、ドアをノックする真似をする。「ある日のこと、遠い国から、ひとりの物乞いが家にやってきました。夫婦はなけなしのトウモロコシと、パサパサになったトルティーヤの切れっ端をあげました」わたしは指を口に当てて食べる真似をする。

フェザーとルビオは起き上がり、スーマはうつ伏せのまま両手であごを支えている。

わたしはコップの水を飲み干す真似をする。「そして、残っていた水も全部男に飲ませてしまいました」口についた水を手でぬぐってから、まだ足りないと、物ほしそうなため息をついて見せる。「すべて食い尽くし、飲み尽くしても、まだ腹をすかせている男に、夫婦は自分たちの夕食もあげてしまいます」男になりきったわたしは、そこで人差し指を立てていう。『親切にしてくれたお礼に、いいものをあげましょう』男は老夫婦にそういいました。夫婦の目が星のようにきらきら輝きました」

フェザー、スーマ、ルビオもまた目を輝かせた。

「最後に人から何かプレゼントされたのはいつだったか、老夫婦は覚えていません。男はふたりにいいます。『山脈を北へ北へと進んで突き当たりまで行くと、あざやかなピンク色の花を咲かせて四つの腕を伸ばしたサボテンがあります。そのサボテンの陰の涸《か》れ谷に、人目につかない洞窟がある。洞窟の奥まで進んでいくと、やがて宝物の詰まった壺が見つかります。その壺が、優しくしてくださったあなた方へのお礼です』」

フェザーが首をかしげた。「そのお話の舞台は、このあいだのお話と同じように、地球っていう天体なの?」

となり合った巣房にいるルビオが、境の壁をコンコンと叩いた。「それはおそらく、アンドロメダ銀河にあって、メシエカタログで31番目の天体だ。二百兆もの天体があるんだ! それはいいとして、ゼータ4、お話の途中で口をはさむのはやめてほしい。ゼータ1、続けて」

コレクティブにも消すことのできなかった、ふたりの個性の片鱗《へんりん》が見えたようで、思わず口もとがゆるんだ。このふたりとなら、うまくやっていけそうだ。

「物乞いの男が出ていったあと、老夫婦は心を決めました。長い旅を歩き続けられるだけの食料が見つかったら、できるだけ早くその洞窟を探しに行こうと。けれど、ふたりは知らなかったのです。この物乞いの話を陰できいている人間がいたことに。自分のことしか考えない、あの意地の悪い女です」そういって部屋のドアを指さす。「窓の外でこっそりきいていたのでした!」

スーマがゴクリと喉を鳴らした。「ずるい!」

わたしは穏やかにうなずいた。「そう。意地の悪い隣人はその夜さっそく、老夫婦から奪ったロバに乗って山脈を進む旅に出ました。ピンクの花を咲かせたサボテンが見つかり、その陰に洞窟もありました。ロバから下りて洞窟の中へ歩いていくと、やがて壺が見つかりました。ところが蓋をあけてみると、中から気持ち悪い虫のようなものがいっぱい出てきました。ぞろぞろと女の腕に這《は》い上っては、めちゃくちゃに皮膚を刺してきます。中に入っていたのは、タランチュラ、サソリ、スズメバチといった、ぞっとする生き物ばかり。女はあわてて壺に蓋をし、それを袋に入れると、全身ミミズ腫《ば》れと刺し傷だらけになってロバにまたがり、家に帰っていきました」

フェザーの口が半びらきになっている。スーマは毛布を持ち上げて、片目を隠している。地球の記憶を消されているのだから、話の半分ぐらいしか理解できていないだろうに。

ルビオが首をかしげた。「タランチュラは食肉性節足動物の一種だよね。このお話に出てくるのは、どんな種類?」

スーマとフェザーがそろってルビオの巣房に顔を向け、「しーっ!!」といった。

「家に帰り着くと、女は夜のうちに老夫婦の家に忍びこみ、おぞましい虫たちが詰まった壺を台所の窓から投げこみました」

ルビオがヒッと喉を鳴らした。タランチュラといわれて平気な顔をしていたのに、「おぞましい虫たち」は怖いのだから、笑ってしまう。意地の悪い隣人の声音をつくって、わたしはいう。

「『おまえたちに似合いのプレゼントだよ。よそから来た物乞いを信用して食わせてやったりするから、こんなことになるのさ』そういって、女はまたロバに乗って自分の家へ帰っていきました」

そこでわたしはしばらく口をつぐむ。このあいだに、老夫婦の台所で、タランチュラや、おぞましい虫たちがぞろぞろ這いまわる場面をみんなに生々しく想像させる。よし、いいぞ。スーマのあごを支えている両手に力がこもり、関節が白くなっている。もともと白いルビオの顔から血の気が引いてなおいっそう白くなり、フェザーの額には、あの巨体のクルマエビと同じ、深い皺が波打っている。

「翌朝、老夫婦の妻が、お湯を沸かしてウチワサボテンの朝食をつくろうと台所に向かいます。少ししかないけれど、サボテンを食べて、どうか洞窟まで行き着けますようにと心の中で祈っておりました。ところが、台所の床に一歩を踏み出したとたん……キャッと声をあげました」

ルビオとフェザーが息を呑む。

「床に手を伸ばしてみると、何やら角のとがった物が足もとに。取りあげてみると、それはダイヤモンドでした。見れば床のそこらじゅうに、ダイヤモンドやルビーやサファイヤの粒が転がっていて、まるできらきら光る昆虫が散らばっているようでした。不思議なことですが、この夫婦の家に満ちている優しさが、おぞましい虫たちを宝石に変えたのです」

フェザーが両手を打ち合わせ、うれしそうに笑った。完全には理解していないものの、目が興奮で輝いている。美しい宝石を前にした人間がどれだけ興奮するか、その記憶はまだ残っているらしい。

「貧しい夫婦は宝石を拾い集め、その一部を売って土地を買いもどしました」わたしはセーガンの地で見た風景を思い浮かべながら語っていく。「その土地はジャングルに囲まれており、アクアマリンの宝石のように青い湖がありました。その地でいつでも果樹や作物を育てられるように、夫婦は残った宝石はとっておきました。それからというもの、こんなうわさが広まりました。どこの国からやってきても、お金持ちでも貧しい者でも、ただ疲れただけの者でも、お腹がすいたならば、ロス・ビエホス家を訪ねればいいと」

おばあちゃんがいつもやっていたように、ためていた息を最後に吐く。「エステ・クエント・ポル・ウン・カミニート・プラテアード・イ・サリオ・ポル・ウノ・ドラド」

フェザーがまたスーマの巣房を覗きこんだ。「これも決まり文句のひとつ。ここでお話はおしまいっていう意味だよ」

フェザーも横になり、ありがたいことに、みなそれぞれにベッドの中で眠りについた。わたしは照明を消す。まもなく、耳になじみとなったルビオのいびきが室内に満ちてきた。

十三歳以上の子どもの睡眠ポッドが並んでいた部屋に忍びこみ、引き出しの中に金属製の機器調整ツールを見つけた。まだ緑の常夜灯が点《つ》いているものの、その光量ではわたしの目に足りない。ツールのへりに指をすべらせてみると、マイナスドライバーの先よりも薄い刃がついていた。これなら錠を覆っているドーム形のケースをこじあけるのにうってつけだ。

エレベーターをつかったほうが早いが、全面ガラスで丸見えだから、好奇の目が向かないとも限らない。それで裏階段へ忍び足で向かい、前と同じように二百十八段降りていって、目の前のドアをあけた。船倉内に自分の足音が反響するのをききながら歩いていくと、青い光の中に鋼鉄のドアが浮かび上がった。三百八十年前と同じように、ドアの上部で青い光がまぶしく点滅している。宇宙船に乗りこんだ日に、ベンが備蓄倉庫だと教えてくれた部屋だ。機器調整ツールを取り出して、錠を保護しているケースの下部から薄い刃を差しこんでこじあける。時間がかかるかと思ったら、あっけなくはずれた。キャッチしようとした手が間に合わず、落ちたケースが床で二回弾んで、船倉内に音が反響する。近くの壁に背中を押しつけて待つ。誰も入ってくる様子がないので、またドアに向き直った。

このドアをあければ、足もとからダイヤモンドを拾い上げた、あのお話の妻と同じ気分を味わえる。そう思いながら、震える手をラッチに伸ばす。船内のほかのドアはたいていするりとスライドしてあくのに、こちらは長いことつかっていなかったせいか、きしみながらゆっくりあいた。一歩入ったその足音が室内に反響する。天井で光がまたたき、室内に薄明かりが灯った。

胃にずしんと重い衝撃が走る。からっぽの棚。いったいどうして……。信じられない。

忍び足で棚の前まで近づいていく。むきだしの棚には一食分も残っていない。セーガンに到着した乗客の非常食さえ、あとかたもなく消えていた。盗んできたバイオローフ数箱だけで、どうやって生きていけるだろう。

最下段に、水の浄化剤がきれいに並んでいる。採集バッグをあけて、わたしたちが生涯必要とする分を入れていく。

わたしの勘が当たって、湖に生息する植物が食べられるものだったら、たぶん生きていける。ただしその場合……ずっと湖の植物を食べて生きていくことになる。深く息を吸ってから、よし帰ろうと、来た道に向き直った。

船倉のドアがぴしゃりと閉まった。

グリシュが置かれたのと同じ状況。ハンターに見つかったシカのように、じっと身を固くしていると、細身の人間がこちらへ歩いてくるのが見えた。

太い声。からっぽになった両親のポッドを見つけたときにきこえてきた、あの声だ。「ここは立ち入り禁止だ。コレクティブから制限がかかっている」

皺だらけの褐色の肌をして、白いあごひげを長く伸ばした男がエレベーターに通じる道をブロックしている。頭から足まで目を走らせて、相手の正体を見極めるのに、少し時間がかかる。ブーツとジャンプスーツというコレクティブから支給された衣服を着用しているのはわたしたちと同じだけど、頭のてっぺんに、実験用ゴーグルを帽子のように載せている。一歩下がって全体を見ると、まるでほっそり痩《や》せた、褐色の肌のサンタさんみたいだった。地球からやってきた大人と初めて会った！

六歳のとき、ショッピングモールでサンタさんに会ったときと同じように、走っていって抱きつきたかったが、さすがに今それはできない。この人、地球では何をしていたんだろう？　これだけ年を取っていても、最終選考に残った。きっと地球にいるときに、何か画期的な発明をしたに違いない。

大人たちはみんなリプログラミングに失敗した。けれど、この人は成功した。フェザーやルビオのように、この人の心にも、やわらかで洗脳しやすい部分があったのだろうか？

「こんにちは」喉に声がからみついた。「ゼータ1です」

「ゼータ1、なんの用かな？」男がきいた。

「ここで働くことになるといわれました」いいながら、水の浄化剤が詰まったバッグを背中にまわす。「ちょっとフライングですが、どうしても見てみたくなって」もしかしたら、この人も、わたしと同じようにリプログラミングに成功したふりをしているのかもしれないと一瞬期待する。

でも、コレクティブが十二分に信用している人間でなければ、こんなところにひとりで置いてはおかないだろう。

「気持ちはわかるよ」男はいってクスクス笑った。「きみが来るというのはきいている。ただし、次の探索が済んでから」そういうと、こちらに背を向けて歩きだした。「まあ、特別ということで。わたしたちの研究棟を案内しよう」

〝わたしたちの〟研究棟？　それじゃあ、この人がナイラのいっていた人？

あとについて船倉の一番奥まで行くと、そこに一連の研究室が並んでいた。セーガンに到着したら、うちの両親のような科学者が、ここに大勢集まって働くはずだった。それが今はたったふたり。わたしと、このおじいさんだけ。

おじいさんは、左はしの研究室に入っていった。一面の壁に何列にもわたって、ペトリ皿が並んでいるのが見えた。さまざまな色に染まった寒天培地が虹のように光を放っている。

「さあ、どうぞ」わたしのためにドアをあけてくれた。笑顔が優しくて、長い髪をポニーテールにしているところは、科学者というより詩人といった風情だ。

「ありがとうございます」そっとお礼をいった。この人が睡眠から覚めたのは、わたしたちより前だろうか、それともあと？　いっしょに目覚めた人はいるのだろうか？　「失礼します」といって、テーブルの前まで歩いていき、バッグをおろした。「科学者はあなた、おひとりですか？」言葉を慎重に選んできく。「つまり、ほかにも、あなたや……わたし……みたいな人がいるのでしょうか？」

「今は、わたしひとりだ」それが答えだった。リプログラミングに成功した大人は、ほかにいないのだろうか。

「ご専門をおききしてもよろしいですか？」虹色の寒天培地を指さしてきいた。「つまり、現在の研究課題ということですが」

「宇宙船で長い年月を暮らすのは厳しいものだ。わたしの主たる役目は、トニックを処方して、折々に現れるコレクティブの感情の波を安定させることなんだ」ナイラの〝パーティー〟でみんなが次から次へひっかけていた強壮剤。あれだ。おじいさんはそこで、こめかみをかいた。「その前の質問だが――。わたしの所属するエプシロン隊には五人いたよ」

「エプシロン隊？」

「わたしはエプシロン5。化学方程式や巨大分子合成についてなら、かつてはなんでも即座に答えられた。しかし、寄る年波には勝てない。いずれ役立たずの烙印《らくいん》を押される」

ナイラがレンのことを話しているときに口にしたことを思い出した――有用な人物と、そうでない人物。もしエプシロン5が今口にした言葉をナイラが知ったなら、彼もいずれ粛清《しゅくせい》されるに違いない。すでに老化が進んでいたから、あっさりリプログラミングに成功したのかもしれない。

「こちらへ」エプシロン5がいって、となりの研究室にわたしを案内する。こちらは気密室になっていて、壁に防護服がいくつもつり下がっている。その理由がわかった。わたしの採集物が入ったパウチ。赤い縁取りのある葉と、地表を覆う植物、それに巨大な葉のサンプルが入ったものが、ガラス製の冷蔵庫内のロッドからぶらさがっている。小瓶に入れた水のサンプルは専用のラックに収まっていた。

「中へどうぞ」エプシロン5はわたしの肘を押さえ、公園を散歩するような感じで室内を案内する。わたしの目の病気を知っているはずはない。のろのろと少し足をひきずっているところを見ると、支えるふりをして、わたしの肘を杖代わりにしているのかもしれない。何もない壁の前に出てきた。一瞬気まずい感じでふたりして立っていたが、やがてエプシロン5が笑顔になって、目の前のボタンを押した。壁がするすると後退していって、三面をガラスに囲まれた小さなベランダのような空間が現れた。外に広がるむらさき色の空。そこに浮かぶふたつの月と小さな太陽の放つ光が、小空間を満たしている。わたしは窓に近づいていって、眼下を見おろした。川が幾すじも流れていて、湖が点々とあり、青々とした緑地が広がっている。ここから見ると、自分たちが探索して、サンプルを採集した地域は、居住可能と考えられる区域の、ほんの一部でしかないことがわかる。ウォーターバタフライがいた湖は、何百もある湖の小さなひとつにすぎなかった。

「すごくきれい」わたしはいった。

「そうだね」いってからエプシロン5はため息をついた。「もちろん、わたしは、ここから見るしかないんだがね」

「どういうことですか?」

エプシロン5は肩をすくめた。「わたしが必要とされる場所はここだと、長官はそう考えているから」しばらく沈黙が広がった。「この惑星に、どんな生き物が生息しているのか、本当なら、この目でじかに見てみたかったんだが」

わたしにはそれが可能だが、長官の考えが変わらない限り、この人を連れていくことはできない。そう思ったら気の毒になった。これからもナイラはこの人をここに閉じこめておいて、外には出さないつもりなのだろう。ひどい話だった。

「美しい生き物がいるんです。たとえば――」わたしは親指と人差し指を十センチほど離して、エプシロン5の目の前にかかげる。「これぐらいの大きさの羽を持つ魚が、湖に数え切れないほどいるんです」

エプシロン5が口をあけて笑った。奥歯の一本が抜けている。「へえ、面白いな」

事実を話しているというのに、まるでお話を語っているような気分だった。「わたしは、ウォーターバタフライって呼んでいるんです。むらさきの光をちらちら放ちながら群れになって泳いでいたかと思うと、鬱蒼《うっそう》と茂る水草の中へさっと隠れてしまう。その隠れ家に入ると、むらさきの光も、まるでまぼろしのように消えてしまって」

わたしの話にエプシロン5が身を乗り出してきた。顔から笑みが消えている。「いったい何から隠れているんだろう？」

いわれてみれば、もっともな疑問だった。思わず心臓の鼓動が速くなる。「それは考えていませんでした」あの湖には、ほかにどんな生き物がいるんだろう？

「また地表におりたら、魚たちが何を恐れているのか、調べてわたしに教えてくれないか？」好奇心旺盛な子どもみたいな目をしていう。

わたしはうなずいた。けれど、もし十分な食料が集まれば、ウォーターバタフライの恐れているものの正体がわかったとして、ここにもどってきて、この人に教えることはできない。ついた嘘が、胃の中に小さなしこりをつくった。気がつけばわたしは、エプシロン5のことが好きになっていた。

研究室のドアがあいて、ナイラ長官がずかずかと入ってきた。「ゼータ1、ここで何をしているのです?」

わたしは浄化剤の入ったバッグを背後に押しこんだ。「あの——すぐに働けるよう、あらかじめ研究室を見て、サンプルの確認をしたかったんです」

ナイラがこちらへやってきて、わたしたちのとなりに立った。手を伸ばしてボタンを押す。もとの固い壁がすべり出てきて、ベランダを隠してしまった。「それじゃあ、顔合わせは済んだのね。せっかくふたりそろっているんだから、プロジェクトの説明をしましょう」

「はい」エプシロン5がいった。実験テーブルまで歩いていくと、猛毒を持つ植物の葉が入ったパウチに手を伸ばす。

「ダメ!」反射的に叫んだあと、あわてて声のボリュームを落とす。「猛毒を持っているんです。集めてきたのは、どうやったら退治できるか調べるためです——コレクティブのために」

「素晴らしい」ナイラがにっこり笑う。「ふたりとも、わたしたちに何が必要か、よく理解していますね」ナイラがわたしに向き直った。「除草剤ができるまでに、どのぐらいかかりますか?」

ゾウの耳に似た巨大な葉と猛毒の植物、それに対してどういった検査が必要か考える。「そんなに長くはかかりません」わたしは答えた。

「ええ」とエプシロン5。「わたしたちドリームチームで力を尽くします」そういってわたしに笑いかける。胃に友情のパンチをガツンと食らった気がした。でもドリームチームというには無理がある。おばあちゃんもこの人と同じぐらいの年だったけど、もうこの世には長くいられないといっていた。同じところからやってきたという意味ではうまくやれそうだけど、わたしたちがいた世界はもう存在しない。

ナイラがわたしの目の前に立った。「用意ができしだい、テストのために、あなたたちゼータを再び地表へ送り出します」そこでナイラが、わたしの集めてきたサンプルを指さした。「ところでゼータ1、あの赤い縁取りがある植物、あの一種だけを大量に集めたのはどうしてですか?」

考えるより先に言葉が口から飛びだした。「一枚の葉で、コレクティブをひとり残らず殺せるほど強い毒性があるんです。だから真っ先に撲滅しなきゃいけないと」

ナイラがぞっとする真似をした。「まあ、恐ろしい」

除草剤は数日で完成できる。そうしたら、スーマ、フェザー、ルビオ、わたしの四人は、もうゼータではなくなる。それまでは絶対に、四人の誰ひとりについても、役立たずだと断定する口実を与えはしない。ナイラにも、コレクティブの誰にも。

21

四人が生涯困らないだけの水質浄化剤を、自分の巣房《すぼう》の、マットレスの下に押しこんでいる。手が震えて、なかなかうまくいかない。

あのあとナイラは、いつまでも研究室に居すわって、エプシロン5とわたしが除草剤のプロジェクトに着手するのを見ていた。それで結局、採集してきた植物が食用可能かどうか、テストする時間はなくなった。

すでに眠っている、みんなの様子をちらちら窺《うかが》う。例によってルビオはいびきをかいている。ここにいる四人にはまだ望みがある。けれど、本来わたしたちの口に入る食料が、コレクティブによってむさぼり食われたことを思うと、げんなりするしかなかった。湖水の中で波のように渦を巻いていた水草が頭の中いっぱいに広がった。ベッドにもぐりこんで目を閉じると、水草の陰からエンパナーダやチーズバーガーがひょこひょこ飛びだしてきて、わたしをからかった。手を伸ばそうとすると、素早く水草の奥にもぐりこんでしまう。

飛び跳ねる食べ物を頭から締め出して、これからの計画をおさらいする。ナイラが必要とする除草剤を完成するまで、自分の役をまっとうすれば、わたしたちはまた地表に降りられる。セーガンにおけるコレクティブの環境適応性については、レンが被験者となったことで十分な情報が得られたと考えたい。また新たな被験者についてこられたら、それこそ困る。地表に降りるのは、わたしたちだけじゃないと。

シャトルを降りたら、洞窟についてくるよう、フェザー、スーマ、ルビオを説得する。ハーメルンの笛吹きよろしく、お話をエサに三人を先導して、シャトルやコレクティブからどんどん遠ざかっていく。だますと考えれば気分のいいものじゃない。それでもこの子たちには、自分たちの家族に何が起きたか、真実をすべて知る権利がある。わたしがそれを教えよう。そうすれば、洗脳される前の本来の自分にもどって、これからどう生きていきたいのか、自分で決めることができる。

眠らなくちゃと思って、ヒツジを数えだすものの、おばあちゃんの農場が恋しくなってしまった。思い浮かべるなら、もっとつまらないものにしないと。

水草のポソレ（チキン抜き）。水草のシリアル（ミルク抜き）。水草のピザ（チーズ抜き）。水草のキャンディ（砂糖抜き）……。


視界の隅から、白くてふわっとしたものが飛びだしてきた。

いつのまにか目の前にウサギがいる。おばあちゃんの言葉を思い出した。「そういう者はトリックスターといって、必ずしも相手のためを思っちゃいない」ウサギはぴょんぴょん跳ねながら、砂漠を突っきって山脈へ向かう。場面が早送りになったようで、わたしの考えが追いつかない。

ふいにとなりにおばあちゃんが現れた。カメのラピドもいっしょだ。「ああ、ペトラ。よくもどってきた。どうしてウサギを追いかけていかないんだい？」

わたしは胸の前で腕組みをした。

おばあちゃんは肩をすくめ、両の眉をつり上げた。「そりゃあね、ここにいたい気持ちもわかるよ。居心地よくて安全だ」

「どうしておばあちゃんといっしょにいちゃいけないの？」わたしはウサギが目指している前方の山を指さしてきく。「あっちは恐ろしいよ。砂漠にはどんな危険が待ち構えているかわからないもの」

「待っているのは危険じゃない。人生……つまり旅だ。行ってみなきゃわからない」

わたしは木の下にじっとすわって動かないでいる。おばあちゃんの姿は早くも消えかかって、遠くに見えるウサギもどんどん小さくなっていく。

また失うわけにはいかない。「わかった」わたしは自分に宣言し、ラピドの小さな頭をポンと叩いてから立ち上がった。おばあちゃんをハグしようと振りかえったものの、もういない。ラピドも霧の中に消えていく。

わたしは駆け出した。こんなに一生懸命走るのはいつぶりだろう。夢の中では障害物を見逃して転ぶ心配もない。ずっと遠くにウサギの姿が見えた。ぴょんぴょん跳ねながら、午後の日差しに赤く染まりつつある山へと向かっている。と思ったら、ふいに姿を消した。山すそに口をあけた穴の中に入ってしまったようだった。

思い切ってついてきたのに、結局、どこだかわからない場所で立ち往生するはめになった。ツタのカーテンに隠された、光る洞窟のような逃げ場所はない。ウォーターバタフライが光る湖もない。

振りかえって、がらんとした砂漠と向き合う。もどれば、おばあちゃんがまた現れるかもしれない。木が生えていた場所にゆっくりと歩いてもどる。すると背後から、ギターやフィドルの奏でる音楽がきこえてきた。振りかえってみる。おばあちゃんの家と同じように、牧場で流れるメロディーが赤く染まった山の奥深くから流れてくる。「待って！」消えてしまったウサギに呼びかけて、音楽のするほうへ駆け出した。

近づいていくにつれて、ギターの音は大きくなる。身体にびんびん震動が伝わってきたと思ったら、誰かに背中をバンと叩かれた。

「待って！　待って！　今行くから！」ウサギが消えた方角に向かって叫ぶ。するとまた何かが背中を叩いた。

しかし、そのうちに音楽は小さくなって、山は消えかかり、見えない力で砂漠へ、闇の中へ、ベッドの中へ引きこまれる。

バン、バン、バンと、相変わらず背中を叩かれている。

「お願い、待って！」目が覚めても、同じことを大声で叫んでいた。巣房の中で身を起こすと、小さなむらさき色の目がわたしをじっと見返していた。びくっとして跳び上がった。

「ボクシー、あなた何やってるの？」

ボクシーもびくっとした。「ごめんなさい」そういって、ボクシーはかつてベンの机があった暗い隅を指さす。ルビオがいびきをかいている。「あそこで、いつもお話をきいてたんだ。でも待っているうちに、みんなと同じように、ぼくも眠っちゃった」ボクシーがしょぼんと肩を落とす。「ゼータ1が叫んだでしょ。あのままだと、誰かがここに来て、ぼく見つかっちゃう。だから起こしたんだ」

前夜に、この部屋から出ていった者の正体が判明した。

わたしはゴクリと唾《つば》を飲みこんだ。喉《のど》がからからになっている。「ここに――ここに、あなたがいることを、誰か知ってる?」

「こっそり出てくるしかなかった。ナイラにダメっていわれるから」

チクチクする痛みが、首すじから頭へ這《は》い上がっていく。「ボクシー、誰にもいっちゃだめよ」

相手はしかめっ面をした。「いわないよ。ゼータ1が寝言で怒鳴ってたことも。だっていったら、どうしてそんなところに、おまえがいたのかって、いわれるもん」目を大きく見ひらき、これこのとおり嘘はありませんと、右の手のひらを上に向けた。「そしたら、お話をきいてたんだっていわなきゃいけない。コレクティブはいつだってぼくを見張ってるから、そうしたらもう二度とお話をきけなくなっちゃう」そういって、がくんとうなだれた。

もうここに長居はしないとわかっていても、また夜中にボクシーが入ってきたら危険だ。眠っているあいだに自分が何をしゃべるかわからない。「もう、ここに来ちゃダメ」

「それじゃあ、ぼくはどこでお話をきけばいいの?」

その口調にハビエルを思い出した。本を読んでと、せがむときのあの子にそっくりだった。なんだかボクシーはコレクティブらしさがなくなってきている。それもこれも、わたしと、わたしの語るお話のせいだ。語り部としては喜ぶべきだろうけど、今は悪い予感しかしない。ボクシーがここにいるところを見つかったときのことを考える。それは明日の夜かもしれない。そうなったら、すべてが台無しだ。

「ごめんね。でも、もうこんなことは二度としないで」

ボクシーがうなだれた。「ずるいよ。ぼくたちコレクティブにはお話をきくチャンスなんてないんだ。きかされるのは、決まりごとばっかり。一度ナイラに読んでもらったことがあるけど、それはゼータ1のお話とはぜんぜん違った」そこで目を大きく見ひらいた。「そうだ、大昔の〝ホン〟っていうものだって教えてくれたんだ。紙でできてて――」

「ちょっと待って」心臓が激しく鼓動する。ママといっしょに妖精狩りをやったとき、いつだったかタマサボテンがノームに見えたときがあった。あのとき以上に心臓がバクバクいっている。

「あなた、本を見たの？」わずかでも地球の暮らしにまつわるものを、この宇宙船でまだ一度も見たことはない。自分の手に取って、故郷を思い出せるようなものを。

「うん、ぼくらの部屋で」ボクシーがわたしに顔を寄せ、耳もとでささやく。「ほかにもね、昔の物がいっぱいあるんだ。その中に、面白いホンもあったよ」

この子はいったい……。グリシュが、〝クリエーション・バッチ〟という言葉をつかっていたけど、わたしはこの子がどうやって生まれてきたのか知らない。そういえば、この子みたいに幼い子どもはほかに見たことがなかった。結局わたしはボクシーについて、何も知らないに等しい。

「あっ、でも昔の物のことは話しちゃいけないんだ」

「ボクシー、そこには昔の物がどのぐらいあるの？　それをわたしに見せることはできる？」つとめて冷静にいったものの、興奮しているのはバレバレだろう。

ボクシーが顔を上げ、両の眉を大きくつり上げていう。「ゼータ1、もし見せてあげたら、これからもずっとお話をきかせてくれるって、約束する？」

わたしはうなずき、「そうね」とつぶやいた。嘘だ。

ボクシーが指を一本くちびるに当てて、「しーっ」といった。わたしに手招きをすると、ぴょんと跳び上がって、あの白ウサギみたいに、ドアのほうへ走っていった。今度ばかりはためらうことなく、わたしはそのあとを追いかけた。

22

　ボクシーがエレベーターに向かって通路を素早く進んでいく。軽快な身のこなしは、まさにウサギだ。

「待って」夢の中と同じように、わたしは呼びかける。「どこへ行くつもり？」

　ボクシーがエレベーターの呼び出しボタンを押した。

　わたしはパニックになって、思わず声を張りあげた。

「人に見られる！」

「ブランカフローは、王子を連れて逃げるのをおとうさんに見られても、恐れなかったよ」ボクシーが両手を腰にあてがっていう。「ロス・ビエホスだって、宝を見つけるためなら、コレクティブに見られることなんて、きっと気にしない」

「ボクシー、あなたいったい、いつからわたしたちの部屋に忍びこんでいたの？」

　答えはない。

　あきれながら、ボクシーにぴたりとついて横に立つ。この子といれば、少なくとも、ひとりでうろついていると怪しまれなくて済む。「わかった。お話がききたかっただけで、悪気はなかったんだよね」

　ボクシーは悪びれる様子もなく、肩をひょいとすくめた。彼のあとについて、わたしもエレベーターに乗りこんだ。もし地球から持ちこんだ本が本当にこの宇宙船内にあるなら、わたしにとってそれは、ロス・ビエホスの台所の床に散らばっていた、ダイヤモンドやエメラルドといった宝石をすべて集めた以上に価値がある。

ボクシーが一階のボタンを押し、わたしの心臓の鼓動はさらに速まる。五階分の距離が、わたしを宝物から隔てていたということだ。ドアが閉まると同時に、わたしの目は階数表示に釘付けになる。下降するエレベーターの中、ボクシーはにこにこしながら、わたしの顔を見ている。

五……四……三……。エレベーターがチンと鳴った。

ドアがひらいて、額に皺《しわ》のある巨体のゴーストシュリンプが現れた。グリシュを連れ去ったクルマエビ。彼が両の眉をくいっとつり上げると、額にさらに皺が増えた。

「こんばんは」ボクシーが声をかけた。まるでふたりでこうして出歩いているのが、ごくふつうのことであるように。

「こんばんは」男がいって、わたしたちの顔をまじまじと見る。

「乗るの、乗らないの?」ボクシーが偉そうにいう。危険を顧《かえり》みない人物が登場するお話に感化されたのか、まるで怖い物なしといった様子だ。

クルマエビがエレベーターに乗りこみ、二階のボタンを押した。

三人の鼻先でエレベーターのドアが閉まった。

わたしは点灯している三階のボタンを、穴があくほど見つめている。

クルマエビがボクシーを振りかえった。「長官は、ご存じなのですか……つまり、その」途中までいって、わたしの顔にちらっと目を向ける。

ボクシーがむっとした様子で男の顔をにらんだ。「ぼくがコレクティブの規則に従わないとでも思うの？　長官は、この宇宙船で起きていることは何もかも知っているはずでしょ？」

二階……。

「もちろん、そうです。余計なことをきいて、すみません」

わたしはまばたきをせず、呼吸もとめている。二階に到着し、ようやくクルマエビが降りた。

ドアが閉まり、エレベーターはまた下降していく。「冷や冷やさせないで」

ボクシーがにやっと笑い、まもなく一階に到着した。ボクシーは自信たっぷりにエレベーターから降りて、フロアを斜めに突っきって進んでいく。この階には、あの蜂の巣のような居住空間を備えた部屋はなさそうだ。いったいボクシーはどこで本を見たのだろう。彼は宇宙船の前方へと向かっている。わたしの部屋とわたしの安全な巣房《すぼう》からどんどん遠ざかって。

わずかだけれど、まだ持ち場で働いている人たちがいて、毛布を畳んだり、床や天井を掃除したりしている。バイオローフや薄めたジュースのような飲み物を用意している人もいる。

ボクシーが堂々としているからか、誰ひとり、こちらを振りかえって二度見することはなかった。

通路を曲がって脇道に入った。突き当たりにドアがひとつ。ドアの上部には、もともとあった文字をはがした跡がうっすら残っている。種子貯蔵室――もとはそう書かれていたようだ。

ママが自分の温室に設置していたような、古めかしいキーパッドがドアラッチの横についている。

ボクシーが２０６１と数字を押した。わたしたちが地球を去った年だ。ドアがスライドしてあいた。

室内には濃紺の光が満ちていた。最初に乗りこんだとき、宇宙船内のどこにも、たいていこの光が満ちていた。中央にベッドがひとつ置いてある。

「あそこはナイラの寝るところ」当然といった口調でボクシーがいう。

わたしの喉《のど》がゴクリと鳴る。ごまかすために、咳をした。

するとボクシーが、部屋に入ってすぐ脇にある出入り口を指さした。ずいぶん小さいから、ウォーキングクローゼットかと思ったら、「ぼくの部屋」といった。

わたしは歩いていって、中を覗いた。左手の内壁にくさびを打つように、おなじみの小さな巣房が設置されている。それが小部屋のほとんどを占めていて、まっすぐ立つこともできない。右手の壁には棚があって、からっぽの苗床と灌漑《かんがい》用のホースが積み重なっている。

ママの友だちだったグエン博士が管理していた種子貯蔵室だろうか。でもそこには、ママが寄付したニューメキシコ産のトウモロコシやカボチャや豆をはじめ、地球のたくさんの種子を保存してあるはずで、こんなに狭いはずはない。

振りかえって、ナイラのベッドが置いてあるメインの室内に目を走らせる。ごくふつうの湾曲した壁に取り囲まれた空間で、壁の奥に貯蔵室が隠れているとも思えない。本などあるはずもなかった。本をはじめ、〝大昔の物〟をボクシーが間違いなく見たのだとしても、それはもうここにはない。まだ幼いし、記憶違いということもあるだろう。宇宙船内のどこか他の場所で見たのかもしれない。永遠に見つからないものを探してまわる時間は、今のわたしにはない。「ボクシー、わたしは部屋に帰らないと」

「ダメだよ！　ここにあるってわかってるんだ。でも見たのはずいぶん前なんだ。ぼくが持っていたいってナイラにいったら、そんなものはない、夢で見ただけだろうっていわれた。でも違う、本当にあったんだ」

ボクシーは自分の寝室の前をせかせか歩いて、行ったり来たりしている。「そのホンはここで、ぼくがひとりで読んだんだよ」そういって、目の前のベッドを指さす。「面白かったよ」と、わたしの目を見あげてささやく。「ゼータ1のお話みたいだった。いろんな人やいろんな場所が出てきて、みんな違っていて、ひとつとして同じじゃない。自分が何になって、何をしたいか、全部自分で決めて、それぞれに行きたいところへ行く。コレクティブのいわれるとおりにしなくていいんだ。ゼータ1のお話に出てくる人たちは、ぼくらとは違う世界に暮らしているんだよね。お話のある世界に」

ボクシーの言葉をききながら、わたしたちはあまり変わらないんじゃないかと思えてきた。両親や、もといた世話人たち（ベンは例外）は、こちらが少しも興味の持てない知識をわたしにインストールした。

ボクシーは自分の巣房のへりに腰をおろし、しょぼんと肩を落としている。「ゼータ1のお話や、ぼくの読んだホンに出てきた人たちはみんな、ぼくなら勇気がなくてできないことをやっちゃうんだよね」

たとえリスクを負うとしても、この子にこんなことを思わせておくことはできない。わたしはボクシーの肩に片手をのせていう。「わたしをここまで連れてきた。勇気がなければ、こんなことはできない」

あごを胸に落としたまま、上目づかいでボクシーがわたしの顔を見る。「ボクシーは、自分にとって大切なものを探そうとしているんでしょ。コレクティブに禁じられても」わたしはいってやった。「自分の信念に従った。それって素晴らしいことよ」いいながら、危ない賭けに出ているとわかる。ここを脱出する前に、もしボクシーがわたしのいったことをわずかでも他人にもらしたら、一巻の終わりだ。

「どういうことか、よくわかんないけど、お話をもっとききたいっていうのは本当だよ、ゼータ1」そういってから、またうなだれた。「ナイラが隠しちゃったみたいだけど、ここにあったんだよ。嘘じゃない」

わたしはため息をつき、ボクシーのとなりに腰をおろして、彼の膝をポンと叩いた。

「ぼくが読んだホンの中に出てきた女の人。親に預けていた自分の赤ん坊を取りもどして、新しい土地を目指して出発するの」

あまりの驚きに、一瞬息がとまった。ハビエルの本だ。思わずボクシーの手をつかんだ。

「ボクシー！　その本、どこにあったのか思い出して！」

ボクシーは目を大きく見ひらいて、うんうんとうなずいた。「ここなんだよ。間違いない」わたしはガバッと床に四つん這《ば》いになった。ボクシーの目がますます大きく見ひらかれるのがわかった。床に頬をくっつけて、ベッドの下から向こうを覗く。

すると、ボクシーの巣房の一番奥に、それが見えた。プレアデス社のむらさき色のストリップライト。その光が細くもれていて、ドアの輪郭《りんかく》を浮かび上がらせていた。宇宙船の後部にあった船倉に通じるドアと同じだ。膝立ちになって、奥の壁を指さした。「ボクシー、あの向こうに何があるの？」

「何もないよ」ちらっと目をやってそういったものの、わたしの横を過ぎて這っていき、その壁を叩く。反響が広がった。

わたしもボクシーと同じようにそこまで這っていく。狭い巣房の中は、ふたり横並びになるとわずかな隙間もない。うつ伏せの姿勢で、光のもれているドアの輪郭に指を這わせ、細い隙間に爪をつっこんでこじあけにかかる。爪がはがれそうなほど頑張ってもびくともしない。暗い壁の、ドアと思われる表面を手で探ってみたところ、スイッチのようなものが見つかった。もとはちゃんとつながっていたと思われる灌漑ホースの電源スイッチだ。

思いっきり力をこめてそれを引き下ろすと、床に落ちて粉々になった。わたしはボクシーと顔を見あわせた。どちらも目をまん丸にしている。もしナイラがボクシーのベッドの下を確かめたら、わたしたちは終わりだ。

ふたりして、スイッチがあった場所に目を向ける。穴の奥にボタンがあって、光が点滅している。穴は小さすぎて、わたしの指は入らないけど……。

ボクシーが小指を入れると、カチッという音がした。ドアの縁《ふち》からキーッという音がして、空気がポンと抜けた瞬間、ドアが奥へずれた。隙間から吹き出した冷気がまともに顔にかかる。懐かしい匂い。しばらく経ってから、小学校の図書室の匂いだと気づいた。

半びらきになったドアから細く流れこんでくる光が、ボクシーの巣房を金色に染めている。ドアは、大人が身体をはすにしてようやく通れるぐらいしかあいていない。こちらがまばたきするより早く、ボクシーがそこへ頭からつっこんでいった。

ボクシーのあとに続いて、わたしも入っていくと、凍るように冷たい床を足が踏んだ。冷気と金属の床。となれば、自ずと答えは出る。ここは種子貯蔵室だ。

家一軒が収まるほどの広大な室内の真ん中に、ひとつだけ置いてある大きなテーブル。その前にボクシーが立っている。金色の光は照明器具の明かりではなかった。部屋の向こうの隅で、バスケットボール大のホログラフの太陽が黄色い光を放っている。地球、金星、凍るような海王星、天王星などなど。土星にはちゃんと環もついていて、それぞれがゆっくりと回転している。縮尺は正確ではないものの、地球の属する太陽系であることは間違いない。

回転するホログラムの下、壁一面にぎっしり並ぶ引き出しの中に、地球の植物の命が詰まっている。

ボクシーはテーブルの上に置かれたものを見てにこにこしている。真ん中にセンターピースのように置いてある陶器製のクリスマスツリー。そこに、前歯が抜けたソバカスの女の子の写真が飾ってある。引き出しの引き手からは、結んだ紐で赤ちゃんの靴がぶらさげられている。別の壁には、フレームに入った家族写真や、セピア色になった出生証明書や結婚証明書が留めつけてあって、つくりものの太陽が放つ光を浴びている。まるで地球に捧げられた神殿のようだ。

ボクシーがこぶしを握りしめるガッツポーズをした。どこでそんなポーズを目にしたのだろう。

「ほら！　本当にあった！」

わたしはナイラを頭に浮かべた。「過去を忘れる」とか、「わたしたちの祖先が犯した誤り」とか、あの人はつねにそういうことをいっていた。「地球」という言葉を口にしただけで、クリックはたしなめられた。

「こういうもの、どこから集めてきたか、知ってる？」無邪気をよそおうつもりが、声がひび割れた。

「わかんない」ボクシーが頭をかく。「でももう大昔の物のことは話しちゃいけないんだ」

胃がむかむかしてきた。ここにあるものはすべて、家庭や、友人や、家族など、わたしたちが最も大切にしていたものを象徴しているのだと、ボクシーにそういってやりたかった。ナイラや、ナイラの前に生きた時代の人たちが、こういったものを人々から奪った。わたしや、わたしの死んだ家族から。

思い出の品々や写真が、部屋中に散らばってはいるものの、ここにあるのは、乗客が持ちこんだ数の半分にも満たないだろう。テーブルについている引き出しのひとつをあけてみる。その瞬間、胃をかきまわされる心持ちがした。〈インストール用コグニート――不良品〉というラベルの向こうに、何列にも並んだコグがあった。宝石店の指輪のように、小さなホルダーの中にきれいに並べられており、それぞれに、イニシャルと日付がレーザーで刻印されている。日付は古いものから新しいものまで、数百年にわたっている。

あたりを見まわすと、封をされたままの箱が壁の前に積み上がっているのが目に入った。近くまで寄っていくと、〈小児用コグニート〉〈大人用コグニート〉とラベルが貼ってある。封をあけてみると、ベンがつかっていた、アイスクリームのディッシャーに似たインストーラーといっしょに、コグがぎっしり詰まっていた。点滅しているところを見ると、充電してあるらしい。地球にまつわる知識を危険視するなら、廃棄してしかるべきところを、なぜいつでもつかえるようにしてあるのか。いったいナイラはこれを誰にインストールするつもりなのか。

「本はどこにあると思う?」ボクシーにきいた。

わからないと、かぶりを振った。わたしはさまざまな写真や証明書を見ていきながら、自分の家族の物を探す。

「ゼータ1?」

呼ばれて振りかえると、ボクシーが満面に笑みを浮かべて、引き出しのひとつをひっぱりだして立っていた。そちらへ行き、ボクシーが両手で支えている引き出しの中を覗きこむ。ファイルキャビネットのようだった。凍結した種子を保存してあったアルミフォイルの袋にはさまれて、金属のホルダーにつり下げたビニール袋がずらりと並んでいる。着替えの入っていた袋で、ベンに返すとき、セーガンにどうしても持っていきたいものをこの中に入れたのだ。ホルダー上部から、明かりのついたタブが突き出している。

バンッと大きな音が室内に響き渡り、ボクシーといっしょに跳び上がった。天井にある四つの細長い穴から冷気が吹き出してくる。そうだ、ここは種子を保存する部屋だったのだと改めて気づかされた。

ボクシーがふーっと息を吐いた。「もう見たから、いいよね」そういって、入ってきたドアのほうへさっと目をやる。「またあとで来ようよ。なんだか怖くなってきた」

確かに。ナイラがいつ入ってくるかわからない。足が震えてきた。寒さのせいじゃない。宇宙船を脱出するつもりなら、今が、自分の大切なものを見つける最後のチャンスだ。

「もうちょっとだけ、待って」

顔を近づけて、タブに書かれた文字を読んでいく。Yancy, Meg。ビニール袋の口にはマグネットがついていて、簡単に開け閉めができる。中を見ると、メグ・ヤンシーのダイヤモンドの指輪が光っていた。あわてて袋を閉じる。

ボクシーに肩を叩かれた。「もうもどったほうがいいよ」

ここまで来て、あきらめるわけにはいかない。冷え冷えとした部屋にいるのに、額に汗が噴き出しているのがわかる。「ドアのところで見張ってて」

ボクシーはくちびるを噛んだ。それでもうなずいて、部屋の入り口に少し距離を置いて立った。

二段上にある引き出しをあけてみる。Riese, Marcus。その次もあけてみる。震える指でタグをたどっていく。O'Neal, Jason。そしてとうとうPで始まる名前が出てきた。Patel, Aashika……Peñe, Javiel。

胃の中で蜂の群れが騒ぎだした。

手を伸ばしてハビエルの袋をつかむ。袋の口をそっとあける。ジーンズと、皺くちゃになったジェン・ジャイロ・ギャング（GGG）のパーカー。その正面に、にこにこ笑うウォーリー・ザ・ウーリー、カモノハシ恐竜の赤ん坊、ドードー鳥がプリントされているけれど、みな色あせている。

中に手を入れてみると、何か堅い物が指の関節に当たった。取り出してみると、ハビエルの本だった。目の前にかかげると、表紙から、頭に赤いスカーフを巻いた女の人が何か訴えかけるような目でわたしを見つめてきた。『夢追い人たち』と、デザイン文字でタイトルが書かれている。

「それだよ！　それがぼくのいってた本！」ボクシーがドア近くの見張りを放棄して、こちらへ飛んできた。「本当だったでしょ！」

喉の奥にこみあげてきたものが、ぐんと大きくなった。ハビエルの本に鼻をくっつけて、くんくん匂いをかぐ。三百八十年の時が経っても、我が家の匂いがする。もっといろいろ探せるように、本をボクシーに持っていてもらおうと思ったが……手放すことができない。

本を脇にはさんで、次のタブに移る。

Peña, Petra。

袋の奥まで手をつっこんだ。金属が爪のあいだを突っついた。それをつかんで取り出すと、ペンダントが出てきた。銀が黒く変色しているそれを胸にぎゅっと押しつける。遠い遠い、あの日。胸が締めつけられ、目に涙がチクチク盛り上がってきた。

ペンダントを胸ポケットにすべりこませ、上から手で押さえて目を閉じる。

またバンッと、大きな音がして跳び上がる。冷気の放出が終わったのだ。目をあけると、ボクシーがすぐとなりに立っていた。

「ゼータ1、もうもどるよ」きっぱりいった。

わたしは鼻をすする。「わかった」引き出しを閉めようとしたら、ボクシーにとめられた。わたしに手を差しだして、本を寄越せといっている。「もとにもどさなきゃダメだよ」

「いや！」思わず大きな声が出た。

ボクシーが驚いて飛びのいた。「どこにあるかわかったんだよ。また来て読めばいいじゃないか」

それができないのだ。

けれど、脱出計画をふいにするかもしれないリスクは負えない。ボクシーが怖《お》じ気《け》づいて、わたしが過去の物を持ち去ったと、ナイラに打ち明けてしまわないとも限らない。

ボクシーが口をあけて持っている袋に、本を落とした。本を手放したことで、もう一度ハビエルを失ったような気がした。

ボクシーはにこっと笑ってから、ドア口へもどっていく。そのあとに続こうとするものの、足がいうことをきかない。やっぱり残していけない。両親の預けたものだってあるはずだ。パパとママは何を預けたんだろう？　わたしはそれをきくこともしなかった。

「どうしたの、ゼータ1？」

「やっぱり――」

「ボクシー！」ナイラの呼ぶ声が響いた。

失神したヤギのように、ふたりして固まった。

ボクシーがドアの隙間に突進していき、自分の巣房に飛びこんだ。それからすぐドアが閉まり、わたしひとりが、回転する太陽系の光の中に残された。ひんやりした空間に霧が漂っている。

熱い吐息が白くにごった。ポケットの上からペンダントをぎゅっとつかむ。あともう少しなのに。どうか、どうか、見つかりませんように。

「そうだよ、ナイラ」ボクシーのくぐもった声がきこえてきた。

そして沈黙。

「じゃなかった、長官」とボクシー。「ひとつ、きいてもいい？」

「ええ、どうぞ」

ボクシーがずるずると這いずって、巣房の出口まで行くのが音でわかる。

「ぼくが大昔の物を見たっていったら、それは夢だっていったよね。でも、そんなことないってわかってる。どうして、ぼくやみんなに、大昔のことを知られたくないの？」

余計なことを――。この子もハビエルと同じだ。夕食の前にふたりでこっそりオレオ・クッキーを食べているのをママに見つかったとき、ハビエルはニッと笑い、クッキーの黒いカスがついた歯をむきだしにして、こういったのだ。「ママが多肉植物のうしろに隠したクッキーなんて、ぼくらは食べてないよ」と。それをきいて、ママはキッチンカウンターの上に置いた多肉植物の鉢をにらんだのだ。きっと今、ナイラはボクシーのベッドの先にあるドアをにらんでいる。

ナイラがため息をついた。「ボクシー、大事なことだから、ちゃんとわかってちょうだい。わたし……とコレクティブは、あなたをふくめ、全員が安全でいられるように、頑張っているの」

ボクシーのクスクス笑う声がきこえる。ナイラが話を続ける。

「確かに、あなたのいうとおり、夢じゃない。でも大昔の物のことは忘れないといけないんです。ああいう物からは、何ひとつ、いいものは生まれなかった。その頃の人類が所有していたものには、地球で暮らしていた頃の古い価値観が残っているの。それが彼らを私利私欲に走らせることになった。その先には不幸しか待っていない。不幸になれば、人は争う。わかりますか？」

「うん、わかるよ、ナイラ」

今度はナイラも呼び方をたしなめはしなかった。ハビエルの『夢追い人たち』が、人を私利私欲に走らせ、戦争を引き起こすなんて、ボクシーは信じるのだろうか。

「あなたを守り、コレクティブを守る。その邪魔は誰にもさせません。いつの日か、あなたとわたしが、想像を超えるたくさんの知識を担《にな》うことになるかもしれない。コレクティブにおいても、隠れた力を持つ者は必要で、その重責は少数の肩にかかってくるのです」それをきいて、引き出しにあった未使用のコグの使い道がわかった。「けれど、知識というものは、大勢が所有しては危険です。現時点、コレクティブが繁栄していくためには、知識をコントロールする必要がある。知識を所有するのは少人数にとどめ、その少人数は、無条件かつ絶対的に、コレクティブに奉仕する。ゼータのように」

一瞬の沈黙。「だけど、ゼータがひとりもいなくなっちゃったら?」

「心配いりません。もう何年も前から、新しいクリエーション・バッチを研究しているのです。ひとつの目的のために。まもなく、あなたと同じ年頃の子どもにも会えますよ。それに、わたしたちの科学を発展させるのに貢献し、コレクティブに無条件で奉仕するようプログラミングされた者たちにも」

何かが床をこする音。もう会話は終わったのだろう。

「あなたとわたし。不要な知識や、気をそらすようなものをすべてなくしてしまえば、お互いの姿しか見えない。お互いを見つめ合うことは、自分自身を見つめることでもありますから、そこに平和以外のものが立ち入るすきはありません」

ナイラの論法は巧妙で、これに反論できる人はそうたくさんはいないだろう。

「出かけましょう。これから集会があって、そこにあなたも参加してほしいの。そうすれば、もっと学べて理解が深まりますからね」

「今から? また改めて、別の日から始めるんじゃダメなの?」気まずいような沈黙が広がったあと、「ぼく行きます、長官」とボクシーがいった。

しばらく足音がきこえていたが、やがてそれも消えて静かになった。ナイラは間違っている。自分の考えが正しくきこえるように言葉を紡《つむ》いでいるだけだ。そういうことを昔ナイラに教えた人がいたのだろうか？　ナイラがボクシーに今教えているように？

ふたりがもどってくる前に逃げないと、冷蔵庫のような部屋に一晩中幽閉されてしまう。

小さな太陽が放射する光を頼りに、足もとに気をつけながらドアのあった方向へ向かう。しかしどの壁を見ても継ぎ目のようなものは見えない。左右に地球の記念品で覆われた壁をはさんで立ったときに、正面に来る何もない壁に細身のドアがあったはず。ドアの反対側にあったスイッチのあとや小さな穴を探すものの、目に映るのは、写真や証明書の類《たぐい》ばかりだった。「ここじゃない、ここでもない、違う」

ふつうの人なら、一歩下がって全体を見わたせば、小さな穴も見つけられるだろう。けれどもわたしの場合そうはいかない。しかも壁にかかっている写真や証明書は無数にある。そのひとつひとつに目を走らせていたら、しまいに凍死してしまうだろう。

だいたいこのあたりかと勘を働かせて、壁に指をすべらせる。反対側に鍵穴があったと思われる部分には、メジャーリーグで活躍した史上初の女性ピッチャーが写るベースボールカードが、プラスチックのフレームに入れてかけられていた。フレームごと壁からはずすと、反対側にあったのと同じ丸い穴があった。小さくてわたしの指は入らない。作業台にもどって、ホロタックを探したが見つからない。ベースボールカードに目を落とし、プラスチックのフレームからカードを出す。フレームには持ち主の名前を書いたステッカーが貼ってあった。「ごめんね」といいながら、カードをくるくる丸める。ナイルズ・フォスターという人にとって、これは宝物だったたに違いない。

細い筒にしたカードの先を穴に入れると、ドアがあいた。急いで這ってくぐり抜ける。ありがたいことに、ボクシーの巣房はからっぽだった。こちら側からまたカードを穴に通してドアを閉めようとしたところで、ふと手がとまった。もう一度もどって、家族の持ち物をすべて取ってこようか。でも、そのあいだにナイラたちがもどってきて出られなくなったら？　いくら家族の思い出を取りもどしたところで、プログラミングし直されたら、またすべて失ってしまう。そう自分にいいきかせ、ボクシーの巣房から出て、誰もいないナイラの寝室へ降り立った。

寝室から通路へ出るドアは閉まっている。ラッチを押してみるものの、押し下げることができない。ドアの外側にあったのと同じキーパッドがここにもついていた。額の汗をぬぐって考える。祈るような気持ちで、２０６１と数字を押してみるものの、ドアはあかない。ここでナイラがもどってきたら、一巻の終わりだ。この部屋に入るのに、地球を脱出した年を選んだのなら……。

震える指で、現在の年と思われる２４４２と押した。ラッチを押すと、カチッと音がしてドアが勢いよくあいた。脱兎のごとく外へ飛びだし、十秒後にはメイン・フロアの手前に出ていた。背すじをまっすぐ伸ばして、自信たっぷりにメイン・フロアの中央を歩いていく。

エレベーターまであと少しというところで、ナイラの声がきこえてきた。彼女のいっていた「集会」が、かつてカフェテリアがあった場所の近くで行われている。引き返すわけにもいかず、同じようにエレベーターを目指す人の群れに交じって先へ進んでいく。ナイラはこちらに背を向けて、演壇の上に立っていた。聴衆の前列にボクシーがすわっていて、わたしが歩いているのに気がついて目で追ってくる。それでもあえて知らん顔をしている。

「わたしたちには選択肢がいくつかあります」ナイラが聴衆に向かっていっている。「しかしながら、タイダルロックの惑星では、植民するといっても限界があります」

わたしは前方を見すえながら、歩き続ける。「最適な居住区域は非常に限られているのです。除草剤はまもなく完成します」

そう、任せておいて。わたしには自信があった。

エレベーターの前に着き、呼び出しボタンを押す。

「しかしそれでも、この地域にとどまるには、多くの障害があります。わたしたちは最善を尽くしていますが、そういった障害がすみやかにクリアできなければ、別の惑星を探すことになるでしょう」

心臓がハンマーのように胸を打った。大丈夫、ひとたびみんなでセーガンの地表に降りたなら、コレクティブがどこへ行こうと構わない。去ってくれるのならば。

乗りこんで、六階のボタンを押す。

「障害のひとつは、敵対者です」ナイラの話が続く中、エレベーターのドアが閉まりだす。「こちらから、彼らにコンタクトを取るつもりはありません」

なんですって！　敵対者がいるのに、わたしたちを送り出した？　閉まりかけたドアをあけようと、あわてて「開」ボタンに手を伸ばし――

「最初の探索では、そういった敵対者がいると考えられる地域を避けました。その第一号――」

ドアが閉まって、声が遮断された。

エレベーターはすでに上昇し始めている。でも、はっきりきいた。第一号。

最初に出発した宇宙船第一号のことだろうか？　まさか無事たどり着いたとは思っていなかった。たとえたどり着いたとしても、そちらもコレクティブに支配されているのでは？　新しい惑星のどこかで仲間を見つけるなどという選択肢があるなんて、これっぽっちも思わなかった。そうだ、パパがいっていた。第一号機が無事セーガンに到着したら、居住可能区域で植民地を開拓するから、あとから行くわれわれは、可視光の全色に感光するパンクロマティック・イマジェリーをつかって、彼らのいる位置を突きとめないといけないと。そうでなければ、積み藁《わら》の中に針を探すようなものだといっていた。

あまりのうれしさに、その場で跳びはねたくなる気持ちを抑える。ガラスを通して丸見えだろう。笑い声が口からもれ、あわててひっこめる。でもそこで気がついた。外にきこえる心配なんてない。それで、ここ三百八十年で一番の大声を出してゲラゲラ笑ってやった。第一号機の乗客がまだ生きているとは思っていなかったし、ましてや近くにいる可能性などまったく考えなかった。

先発隊が居住可能地域にいるとしても、必要な追跡装置がなければ、見つけるまでに何年もかかるだろう。そのあいだにまずい水草を山ほど飲み下して生き抜かなければならない。それでも本当にいるのなら、見つけてやる。フェザーとルビオとスーマと自分のために。

エレベーターがチンと鳴って、降りる階に着いたことを知らせた。わたしは自分の部屋へ向かって走り、息を切らしながら中へ入った。ルームメイトはまだ眠っていて、ルビオのいびきだけが響いている。

トイレに飛びこんで、ファンをまわす。顔にまだ笑みが貼り付いていた。ペンダントをひっぱりだして、服でこすって曇りを落とすものの、黒い縞《しま》が消えない。ペンダントを照明の光にかかげてみる。

「この石が失った者たちを集めてくれる……」おばあちゃんはそういっていた。ペンダントが見つかったと思ったら、今度はセーガンに地球からやってきた仲間たちがいるかもしれないというニュースまで飛びこんできた。うれしすぎて心臓が胸から飛びだしそうになるという表現があるけれど、それをいうなら、わたしの心臓はロケットのように発射しそうだった。

23

翌朝、みんなが目覚める前に起きだして、誰もいないトイレにそっと入っていく。髪をとかして片側に寄せ、それを三つに分けて編んでいく。

いよいよだ。ペンダントが手もとにもどったのだから、これからはおばあちゃんに話しかけることができる。これですべてそろった。あとはナイラに頼まれた除草剤をできるだけ早くつくって、危険な植物を根絶やしにする。早ければ早いほど、除草剤を試すために、ナイラはわたしたちを早くに地表に送り出してくれて、こちらはその分早く逃げられる。第一号機の乗客たちも、きっと生きている。

髪をきっちり編んで、ほつれ毛を一本も出さないようにした。

部屋にもどると、スーマが大きく伸びをしながら、あくびをしていた。「おはよう、ゼータ1」「おはよう、ス――ゼータ2」いい直して、思わず奥歯を嚙みしめる。コレクティブにつけられた呼び名を口にするたび、ナイラがスーマを再び眠りに送り出すときに口にした言葉がよみがえる。「スーマ・アガルワルは、生涯ゼータ2として生きていく」冗談じゃない、そんな役割はもうすぐ終わるからね、スーマ。

スーマはジャンプスーツに着替えだした。「ゼータ1は、今日はどんな仕事を与えられたの？」「除草剤をつくるってだけ。あなたは？」

スーマはすっと背すじを伸ばした。「宇宙船の燃料をつくるんだ」

障害がすみやかに除去できなければ、別の惑星を探すとナイラはいっていた。それで燃料が必要？　それはいつ決行されるのだろう？

「どうして？」ひょっとしたら、スーマに何かヒントが与えられていないかと思ってきいた。

スーマは肩をすくめた。「あたしはコレクティブに命じられたことをやるだけ」

これは事を急ぐ必要がありそうだ。

ルビオが、クリックのように抑揚のない声で口をはさむ。「ぼくはコレクティブがいつでも吸える、適切な組成の大気をつくる」

フェザーがすっくと立ち上がって、ジャンプスーツの皺《しわ》を伸ばした。「わたしは、コレクティブが身体機能を万全に維持できるナノ薬品を処方する。肺機能が不全を起こしたら、いくら大気組成が適切でも、吸えないからね」

わたしはクスッと笑い、ブーツを履《は》いた。

フェザーがとなりにすわる。「ゼータ1がロス・ビエホスときらきら光る宝石のお話をしてくれたでしょ。あれとてもよかった。特に好きなのは終わりのほう。夫婦が川のそばで暮らして、果樹を植えたり作物をつくったりして、近くの町から子どもたちがやってきて果樹園の中を走りまわって遊ぶ場面」そこでフェザーは小さくため息をつく。「いつかわたしも、果樹園を見てみたいなあ」

えっと思い、改めてフェザーの顔を見る。素晴らしいエンディングだけど、わたしの話にそんな場面はなかった。

するとルビオが話を引き取った。「ぼくは、ロス・ビエホスが世界的に大流行した疫病のあとで、生活に困る人たちや家を失った人たちを助けるところが好きだな」

ゾクゾクするものが背すじを上がっていく。二〇二〇年代に大流行した疫病のことなんて、お話の中で触れなかった。もし地球の歴史を思い出したなら、すごいことだ。けれど今のタイミングではまずいと、わたしの中で危険信号が点滅している。

くちびるに指を一本当てて、ひとりひとりと目を合わせる。「今から話すのはここだけの秘密よ」

三人とも、わたしの顔を見返した。おそらくこれが最後のチャンスだろう。大きな賭けであるのはわかっている。でもやらなくちゃいけない。「この次、地表探索に出たら、みんなはわたしの指示に従わないといけない。ちゃんということをきいてくれれば、好きなだけお話をしてあげるって約束する」

「どうして？」とスーマ。

「それは考えなくていい」わたしは自信たっぷりにいった。「コレクティブのために」自分でいいながら、ずいぶん曖昧《あいまい》ないいまわしだと思った。いかにもコレクティブのメンバーがいいそうなことを口にしてみたのだが。

フェザーとルビオはうなずいたが、スーマは違った。わたしの言葉に納得できないように、こちらの顔をにらんでいる。

ルビオが独り言のように、そっという。「もっとたくさんのお話……」

「わたし、乗った！」フェザーがふいに笑顔になっていった。「わたしはゼータ1のいうとおりにする」さっと立ち上がり、気をつけの姿勢をとっていう。「コレクティブのために！」

スーマが眉をひそめた。「もし、命令系統が変わったのなら、あたしたち全員にコレクティブから話があるはずじゃない？」

ずるい手だとは思う。でも除草剤ができあがれば、その日のうちにセーガンの地表に降ろされるのだから、ここでは大嘘をついておくしかない。

心臓の鼓動が速まるのを感じながら、強気の態度でスーマと向き合う。「長官から内密に頼まれたの」なんとしても三人を洞窟に連れていく。「居住地として有望な地域へ、安全性を確かめにみんなを連れていくようにって。下手に希望を持たれると困るから、まだコレクティブたちには一切知らせない。でも、ひとたび安全性が確認できれば、コレクティブにとって、またとない朗報として告知される」

スーマがわたしに疑わしげな目を向ける。

「もっとお話をききたいなら、いうことをきいてもらわないとね」わたしはいった。

ルビオが考えこむように口を結んだ。「わかった、ぼくも乗るよ」

フェザーがしゃがみ、期待をこめてスーマの顔を見あげる。「ゼータ2？　いいでしょ、お願い」

またとないこのチャンスを、スーマひとりが乗ってこないせいで、台無しにするわけにはいかない。

ボクシーがエレベーターの中で男を煙《けむ》に巻いた論法を思い出し、わたしはあごをぐいっと持ち上げていう。「コレクティブが生き残るために、それが最善だと長官は考えた。その長官の判断を疑うなら、話は別だけど」

スーマは答えず、髪を編むことに熱中する。編み終わると、深くため息をついた。「あたしは――」

ドアがあいて、クリックが入ってきた。お腹の前で両手を握りあわせている。「ゼータ諸君」青い線がついたくちびるから声を出した。みんなで彼のあとについて、通路に出ていく。いつものように、メイン・フロアでの食事から一日が始まる。

今朝もまた、バイオローフのひとかけらを給仕の男子が捧げ持つお盆からつまむ。いつものように、相手はこちらに目もくれない。

例によって、食品生産ラインにスタッフがずらりと並んで働き、できあがったばかりのバイオローフが箱に入れられて積み上がっている。あそこへ近づいていって、もう数箱ばかり失敬したらどうだろう。じっくり考えた末に、この期に及んでリスクを負うわけにはいかないと結論が出た。そこから少し離れた場所では、新品同様のジャンプスーツを繕《つくろ》っている一団や、清潔この上ない光輝く床をせっせと磨《みが》いている一団がいる。目を上に向ければ、遙《はる》か高いところに、宙を漂う細かな塵《ちり》のように、ハーネスでつり下げられたスタッフが点々と浮遊し、天井を掃除している。脇によってバイオローフを食べながらおしゃべりをしている一団に、わたしはまた近づいていった。グリシュがいなくなった今、シュモクザメと、ほかのメンバーが、どうでもいいことをぼそぼそしゃべっているだけだった。

フェザーもルビオも、スーマもわたしも、一分もかからずに一日分の食料を平らげた。

家族でキッチンのテーブルを囲んだ日々が懐かしく思い起こされる。ママはコーヒーをゆっくり飲みながら、メトロノームのように顔を前後に動かして、新聞のクロスワードパズルに熱中していた。ハビエルはGGGの新メンバーについてベラベラとしゃべりまくったあと、パパを相手に十分近くも熱弁をふるっていたっけ。鼻をどこまでも深くほじっていくと、ついには脳みそにさわれるんだと。そういうのんびりした朝食の風景はここにはなく、小さなかけらを四十五秒かけて噛んで飲み下して終わりだ。

食べ終わると、クリックのあとについて、エレベーターに乗って船倉に降りていく。「今日は非常に重要な日だ」とクリック。

あなたは知らないが、今日はそちらが思っている以上に重要な日になるのだと、わたしは心の中でいう。疑われることなく除草剤を完成できて、スーマが長官に余計なことをいわなければ、二十四時間以内にみんなでセーガンの地表に降りて、永遠にそこで暮らせる。

ドアがあくと、船倉は大勢のゴーストシュリンプで賑《にぎ》わっていた。まるで振り付けが決まっているダンスのように、みんなが同じ動きをして、からっぽのポッドを運び出している。あいた空間には、資材が入った金属のコンテナが置かれ、荷ほどきを待っている。

ひとつ、またひとつ。庭の柵代わりにする白レンガのように、壁際にポッドがずらりと並べられていく。四つおきに、緑に光るジェルが入った樽が置かれているところを見ると、必要になれば、ポッドは再利用されるのだろう。わたしたちの代替を用意しているとナイラがいっていたが、準備はどこまで進んでいるのか。胃の中がかきまわされて、サワーミルクのような胃液が喉《のど》にせりあがってくる。

クリックは、青い光が点滅している、からっぽの備蓄倉庫の前を素通りする。

賑々しく働く人たちをすべて追いこして、わたしたちは奥にある静かな研究室棟へ向かっている。

「ゼータ2」クリックは研究室のひとつを手でさす。「いっしょについていったほうがいいかな？」

まさかというように、スーマは笑い、両眉をつり上げた。「いいえ」

中に入るとき、スーマはルビオを横目でちらっと見た。それからすぐドアを閉めた。

これでよしというように、クリックがうなずいた。「よし、それじゃあ次」そういって、さらに奥へと向かう。

ルビオが列を離れ、自分の研究室に入った。両手を打ち合わせ、「さあて、仕事にかかるか」とはりきっている。

フェザーがわたしとクリックを追いこして、先を歩いていく。迷うことなく左へ曲がり、目指す研究室に入った。実験台の上に、ナノ素材を集めた袋がすでに積み上がっている。岩も石も、個別のペトリ皿に入って、分光計のとなりに並んでいる。フェザーが頭の上で手を振ってドアを閉めた。

「わっ」鼻先でドアを閉められて、クリックが飛びのいた。

わたしはクリックといっしょに研究室棟の一番奥まで歩いていく。「せっかくのサプライズをきみが台無しにしたそうだね」

心臓がドキンと鳴った。「サプライズ？」

「長官からきいたよ。もうエプシロン5と会っているそうじゃないか」

「えっ、は、はい」舌がもつれる。「待ちきれなくて。すみません」

「パートナーがいて、きみは幸運だ。彼は非常に優れた才能の持ち主なんだ」

それをきいて、ますます興味がわいてきた。あのおじいさん科学者は、地球では何者だったのだろう。クリックがああいっているのだから、よっぽどすごい人に違いない。

クリックがドアをあけたが、エプシロン5はいなかった。化学薬品が焦《こ》げたような臭いがする。遠心分離機が減速し、やがてとまった。

インキュベーターが三十七度という超高温に設定されていた。セーガンの邪魔になる植物を根絶やしにするといっても、これはあり得ない。適切な温度になるまで待たねばならず、思わぬ遅延だ。あわてて飛んでいき、温度を三十度に設定し直すと、センサーがビープ音を鳴らした。悪いのはエプシロン5でないとわかっている。わたしが急いでいることを彼は知らない。それにわたしたちは、彼をここに置き去りにするわけで、それを思うと心が痛んだ。

「まるで水を得た魚《うお》だな。何かわたしに手伝うことはないか？」クリックがきいた。

わたしもみんなと同じように、うるさい蚊でも追い払うように、いいえと手を払った。

クリックはため息をつき、ドアを入ってすぐのところに置いてあるベンチに腰をおろした。

「何か、必要ですか？」わたしはきいた。

「いやいや、長官に進捗《しんちょく》状況を知らせないといけないんでね」

「それはそうですね」クリックに一挙手一投足を見張られていても、こちらはやるべきことをやるまでだ。だいたい研究室でわたしたちが何をやっているのか、この人にはまるでわかっていないだろう。

この機に乗じて、ナイラの言葉が正しいのかどうか、湖水のサンプルをつかって確かめる。ひとつはからっぽの遠心分離機に入れて微粒子を分析する。残りのサンプルは試験紙をつかう検査キットを試してみる。一時間もしないうちに結果が出た。クリプトスポリジウム（下痢などを引き起こす寄生虫）に似た未知の寄生虫が検出されたが、重金属はゼロ。浄化剤をつかって濾過《ろか》すると、寄生虫は簡単に除去できた。微粒子をテストしてみたところ、沈殿物は単なる砂にすぎず、浄化剤をつかえば完璧な飲料水になることがわかった。

となると、湖に生えていたツタ状の水草がどうすれば食用になるかもわかる。実験台の引き出しの一番上をあけると、思った通り、ライターがあった。発火石で火をつける、じつに素朴な仕組みの道具が、銀河系を旅してきた宇宙船に備え付けてあるのは驚きだ。まるで小学校の理科室みたいだ。ライターふたつと、取り替え用の発火石をいくつかつかみ、急いでポケットに押しこんだ。

試しに水草のスープをつくってみる。五百ミリリットルのビーカーで水を沸騰させて水草を入れ、寄生虫が完全に死滅するまで煮立てていく。クリックに見えないよう身体の角度を変え、鉗子《かんし》をつかって小さな一切れをつかむ。目を閉じて、さっと祈りを捧げてから、くちびるへ持っていき、クチャクチャと噛んだ。ちょっとぬるっとした感じがある。サボテンのスープのようにはいかないものの、バイオローフよりはイケる。ポケットの上からライターをポンポンと叩きながら、達成感に浸る。セーガンでの生活に必須のふたつが、これで手に入った。食料と火だ。頭の中でガッツポーズを取ってから、除草剤の調合へと気持ちを切り替える。

午後いっぱいかかって、あの猛毒の植物を撲滅する方法を考えようと思っていた。ところが、冷蔵庫をあけてみると、サンプルがない。赤い縁取《ふちど》りのある葉をパウナに入れて、確かにここにかけてあったはずなのに。振りかえってクリックにきく。「わたしのサンプルがないんですけど」

クリックが両の眉をつり上げた。「わたしのサンプル？」

すぐに間違いに気がついた。「コレクティブのために採集したほかのサンプルはあるんですが、真っ先に取りかかりたいものが見当たらないんです」

クリックがうなずいた。「エプシロン5が知っているんじゃないかな」

わたしはにっこり笑顔をつくった。「そうですね」胃の中でウォーターバタフライが群れになって泳ぎだす。「他のサンプルを先にやってしまいます」

どちらも毒のない、グランドカバーとゾウの耳に似た葉をつける植物。こちらの除草剤の処方を考えよう。もちろんこの研究室には、ジクロロフェノキシ酢酸も、トリクロロフェノキシ酢酸も備わっている。それも、セーガンに生息する植物と動物を全滅させられるほどの量が。けれど、こういった地球仕様の化学薬品は、ほとんどの魚や哺乳類だけでなく、人間の命も奪ってしまう危険がある。枯れ葉剤がそのいい例だ。地球の遺物は忘れろというコレクティブだが、こういった薬品についてはあまり拒否反応がないのが不思議だ。

生態系に悪さをするようなものはやめて、界面活性剤と塩化ナトリウムと酢酸の化学誘導体を混合してつくってみる。要するに、食器用洗剤と塩と酢を混ぜるだけだ。ナイラが望むような即効性はないけれど、ママのベリー畑に、ミセス・トンプソンのギボウシが侵入するのを阻《はば》むことができたのだから、セーガンの水や土壌を汚染することなく、巨大な葉を持つ植物やグランドカバーを排除することはできるだろう。

それぞれサンプルをペトリ皿に入れて、環境に優しい除草剤をスプレーで噴霧してみる。

午後も遅くなって、すでに仕事の半分は済ませたところに、エプシロン5がもどってきた。

「やあ、よく来たね」そういって、にっこり笑って作業台へ向かう。ひきずっている足をよく見ると、片足がわずかに内転している。卒中の発作を起こしたあと、後遺症で片足が内側に曲がってしまったパパと同じだ。エプシロン5はすでに完全装備だが、実験用ゴーグルだけはまだ頭の上に載せている。

「よろしくお願いします」わたしはいって笑顔を返し、早くも死にかけている植物のサンプルをエプシロン5の前に置いた。

「トリクロロフェノキシ——?」

「それはつかいませんでした」笑顔で答える。

エプシロン5に、つかった材料を見せる。「これがあれば、コレクティブはすみやかに植民が可能です」

エプシロン5がうなずいた。「素晴らしい腕前だ、ゼータ1」

クリックが立ち上がった。「じゃあ、仕事は終了だね?」

エプシロン5がわたしの代わりに答える。「いいえ、まだです。対照実験を行ってから、少数の変動要因を計算します」

わたしが三角フラスコを渡すと、エプシロン5は即座にベンチの反対側に移動した。言葉にしなくても、お互い意思が通じ合っている感じだ。

エプシロン5が仕切り壁の下からクリックを覗く。「しばらく時間がかかりますよ」

そのとおり。すぐに終わるような作業ではない。でもひょっとしたら、エプシロン5もクリックの存在を邪魔に感じているのかもしれない。最初に思った以上に、この人とはいい友だちになれそうな気がする。

クリックがため息をついた。「じゃあ、他の部屋の進捗状況を見て、それからもどってくるよ」そういって、研究室から出ていった。

まるで二十年以上もいっしょに、同じ組み立てラインで働いてきたように、エプシロン5とわたしは、今何をしていて、このあと何をするのか、いちいち言葉で確認することなく、サンプルをハサミで切ってペトリ皿に準備していく。息の合った作業に、唯一空白ができるのは、エプシロン5の手の震えがとまらなくなるときだけだった。

しばらくして、エプシロン5が仕切り壁の下からこちらを覗いた。「昨日はせっかくいいところを、長官にさえぎられてしまったね」

セーガンの美しい風景をもう一度ふたりで見たいと思ったが、仕事に集中するべきときに、あのガラスに囲まれた空間があいていたら、クリックが不審に思うだろう。

「気になることがあるんだが……」とエプシロン5。

「なんですか?」

「ウォーターバタフライのほかに、きみは地表で何か生き物を見たかい?」エプシロン5がにこやかにそういうので、こちらは胸が重たくなった。セーガンの生き物を目にする権利がある人間がいるとしたら、まずこの人だろう。

わたしが笑みを返すと、エプシロン5はまた作業に集中する。

「そうですね。ふわふわした毛に覆われた、耳の丸い子と会いました」ミニチンチラといったところで、相手はイメージできないだろう。ピペットのふくらんでいる部分を指して、「このぐらいの大きさの」と教える。

　エプシロン5が隙間のあいた歯を見せてニッと笑った。

　わたしはゴム栓をかかげて見せる。「耳はこのぐらい」

　今度は声をあげて笑った。「その生き物は危険だと思うかい？」

「セーガンでは危険な生き物はひとつも見ていません」

　わたしがいうと、エプシロン5がふいに真面目な顔になった。「ひとつも？」

「これまでのところは」この先見つかることもあるかもしれない。

「ふーむ」いいながらエプシロン5は、対照実験につかうサンプルをハサミで切っている。

「そのふわふわした生き物は、まん丸い小さなお腹がぱんぱんになるまで、植物の葉を食べていました。ただし……」そこでわたしは、赤い縁取りのある葉のサンプルを置いていた場所を指さす。「ただし、あれだけは例外で……冷蔵庫に入れておいたサンプル、今どこにあるかわかります？　次はあれをテストしないと」

「ああ、いうのを忘れていた。コレクティブに頼まれてね。あれを全部つかって、別の物をすぐにつくれといわれたんだ」

　わたしはぎょっとして、軽くのけぞった。銀河系史上最強の毒を持つ植物。それを撲滅する除草剤をつくるのが最優先事項であるはずなのに、サンプルをひとつ残らずつかってしまった？　おそらくいい間違いだろう。「テストする」というべきところを、「つくる」といってしまったのだ。「それはもう終わったんですか？」

　エプシロン5はため息をつき、目を見ひらいた。「ああ、終わった。時間はほとんどかからなかった」そういって首を横に振る。「扱いをひとつ間違えれば大変危険だが、抽出《ちゅうしゅつ》するのは簡単だ」

「抽出？」この人は、何か混乱しているのだ。「撲滅、ですよね？　除草剤をテストされていたんでしょ？」ここに入ってきたとき、インキュベーターがセットされていたのを思い出した。中で何か加温されていた。顔の神経が麻痺《まひ》してくるのがわかる。

「いいや。長官にはっきりいわれた。空中散布できる毒素で、半減期が短いものをつくるようにとね。即時に結果を出し、しかも時間を置けば、また人間が住める環境にもどるようなもの。コレクティブの生存に脅威となる生物がセーガンの地表で見つかったんだろうな。非常に危険だから、他のものはさておき、最優先で撲滅を図りたいんだろう」

　ふいに無重力の中に置かれた気がした。自分の身体がどこにもつながっていないで浮遊している。エレベーターの中で、第一号機の乗客がどこか近くにいるとわかって大喜びしているあいだに、まさかコレクティブが彼らを「敵対者」として、撲滅を目論んでいるとは思いもしなかった。

「そして、わたしたちは……」思わずつぶやいた。震える手が落としてしまう前に、フラスコを置いた。……わたしたちは撲滅に手を貸す。コレクティブは第一号機の乗客がどこにいるか、正確な位置をつかんでいるに違いない。わたしたちが地表に降りて逃げるのに成功して、彼らの居場所を見つけたら、コレクティブはわたしたちもろとも、先発隊に毒をつかう。どうしたらそれを阻止できるだろう？

選択肢はひとつ。エプシロン5がつくった毒を見つけて、それを無毒化する。それも、明日宇宙船を脱出するまでにやらなくてはならない。

「コレクティブの感情をコントロールするのに、わたしは丸1ユニットを費やした」エプシロン5はトニックを指さす。「彼らが新しい惑星で安全に暮らせるなら、これ以上うれしいことはないよ」

コレクティブについて自分が知っていることを考える。彼らは恐れている。自分たちにとって脅威になるものは、すべて排除する姿勢を明確にしている。それなのに、自分たちの特別な皮膚がもたらす危険については——。

「待ってください」エプシロン5の言葉にひっかかるものがあった。「あなたは、まるまる1ユニット、コレクティブに貢献してきたんですか?」背中から頭皮へ、チクチクする感じが這《は》い上がってくる。完璧にリプログラミングされたのなら、この人は嘘などつけない。それにしても、睡眠ポッドから出て……「七十年以上?」

エプシロン5がそれほど長いこと、この宇宙船で働いているなら、睡眠ポッドから出されたときは、わたしより幼かったはず。

「わたしらが仕事を始めたときには、生き残っているデルタはほんの数人だった。デルタの前はガンマがコレクティブを助けていた」

わたしはゆっくり呼吸をして、目を閉じる。子どもたちは全員同じ日に、睡眠ポッドに入れられた。わたしと同じ日に。そしてみな、家や地球や家族の記憶もないままに、一生を終える。それも、もし粛清《しゅくせい》されていなければの話だ。自分の顔がどうしようもなく震えているのがわかる。

エプシロン5がサンプルをインキュベーターに入れて、もどってきた。ゴーグルをはずし、手袋を脱いでテーブルの上に置く。

研究室の光が、彼の手にある茶色のしみを照らした。どこかで見たことがあると思い、顔を近づけてみる。左の親指と人差し指のあいだの皺だらけの皮膚に、点々と浮いたほくろが、星座の……。

よろめいて、テーブルのへりをつかんだ。

エプシロン5があわてて手を差しだした。「つかまって」

その手をつかんで、椅子の上に倒れこんだ。エプシロン5の手を自分に引きよせ、ほくろの集まりを指でさする。以前に数え切れないほどしてきたように。

もう何百年も口にしていない名前を、震える声で呼ぶ。「ハビエル?」

24

エプシロン5と呼ばれている、わたしの弟は首をかしげた。「えっ？」

わたしの口からしゃっくりのような泣き声がもれた。目をぬぐって顔をそむける。「信じられない」わたしはもう一度相手を振りかえった。コレクティブが心と頭をいじったとしても、わたしには見える。皺《しわ》と白髪《しらが》の奥に、弟がいる。

「ゼータ1？」声から少し固さがとれている。「どうしたんだい？」遠い昔、わたしが彼のベッドに小指をぶつけたときと同じ目。

加齢でまぶたの皮膚が垂れ下がり、茶色の瞳も白くにごっている。その目をドアのほうへ向けていう。「助けを呼んでこよう」

「大丈夫。ちょっと——ちょっとだけ待って」

「トニックを飲んだらいい」足をひきずって、ずらりと瓶が並ぶ棚の前まで行く。赤、緑、青、金の液体が入っている。

息ができない。今のハビエルは、パパが死んだ年齢を超えている。

信じられない気持ちで見守る中、ハビエルが震える手で赤いトニックを取って、瓶からカップに注ぐ。老いた足で、こちらへ急いでもどってくるハビエルに、ゆっくりでいいからと、つい声をかけたくなる。

スツールをひっぱってきて、ハビエルがわたしの横に腰をおろした。「医療チームを呼んだほうがいいかな?」

わたしはトニックを押しやった。「エプシロン5、あなたは、どうしてここに配属されることになったのか、その経緯を覚えていますか?」まだ声が震えている。

ハビエルはゆっくり話しだす。おばあちゃんが子ども時代のことを話すときと同じように。「いつポッドから出すかは、コレクティブが決めるんだよ。その人物の価値が最大限活かせるタイミングで出す。きみをはじめ、ほかのゼータたちも、今このとき、一番活躍できると判断されたわけだ。しかし……」ため息をつく。「ほかのエプシロンたちは年老いてしまった」片手をもういっぽうの手に重ねると、その手にぎゅっと力をこめ、うなだれた。「もう、みんないなくなってしまったよ」

スーマ、フェザー、ルビオ、わたし……四人が最後の生き残り。

ぼくがおねえちゃんの目になってあげるといってくれた、あのハビエルが、わたしには今も必要だ。ハビエルもわたしも、相手のためならなんだってやる。

血が煮えたぎる。おばあちゃんがよくいっていた、その言葉の意味が、今はっきりとわかる。たとえハビエルが記憶を失っていても、ここに置いておくわけにはいかない。コレクティブにひたすら仕えて一生を終えるなんて。

袖で顔をぬぐい、声を落ち着かせる。「エプシロン5?」

相手はトニックの入ったカップを差しだす。それしか、わたしを助けるすべを知らないというように。わたしはカップを受け取って、テーブルに置く。ハビエルを強く抱きしめたい。身体を揺さぶって叫びたい。自分が誰なのか思い出してと。除草剤が完成した今、わたしたちはセーガンの地表に送り出される。ハリケーンが収まりしだい。

「明日、わたしたちが地表に送り出されるのは、知っていますよね？」わたしは続けた。もうハビエルと子ども時代をいっしょに過ごすことはできないとしても、残った時間を精いっぱい活用してともに生きていきたい。

「ああ。テスト・ミッション。わたしも待ちきれないよ。きみたちからどんな報告が――」

「あなたの力が必要になります」わたしはいった。

ハビエルが目を大きく見ひらく。「わたしの力？」

「はい。何も恐れることはありません」

「恐れはしないよ。コレクティブに必要なことなら、わたしは何でもやる」いったあとで、首を横に振る。「しかし地表には下りられない。わたしが必要とされる場所はここだと、長官が言明しているからね」

震え声になりそうだと思い、まずせきばらいをする。「わたしたちは、コレクティブに必要だと考えることをやる。それにはわたしも賛成です。わたしのほうから長官に説明します。除草剤をテストするのに、なぜあなたを連れていく必要があるのか」

だけど、ハビエルをいっしょに連れていったところで、コレクティブが毒をまき散らして、全員殺されてしまうのだとしたら、何になる？　「あと、ひとつ気になることが……」

ハビエルが身を乗り出してきた。

ためらっている時間はない。一刻も早く無毒化しなければ。「おつくりになった毒素は、どこに保管されているのでしょう?」

ハビエルが首をかしげた。

「いえ、ちょっと気になっただけで」

ハビエルがうなずいた。「あれは――」

ドアが勢いよくあいた。ナイラとクリックが入ってきた。

ふたりしてずかずか歩いてくるのを見て、わたしもハビエルも背すじを伸ばした。

「除草剤はほぼ完成したのですね?」とナイラ。

「はい」ハビエルに先んじていった。ここで彼が何かまずいことをいったら、一巻の終わりだ。

ナイラがわたしたちに笑顔を向ける。「ふたりともじつに仕事が早い。まさに期待通りです」

「ただ、ひとつご提案が」わたしはそういって、赤い縁《ふちど》取りのあるサンプルを置いてあったほうを手で示す。「エプシロン5がつくった毒素は、もっと性能をあげることができると思うんです」

ナイラがハビエルの顔をしげしげと見る。

「ゼータ1、エプシロン5のつくったものは不完全だというの?」

ハビエルが遠くを見る目になった。いったい自分はどこで間違えたのだろうかと考えているのだろう。

わたしはふたりの前へ進み出た。ハビエルを値踏みするようなナイラの目が気に食わない。

「いいえ、違います。ただ、半減期を短縮すると同時に、効力を十倍にすることができるんです」無毒化する方法を考えるために、時間を稼ぐ必要がある。

ナイラがわたしたちの前を過ぎて、奥にガラスの窓を隠している壁のほうへゆっくり歩いていく。ボタンを押すと、壁が奥に退《しりぞ》いていってガラスに囲まれた空間が現れた。金色の光が研究室に流れこむ。「エプシロン5の毒素はもうすでに、いつでもつかえるよう準備してあります」ナイラはいってセーガンの地表をじっと見おろしている。

「そうですよね」すかさずわたしはいった。「でも、毒素の効力が消えないうちは、誰ひとりセーガンで暮らすことはできない。植民可能な状態になるまで、かなりの時間を待つことになります」

ナイラは胸の前で腕を組み、微動だにせずじっと考えている。誰もしゃべらない。今度は何をたくらんでいるの？

わたしはトラに近づいていくように、ナイラのほうへおずおずと一歩を踏み出した。「半減期を短縮することで、植民可能な時期をずっと早めることができます」ナイラが乗ってくることを祈りながら、わたしは続ける。「それに効力がアップすれば、数キロメートル圏内に生息する動物をほぼ一瞬で撲滅することができます」

ナイラは肩を上下しながら、深い呼吸をする。

その横にクリックが立った。「今しばらく待つべきでしょう。レンの結果——表皮フィルターに関する結果が出るまで。そんなに時間はかかりません。ひょっとしたら毒素の出番はないかもしれない。セーガンをあきらめてほかへ行くということになれば」

ナイラはまだセーガンの地表をにらんでいる。「たとえ去ることになっても、将来いつ、コレクティブがこの地を必要とするかわかりません。違いますか？」振りかえって、クリックの目をまっすぐ見る。「来《きた》る将来に脅威となる要因は、今のうちにすべて取り除いておくのが得策です。

たとえその将来が、何ユニットも先だとしても」

パパがいっていたことはすべて正しかった。この人たちは目的のために手段を選ばない。飢えと戦争を避けるためなら、極悪非道の事にも喜んで手を染める。

コレクティブ特有の抑揚のない声をつくって、わたしはきっぱり断言する。「そのためにも、強力な毒素が必要なんです」角にさしかかったホバーカーが急ハンドルを切った瞬間のように、視界が大きく湾曲したが、「コレクティブのために――」の決め台詞《ぜりふ》は忘れなかった。

室内は相変わらずしんとして、遠心分離機の出す静かな持続音だけが響いている。

とうとうナイラがクリックにうなずき、クリックは外へ出ていった。

ナイラに頼まれた、食器用洗剤を基材にした除草剤。それを小瓶に詰めて並べた試験管立てを指さして、わたしはいう。「しかし、こちらについては、わたしたちの仕事は完了しています」

ハビエルが自分を役立たずだと思わないように、〝わたしたち〟を強調した。「グランドカバーのほとんどは、これをつかえば数日内に根絶やしにできるはずです」

クリックが部屋にもどってきて、金属製の試験管立てをわたしにかかげて見せた。ぎっしり並ぶ小さな薬瓶には、あの猛毒の植物と同じあざやかな緑色の液体が詰まっていた。クリックはそれを作業台の上に置いた。

ハビエルが独り言のようにぶつぶついう。「おそらく、インキュベーターにきちんとセットできていなかったんだろう」

あなたの仕事に不備はまったくなかったと、まだいってやることはできない。この状況を脱したら、ハビエルがどれだけ優秀な科学者であるか必ず教えてやる。たとえその優秀さが、わたしたちの仲間を全滅させる毒薬を生み出したのだとしても。だいたいハビエルは知らないのだ。コレクティブが撲滅しようとしている「危険な生物」が、わたしたちや、わたしたちの両親と同じ、地球を脱出してきた仲間だなんて。

「エプシロン5?」ナイラがハビエルの頰に手を重ねた。わたしはその手をはねのけてやりたい衝動をなんとかこらえる。

ハビエルが穏やかな声で答える。「はい、長官?」

「あなたは自分が、まだ役に立つと思っていますか?」ハビエルよりもいっそう穏やかな声だったが、その質問はわたしの血を凍らせた。

ハビエルが額に皺を寄せた。「それは……」いいよどんでいる。

世話人のベンはずっと昔、「役立たず」といわれて粛清《しゅくせい》された。わたしは急いでふたりのあいだに割りこみ、ナイラと正面から向き合った。

「じつは、わたしのミスなんです。温度設定を変えてしまったものですから」

首をかしげるナイラに、わたしは続けていった。

「クリックが見ているはずです」

クリックはナイラににらまれて、目を大きく見ひらいた。「ああ、そうそう。ゼータ1がインキュベーターに走っていって、何かいじっていましたよ」

ナイラは深く息を吸った。もう一度首をかしげてから、こくりとうなずき、わたしの言い訳を信じたようだった。「まあ無理もありません。あなたの脳はアップグレードされたばかりだから、まだ本領を発揮するには時間がかかるのでしょう」

「はい、長官。だからこそお願いがあるんです」わたしはゴホンとせきばらいをした。「日増しに冴えてきてはいるんですが、まだ不十分に感じます。そこで、明日地表に降りるときには、エプシロン5にもいっしょに来てもらいたいんです。いいチームになれると思います。わたしの知識と彼の経験で」

ハビエルのほうを見ると、震える片手をもういっぽうの手でぎゅっと押さえてから、毒薬と除草剤の入った試験管立てを作業台の反対側へ押しやった。なんということもない仕草だったけれど、小瓶どうしがぶつかって音がした。

ハビエルの手と同じように、今口をひらいたら、わたしの声も震えそうだ。それでも、あともう一押しが必要だった。「彼の助力があれば、コレクティブのために最善の働きができます」

ナイラが疑わしげな目でわたしを見る。「それはさておき、ほかに何か――」

カタンという音に続いて、ガラスが割れる音が盛大に響いた。作業台の向こう側を見て、わたしの息がとまった。横倒しになった試験管立て。

一瞬、宇宙船ひとつが丸ごと終わったと思った。床にこぼれた液体が泡立っているのを見て、ふーっと息を吐いた。除草剤につかった洗剤の泡だ。

「すみません」ハビエルがいって、腰をかがめて床から割れたガラスを拾い上げる。

このままではハビエルがどんどん追いつめられてしまう。一刻も早く宇宙船から降ろさなければ。

クリックがゴホンとせきばらいをした。「長官、みんな待っています。今後のことについて協議をしないと」そういって、この件も相談しましょうというように、緑の毒薬にうなずいて見せる。

「協議」が何であれ、コレクティブの今後の計画について議論されるのなら、わたしもその場に居合わせる必要がある。なぜこんなにも急激に事態が悪化していくのだろう。

ナイラが鼻の穴をふくらませて息を吐きだした。「今日のうちに効力がアップした毒が用意できるものと信じていますよ」そういうと、くるりと背を向けて、壁のボタンを押した。ガラスの空間が退いて、セーガンの太陽の金色の光とふたつの月が締め出される。ナイラはクリックのあとについて部屋を出ていく。

わたしは急いでハビエルのとなりにつき、テーブルの上の割れたガラスを集めて専用の容器に捨てた。

室内はまた静まりかえり、割れたガラスをかたづける音だけがしている。ほんのいっときでも、自分は無能だと感じさせてしまった、そのことをハビエルに謝りたいと痛切に思う。

「毒薬の効力をあげる方法は、具体的にわかっているのかな?」ハビエルがきく。

真実を話すことはまだできない。

「エプシロン5」わたしはいった。

「なんだい?」

「今後、重要な情報は長官に直接伝えることにします」

ハビエルが口を半びらきにして、わたしの顔をまじまじと見る。

胸が痛んだ。それでも自分にできる方法で彼を守るしかない。「つまり……それがコレクティブにとって最善と考えるからです」相手が承服せざるを得ない唯一の論法をつかった。それでも申し訳なくて、思わず頬の内側を噛んだ。これもハビエルのためだ、わたしにはもう時間がない。人目のないところで毒素を無毒化しなければならない。「それと」ためらいつつも、思い切っていう。「除草剤のダメになった分。わたしひとりでつくったほうが早いと思うんです」

ハビエルは、容器に入った割れたガラスの山にちらっと目をやった。「そのようだね」といって立ち上がる瞬間、膝がバキッと鳴った。はずかしそうにわたしに笑って見せる。「年を取るってのは、つらいもんだ。こんなわたしでも、まだ何かできることがあったら、知らせてほしい」

そういって、ゆっくりドア口に向かう。

ハビエルが出ていくのを見守りながら、喉にこみあげてくるものを無理やり飲み下す。走って追いかけていけけと、全身の細胞が叫んでいる。ハビエルを抱きしめて、どうか許してほしいと懇願するのだ。でも今は時間がない。やるべきことをやってしまったら、ハビエルの残りの人生を必ずや素晴らしいものにしてやる。それで償《つぐな》えばいい。

急いで作業台のところへ行き、手袋をはめた手で毒薬の入った瓶に触れる。これだけあれば、わたしを一万回殺せる。

ゴーグルを下ろし、毒素を無毒化できるようなものが何かないか、棚を探す。答えは希釈《きしゃく》だ。しかし、この宇宙船内には、そんなにたくさんの水は存在しない。これだけ濃縮された毒素を無毒化するためには、水と酸素を無限に供給し続けなければならない。そういえば、ベンがいっていた。

「……ポッドに常時満たされる特別なジェルが老化した細胞や老廃物を除去しつつ、人体組織を半永久的に維持します。このジェルは、長期にわたる機能停止状態を問題なく維持できるよう、栄養と酸素と水分を人体に持続的に補給するだけでなく、ジェルにふくまれる局部麻酔薬リドカインが神経終末を麻痺《まひ》させるので、目覚めたときも、体温より低いジェルの温度を快適に感じられます」無毒化する最善の方法が希釈なら、何百年にもわたって、つねに水と酸素を供給するためにつくられた化学薬品以上に、効果的なものがほかにあるだろうか？

　しかし、ひとたび実行に移せば、もうあともどりはできない。何があろうと、明日は宇宙船から脱出していないと。コレクティブの計画が台無しになったことが発覚する前に。

　なんのやましいこともないといった態度で船倉へ向かい、賑々しく働いているスタッフたちの横を通る。誰ひとり、こちらに見向きもしない。一番近くの樽まで歩いていく。となりに置いてあるからっぽのポッドはオレンジのボタンだけが繰り返し点滅していて、ネームプレートに書かれた名前「Fu, Jie Ru」を照らし出している。一リットルほどの緑のジェルを樽から吸い上げて、研究室へもどる。

　急ぎ足で歩きながら、すでに始まっているであろうナイラの協議のことを考える。部屋に飛びこむなり、すぐドアを閉めて、ジェルを毒素の横に置く。全身を覆う防護服に身を包み、手袋をはめた。

　どうしても指が震える。誰かが入ってきて尋問される前に、ピペットで吸い上げたジェルを、毒素の入った瓶に順次入れていく。となりの部屋に走って毒素計測器を取ってきて、それを最初の瓶に向けて計測する。〈ＬＤ$_{50}$　０.００１ナノグラム／１キログラム〉。そこでぱっと表示面が点滅し、ＬＤ$_{50}$は〇.〇〇一五ナノグラムと数値が更新された。効いた——人口の五十パーセントを殺すのに必要な毒素の量が増えているのだ。つまり、効力が減じられているのだ。

辛抱して、もうしばらく待つ。ＬＤ$_{50}$は〇・〇〇三ナノグラムに――ジェルが確実に毒素を希釈しているものの、これじゃ……。

「遅くてだめだ」思わずいって、頭をかきむしる。カリウムの超酸化物は？　それが入ったボトルが、ほかの化学薬品と並んで目の前に立っている。酸素発生装置があるのはうなずける。初期の宇宙飛行士がつかっていた。それでも、組成が明確でない爆発物を有毒の溶液と混合するのは、あまりにリスキーだ。

室内を隅々まで探してみると、どこにでもある酸素ノズルが見つかった。汚染防止のためにゴム手袋の装備されたグローブボックスに入っている。これをつかったからといって、希釈が急速に進むわけではない。それでも現時点で最速だ。ノブをひらくと、酸素が一定の流量で流れてきた。その中に慎重に毒素の瓶を置いて密封する。

ゴーグルをつけた顔をプレキシガラスの窓にくっつけ、両手をグローブボックスに付随するゴム手袋の中に差し入れて毒薬の瓶の蓋《ふた》をあけた。グローブボックスの照明は消し、「不透明」のボタンを押して中身が見えないようにする。ドアから出る寸前、一度振りかえってグローブボックスをにらんだ。次に確認するときは、どうか、リスクがゼロになっていますように。

25

あのパーティーの日のように、透きとおる皮膚のゴーストシュリンプたちが、メイン・フロアのホールに集まっている。一番奥の突き当たりに、演壇に立つナイラ長官がいる。これだけ距離が離れていると、ずいぶん小さく見えるが、恐ろしさは少しも減じられない。

会場の中程に、地球時代のわたしの寝室ほどもある巨大なテーブルがあって、その上にトニックの入ったグラスを無数に組み立てた虹色の滝ができている。並んだグラスの上から下へ、色とりどりのトニックがしたたり落ちていく。最下段に並ぶグラスは、次々とゴーストシュリンプたちに持っていかれ、満杯になる暇がない。空いた空間に、バイオローフの給仕が空のグラスを補充している。

みな散らばってはいるものの、この階に、これだけ大勢が集まっているのを見るのは初めてだった。

ナイラが背にした壁には、むらさき色に金色をにじませたようなセーガンの空が、背景幕のように映し出され、山の上から高さの異なる三つの滝が落ちている。なるほど、それであのトニックのグラスをつかった妙なディスプレイか、と納得した。

高い天井には、犠牲、献身、調和という言葉が断続的に映し出されている。

ナイラが胸の前で両手を振ると、地球と月と彗星《すいせい》のホログラムが浮かび上がったときのように、会場が一瞬でセーガンの地表に変わった。巨大な白い部屋が、木々が葉を揺らす森とターコイズ色の水面にさざ波を立てる湖に変わった。ドローンが撮影した映像をもとにしているために、ときどきホログラムにすじが入ったり、コマ落ちしたりする。

手を下に伸ばして、ミニチンチラをなでようとしている男がいる。今朝、仲間たちとバイオローフを食べていた女は、湖のへりから身を乗り出して、むらさき色に光るウォーターバタフライの群れを見ている。白い床の上に映し出された本物そっくりの湖。たとえ仮想現実だとはいえ、なぜハビエルでなく、この人たちがこれを体験できるのか、怒りがわいてくる。

ナイラがほっそりした腕を目の前で揺らし、ゾウの耳に似た葉っぱのあいだを片手がすり抜けた。「ようこそ、コレクティブのみなさん。わたしたちの今後について、今日ここでお話しできるのは大きな喜びです」

間に合った。見つからないよう身をかがめながら、混雑する人々のあいだを急いですり抜けて前へいく。ずっと先のほうにシュモクザメがいる。そこまで行って、彼のうしろに立った。

研究室に仕掛けたものが成功して、毒素を無毒化できるかどうか、まだわからない。それ以上に未知数なのは、ハビエルといっしょにセーガンの地表に下りられるよう、ナイラを説得できたかどうか。

「目的地に到着すると同時に、心配も浮かび上がってきました」心配が少しもにじまない声でナイラがいった。長年月にわたる旅を続けるうちに、コレクティブの体調に異変も起きただろう。それでも遺伝子操作をして、皮膚をそっくり変えてしまうというのは、果たして正解だったのかどうか。

「コレクティブのメンバーのひとりが、セーガンでの船外活動中に命を落としたことをたった今知りました」なんの感情も交えずにいっているが、それはレンのことだ。

シュモクザメが一瞬うなだれ、手にしていたグラスから、神経を麻痺《まひ》させるトニックを一気にあおった。再び上げた顔は、完全なる無表情だった。

おばあちゃんのカカオを飲みすぎたときのように、わたしは心臓がバクバクしてきた。ナイラが次に何をいうか、早くも想像がついた。レンが死んだのなら、この惑星は彼らにとって安全ではない。よってここにはとどまらない。しかし、ナイラがいっていたように、将来のために、この惑星も準備を整えておこうというなら……。思った以上に、わたしには時間が足りない。

「原因は、小さな太陽がごく近い位置にあることで、わたしたちの皮膚に悪影響が出るためと考えられます。しかしこれは、失望要因ではありません。計画を一時的に変更すればいいだけのこと。皮膚構造に適切な改変を加えてから、またもどってくればいいのです」透明な矢印が、ナイラの背後にポンと浮かび上がった。ナイラが矢印の示す地帯を手で指す。一番低い位置にある滝の、ちょうど滝壺の手前あたりだった。「探索ドローンが、居住可能な地域を正確に突きとめました。シャトルの着陸地点から二十五キロ圏内にあります」

胸の中で心臓が弾丸のように跳ね飛んだ。ざわめきと、散発的に起こる拍手が会場に広がっていく。目の前に立つゴーストシュリンプが身体の位置をずらして、ナイラが手で示した一番小さな滝の下を指さす。わたしの前ががらあきになったので、ナイラに見つからぬよう、さらに姿勢を低くする。

「喜ぶべきか、悲しむべきか、混乱する気持ちはわかります」ナイラが続けた。「居住可能区域が見つかったというのに、今のわたしたちはそこで暮らすことができない。そのうちに敵対者がそこに先住してしまったらどうするのか」そこでナイラは小さなキューブをかかげて見せる。まるで驚異的なパワーを持つ接着剤をテレビショッピングで紹介するかのように。「安心してください」キューブにスポットライトが当たった。「わたしたちが去る前に、この地に平和を確約させるのです。そのために、将来戦争が起こりうる機会を、今のうちに撲滅しておこうと思います」

ディズニー・シーの「タワー・オブ・テラー」に入ったときのように、足もとの床が突然落下したように感じた。キューブの中で、試薬瓶に入った緑の毒素がきらきら輝いている。落ち着けと自分にいいきかせながら、あのキューブが完全な気密になっていることを祈る。あれひと瓶だけ、こっそり持ちだしていたのか？　あの一本で、先発隊や、わたしやハビエルや、ほかの子たちはもちろん、船内にいる人間はひとり残らず死ぬ。わたしが何か手を打たない限り。しかし誰の目にも触れないように、今すぐあれを奪い、研究室にもどってグローブボックスの中に入れることはできない。

「コレクティブが再びこの地にもどるとしたら、それは遺伝子操作によって、わたしたちの表皮フィルターの構造を修正したあとになります。これには数ユニットかかりますが、いくら年月が経とうと、このセーガンは未来永劫、わたしたちの、わたしたちだけの居住地であらねばなりません。大昔の人間たちは、どうせ同じ過《あやま》ちを繰り返して、この惑星も破壊することでしょう。それを未然に防ぐのは人類に思いやりをかけることにほかなりません。新しい人類の歴史をつくろうではありませんか！」

「新しい人類の歴史！」満場がナイラに唱和した。

リスクを負わなければ、大海を渡ることは……わたしは聴衆の中から飛びだした。白い鳩の群れから、カラスが飛びだしたように。片手を上げて、大げさなほどに強く振る。

ナイラの薄い色の目が、間髪を容《い》れずわたしに向いた。

「ちょっと失礼」ナイラがいって演壇を降り、キューブを手に、こちらへ大股でやってくる。

わたしのゆっくりと大きく吐いた息が、歯のあいだを通ってヒューッと音を立てた。

近づいてくるナイラは、不思議そうな目でわたしを見つめている。「ゼータ1、どうしてここに？　作業はすべて終わったのですか？」

わたしはにっこり笑って、ナイラの手にしたキューブを指さす。クッキーをつくっている最中に、消えてしまった材料のひとつを指さすように。「重要な素材の一部がないのに気づいたんです」せきばらいをしてから手を伸ばし、ナイラの指から自分の手に、慎重にキューブを移す。

ナイラが不思議そうに見守る中、キューブをポケットにすべりこませた。

「定温放置の時間にバラツキがあると、目指す効果を得られません」

ナイラの手がこちらに伸びてくる。ハビエルにそうしたように、凍るような指でわたしの頬に触れた。「賢い……あなたのタイプにしては」

わたしのタイプ？　思わず奥歯に力が入ったが、今は腹を立てている場合ではない。

「いえ、わたしの知力はまだ十分ではありません」残念そうにため息までついたのは、やりすぎだったか。

ナイラは薄い眉を寄せた。「どういうこと？」

わたしもナイラの真似をして眉を寄せ、心配顔をつくる。「できあがったものを地表でテストする、その最後のミッションにはエプシロン5がいないと、いろいろ支障が出ると思うんです」力が足りずに申し訳ないという顔をする。「でも彼の経験があれば大丈夫です」ポケットからキューブを取り出してかかげ、念押しにかかる。「やるべきことが多すぎて、時間が足りないんです。遠心分離機にかけ、それを別の容器に移し、インキュベーターにもどし、それから——」

ナイラが顔を寄せてきて、にっこり笑う。「そういうことなら」

「そういうことなら……エプシロン5もいっしょに?」期待をこめてきいた。

「いいえ。そういうことなら、心配はいりません。あなたは自分の仕事にもどりなさい」そういって、わたしのほつれた髪を耳のうしろにかける。「もうテスト・ミッションは必要ないのです」

喉《のど》がゴクリと鳴った。すぐに出発するつもりだ。

わたしは一歩下がって、またキューブをポケットに入れた。「じゃあ、仕事にもどります」ナイラに背を向け、エレベーター目指してそそくさと歩いていく。うしろは振りかえらない。トニックの滝の前で、バイオローフの給仕が額に片手をかざしている。ホログラフの巨大な葉のあいだをすいすい飛び交う生き物を熱心に見ていた。トニックがグラスからあふれて、床に赤い水たまりができている。

もし生き残りたいのなら……ハビエルに生きていてもらい、ゼータのみんなに本物の人生を送らせるには、この宇宙船から脱出しないといけない。それも今すぐ。

そのためには、まずハビエルに過去を思い出させ、いっしょに脱出することに同意させねばならない。

急いで自分の部屋へもどり、採集バッグを取ってくる。隠しておいた浄化剤をバッグの中に押しこみ、マットレスを丸めた上に、毛布をふわりとかけておく。昔、自分の部屋をこっそり抜け出して屋根の上で星を見るときは、この作戦で成功した。本当なら、人形にわたしの身代わりを務めてもらうところだが、ここにはそれがない。

例によって、ルビオはいびきをかいていて、その両隣の巣房《すぼう》では、それぞれ窮屈《きゅうくつ》ながら、スーマとフェザーがすやすや眠っていた。この子たちにとって、今夜がここで過ごす最後の夜。明日からは、スイートピーの香りがする、セーガンの新鮮な酸素を吸いながら眠れるようになる。

フェザーが寝返りを打った。その丸いほっぺたを見おろしながら、ハビエルが睡眠ポッドから出されたときも、この子と同じぐらいの年だったのだろうと思う。この宇宙船で年を取って、老女になっていくフェザーなど想像できない。コレクティブはハビエルの若さを盗み、あのばかげた研究室に閉じこめた。あれだけ長い年月を孤独のうちに過ごした。考えただけで船酔いしそうだった。この子たちまで、そんな目に遭《あ》わせたくない。

本来のハビエルを取りもどすのは不可能にも思えるものの、死ぬ気でやってみるしかない。何をするのでも、これから数時間以内にやらないと。

船外活動用の採集バッグを取りあげる。これを肩からかけていれば、仕事の最中だと思ってもらえるだろう。キューブに入った最後の毒薬も慎重にバッグに入れる。ほかにバッグの中には、種子貯蔵室で見つけたベースボールカードを丸めたものも入っている。

エレベーターに乗りこむ際に覗いたら、ナイラの集会はもう終わっていた。それでも誰も立ち去ろうとしない。みなセーガンの、魅惑のホログラムのあいだをうろうろしながら、一生をこの宇宙船の中で送ると決まった現実と向き合うため、虹色の滝が提供するトニックをあおっている。まるで、わたしの哀れむ心を読んだかのように、潜在意識に働きかけるコレクティブの天井電光板で「犠牲」という言葉が点滅しだした。

エレベーターから降りて、肩にバッグをかける。セーガンのジャングルと化したパーティー会場の外縁を歩いていって、種子貯蔵室のあるほうへ向かう。

ボクシーがまたナイラのとなりに立っていた。わたしの姿を認めても、知らん顔を通している。しかし今夜のボクシーは、大人のおつきあいで、いやいやくっついている子どもとは様子が違った。コレクティブの正式な一員として、立派に義務を果たしているという感じなのだ。昨夜、ふたりの寝室でナイラにあれこれ吹きこまれて悪影響を受けていないことを祈るばかりだ。何しろボクシーは知りすぎている。彼の出方ひとつで、脱出計画がふいになるかもしれない。そう思う一方で、あの子が将来どうなっていくのか、それを思うと胸が重たくなる。わたしはボクシーにこくりとうなずいて見せてから、会場の向こう端まで行き、そこから通路を進んで彼らの寝室の前まで来た。

2061と押して急いで中に入る。ボクシーの巣房の中を這《は》いずっていき、突き当たりの壁にあいた小さな穴の中に、息を詰めて、丸めたベースボールカードを差す。ドアがあいて、前と同じように小学校の図書室の匂いがする空気が顔に吹きつけた。部屋の隅で不気味に光る、地球の太陽系のホログラムが、凍った霧の漂う室内に冷たい光を投げている。

自分の足につまずいて転びそうになりながら、種子貯蔵室の引き出しがあるところへ飛んでいく。ハビエルの名がタブで光っているホルダーが、このあいだと同じようにひらいていた。見てみると、昨日その中に落とした本がそのままの状態で入っている。取り出して、それを採集バッグに入れる。

わたしとハビエルのタブの前に、ペーニャ・ロバートのタブがあった。

視界が涙で曇る。あのときは、自分が何を持っていくか、それを考えるのに夢中で、両親が何を持っていくのか知らなかったし、ききもしなかった。パパの袋に手を入れて、中身をひっぱりだす。出てきたのは手作りのロザリオだった。赤や黄色や、その両色が混じった碧玉《へきぎょく》を、ひとつひとつ鑿《のみ》で削って、磨《みが》いて、穴をあけてつないだものだ。パパがいっていたように、つなげられた石は、どれひとつとして、まったく同じものはない。微妙に異なる色合いが互いに補い合って、全体として完璧に美しいロザリオを形づくっている。わたしが見つけた、深紅の細いすじが入った黄金色の石が、十字架のちょうど真上に配されている。喉の奥からこみあげてくるかたまりを、飲み下すことができなかった。

パパが教会でやっていたように、ロザリオの数珠《じゅず》のひとつを親指と人差し指のあいだにのせて、その表面を指でさする。そうやって一粒ずつ数珠を送って同じことをやっていくと、最後の一粒までパパは気を抜かずに丁寧《ていねい》な仕事をしたとわかった。数珠のなめらかな表面からパパの愛と優しさがあふれだして、指にしみこんでくるようだった。

首からさげると、胸にずしりと重みを感じた。銀河系の反対側にある、地球とは異なる太陽系の惑星でも、ロザリオの祈りは神さまに通じるのだろうか。イエス・キリストが神の子であり、神は宇宙全体の神であるなら大丈夫か？

幼いパパがおばあちゃんと写っている写真も出てきた。おばあちゃんは、ひいおばあちゃんにつくってもらった、すそが風になびくワンピースを着ている。いつの日か、わたしもこういう服が着たいと思っていた。おばあちゃんのウェーブがかかった黒い髪のてっぺんには、赤、オレンジ、黄色のバラやシャクナゲでつくった花冠が載っている。パパは黄褐色のスーツ姿。ふたりで腕をしっかり組み合わせ、大口をあけて笑っている。

自分の貴重品袋から、ジーンズとTシャツをひっぱりだし、採集バッグに押しこむ。

次はペーニャ・エイミーの袋。ママの結婚指輪を自分の指にはめてみたら、ぴったりだった。リブレックスも入っていて、タイトルを見て笑ってしまった。『ニューヨークタイムズのウィル・ショーツが教える、人生を二度楽しめるクロスワードパズル』キッチンのテーブルについて、片手にコーヒーを、片手にホロタックを握って、あてはまる言葉を入力しているママの姿が目に浮かぶ。「できた！」ママが叫ぶと、次の瞬間、正解を示す音がリブレックスから流れ、ママは満足げにうなずくのだった。そうしてその週のニューヨークタイムズの日曜版が届くと、また新たなクロスワードと向き合い、ぶつぶついいながら、ホロタックにいっそう力をこめて文字を入力していく。

フェザー、ルビオ、スーマにも、両親が宇宙船に持ちこんだ思い出の品があるはずだ。でも探している時間はない。そこで、ナイラの言葉を思い出した。「スーマ・アガルワルは、生涯ゼータ2として生きていく」――Aだ。

最初の引き出しをあけて、アガルワル・スーマのタブを見つける。袋をあけてみると、「トップシークレット」と、子どもらしい字でタイトルの書かれたファイルが入っていた。ひらいてみると、綴《と》じられている紙数枚に、ユニコーンのステッカーがベタベタと貼られ、さまざまなユニコーンの絵があった。踊るユニコーン、歌うユニコーン、虹色のおならをするユニコーン……。

スーマの服も入っていた。やっぱりそうだ。ラベンダー色のパーカー。フードから、銀色の発泡プラスチックでできた角が螺旋《らせん》状に伸びている。いっしょに入っていたジーンズとともに、それを丸めてバッグの底に押しこんだ。

そのうしろに、アガルワル・プレーティというタブのついた袋がある。密封を解かれた袋から、ライラックの香りがかすかに漂ってくる。中に入っている子どもの成長アルバムを取り出して、ひらいてみる。最初のページについているボタンを指で押すと、チャイムが鳴った。たちまち目の前に3Dのホログラムが浮かび上がった。女の人ふたりのあいだにスーマがはさまれている。ひとりは顔に見覚えがあった。宇宙船に乗りこむ最初の日にスーマを連れていて、道ですれ違った。ページをめくって次々とボタンを押してホログラムを表示させていく。ふたりのママとスーマが公園で遊んでいる場面、真ん中に数字の5がデザインされたバースデーキャンドルが立ったピザを食べている場面、ホバーボードと並んで走りながら乗る練習をしている場面。最後のホログラムでは、スーマはもう少し成長していて、そこにはわたしが会ったママとふたりで写っていた。スーマはあきれきった顔で目をぐるんとさせ、ママがキスをしている側の頰を、嫌そうにぎゅっとしかめている。喉の奥からせりあがってくるゴルフボール大のかたまりを、わたしはぐっと飲み下す。ひとたびコレクティブの呪縛から自由になれば、このキスをもう一度体験するために、スーマはなんでも差しだすだろう。いったいスーマの家庭に何があったんだろう。両親が離婚したとか？　もうひとりのママみたいな、あのえくぼがあった女の人は亡くなったのだろうか？　そこで思った。たとえ望む形ではなかったにしろ、わたしにはまだハビエルがいる。スーマはひとりぼっちだ。

フェザーとルビオのラストネームがわかったら、ふたりの家族の思い出の品も何か持っていくことができるのに。でも、ふたりに寂しい思いはさせない。ハビエルとわたしが新しい家族になるのだ。

スーマのアルバムをバッグに入れてから出口へ向かう。前と同じように、ボクシーの巣房に入ってから、丸めたベースボールカードを小穴に差し入れてドアを閉める。

大きくふくらんだバッグを持って、ボクシーの巣房を這いずっていくのは大変だった。ようやく端まで来たところで頭を起こしたら、目の前にボクシーが立っていた。いつのまにもどってきたのだろう。わたしは巣房の外に出て、少しもやましいところのない顔で、バッグをひょいと肩にかけた。

「何してるの？」ボクシーがきいた。

「もう一度見たくなってね。あなたは集会で忙しかったでしょ」

「約束したよね。それなのに、ぼくはまだひとつもお話をきいてない」

そんな時間はなかった。いつナイラがここにもどってくるかわからない。そこでふいに思い出した。おばあちゃんがお話をしてくれるといったら、ハビエルもわたしも、すぐにベッドに入ったことを。

ボクシーはあごをつんと持ち上げて、胸の前で腕組みをしている。こういうところも、ハビエルにそっくりだった。「約束したじゃないか」

「わかった」わたしはため息をついた。こういうとき、おばあちゃんやティアおばさんだったら、どうするだろう？　「ラ・ロロナのお話は知ってる？」

「なあに、それ？」とボクシー。

わたしはボクシーと正面切って向き合い、彼の目の前で指をパチンと鳴らした。「いつもしくしく泣いている女の人で、大人のいうことをきかずに夜になっても眠ろうとしない子どもをさらいに来るの」

「そんな情緒不安定の人が、どうやって子どもをさらうの？」ボクシーは自分のあごをつかんだ。「さらったところで、どこへ持っていくっていうの？」

そこでわたしは自分の失敗に気づいた。閉鎖された宇宙船の中で暮らし、外の世界を知らない子どもには、確かに理解不能だろう。「もう一回最初から話すね」

「むかしむかし、ある女が裕福な男と恋に落ちて結婚しました。しかしそれは失敗でした。なぜなら相手の男は裕福であると同時に、とても横柄だったのです。ふたりのあいだには子どもも生まれましたが、女がいくら尽くしても、男は少しも愛情を返してくれません。それで女は子どもをおぼれさせ、自分もまた水の中に身を投げてしまいました」

ボクシーがぎょっとして目をまん丸にしている。「おぼれるって、どういう意味？」

その質問には取り合わず、わたしは先を続けた。「やがて女は、とがった歯をむきだし、目をらんらんと輝かせ、地上をうろつくようになりました。そうやって自分の子どもたちを探しているのです。もし目を覚ましている子どもがいたら、女はそれを自分の子どもだと思い、連れ去ってしまうことでしょう！」そこでボクシーにぐっと顔を近づけていう。「起きている子どもたちをムシャムシャ食べてしまうかもしれません」語りながら、メキシコの伝説はなんと容赦がないのだろうと思う。愛、笑い、痛み、魔法、失われた魂などなど、残酷ともいえるむきだしの感情が、お話の随所に織りこまれている。ほかの文化なら、もっとぼかして、子どもへの刺激を少なくするところだ。

これが正伝と呼ばれるものなのかどうか、わたしにはわからない。それでもおばあちゃんはこんなふうに語ってくれたし、わたしが知る中で、最も短くて、子どもが怖がるのがこのお話だった。

まるで目の前にラ・ロロナが立っているかのように、ボクシーが目を大きく見ひらいている。

「怖い話だね」

「それじゃあボクシー、おやすみなさい」

「無理だよ。なんなの、このお話は？」

「子どもを寝かせるためのお話」

ボクシーがへの字口になった。今にも泣きだしそうな目を、わたしからそむける。「もうぼく、二度と眠れない」

「仕事がまだ残ってるの。長官に約束した仕事が」

ボクシーが上くちびるで下くちびるを巻きこんで、恨めしそうな表情でわたしの顔をじいっと見あげる。ハビエルもよくああいう顔をした。

「わかった、じゃあもうひとつ」ボクシーを抱きあげて、ベッドに寝かせる。毛布を首もとまでひっぱりあげ、両脇をたくしこんだ。「むかしむかし、小さなアリがおりました。朝から晩までトウモロコシの粒ばかり運んでいるのはつまらない。もっとすごいことがしたいと、アリは思いました」

ボクシーがふーっと息を吐き、枕に頭を落ち着けた。「アリがどういうものだか知らないけど、今度の話は怖くないみたいだね――」

外の通路から足音がきこえてきた。

ボクシーが声を忍ばせ、鼻の穴をふくらませていう。「ラ・ロロナだよ」

わたしはバッグをつかんでドアへ走っていき、壁に背中をぴたりとつけた。巣房から顔だけ出しているボクシーに、口に指を一本当てて見せる。ドアがあいて、ナイラが入ってきた。

「お帰り！」ボクシーが自分のほうへ注意を引こうと大声でいった。ナイラはわたしのほうは見ずに、まっすぐボクシーのいるところへ向かっていく。

わたしは息を詰め、あいているドアの脇から外へすべりだした。ドアが閉まって、ふたりがもう出てこないのを確認してから、一目散に駆け出して、最初の角を曲がってエレベーターに飛び乗った。

とりあえず身の安全は確保できた。船倉に降りるボタンを押してから、ハビエルの本をバッグからひっぱりだして、両手でしっかり持つ。うまくいくだろうか？　もしこれを読んでもエプシロン5がハビエルであることを思い出さなかったらどうしよう？　本を鼻に近づけ、そこにしみついたハビエルの寝室のかすかな匂いを吸いこむ。思い出さなきゃおかしい。本をまた、バッグにもどした。

エレベーターはやがて船倉に到着した。

ドアがあいて、外へ出る。コンテナ類はほぼすべて、エントランス近くに移動されている。セーガンに着陸したらすぐ運び出す予定だったのだろう。それがもう不要となった。おかげで、だだっ広い船倉の中央には暗い影が落ちていて、ポッドのあいだに置いてある樽《たる》のジェルがほのかに光っているだけだ。一番近いところにある樽まで走っていって、蓋《ふた》をこじあけた。震える両手でバッグからキューブを取り出す。ジェルに指を浸してみると、じんじんしてきて、焼けるような刺激が来た。万全の準備で挑めと自分にいいきかせ、バッグから手袋を取り出してはめる。キューブから出した瓶入りの毒素の蓋をはずしてから、ジェルの中にそっと沈める。手袋も脱いでその中に入れる。

樽の蓋を閉めたところで、ようやくほっとして、詰めていた息を一気に吐いた。薄暗い船倉から、研究棟のほうへ歩いていく。がらんとして、物音ひとつしない。ずっと奥のハビエルの居室に灯るかすかな明かりが、唯一《ゆいいつ》人のいる気配を匂わせている。

自分の足音が反響するのをききながら、ハビエルの部屋へ歩いていく。こんなだだっ広い空間に、たったひとりで暮らしている。エプシロンの仲間はすべて死んだといっていた。以来、話しかける人も、いっしょに歌う友人もなく、食事をともにする相手もいない。七歳のときからこんなところに幽閉されて、どれだけ恐ろしい思いをしただろう。この宇宙船で目が覚めてから、心から笑ったり、泣いたりしたことはあっただろうか？

一歩進むごとに、心臓の鼓動が速くなる。砂漠を跳ねていく白ウサギの小さな足よりも速い。ドアの前まで来ると、ノックをしようと手を上げた。

と、腕が凍りついた。ハビエルが怒ったらどうする？　わたしを責めたら？　もしも……。

ドアがあいて、ハビエルの顔半分が明かりの中に浮かび上がった。「ゼータ1？　ここになんの用だい？」声があたりに反響する。

上げていた手を脇に下ろす。

ハビエルは震える手で、わたしが肩からさげた採集バッグをさす。「ああ、仕事だね。邪魔はしないよ」そういって、震える手を背中に隠した。

片手を背中にまわして、にっこり笑う彼を見ていると、イースターのときにわたしのバスケットからお菓子を盗んだハビエルを思い出す。それがどこにあるのか、お姉ちゃんは気づいていないと、あのときハビエルは慢心して笑っていて、わたしは飛びかかっていって、背中に隠したお菓子を取り返そうと思った。あのハビエルが、チョコレートの卵を背中に隠した弟が、目の前に立つエプシロン5の中で、今も生きている。この人の身体のどこかに、わたしのハビエルが隠れていて、ハビエルとして生きたがっている。そう思えて仕方なかった。

浅い呼吸をしながら、ハビエルの顔をじっと見あげるものの、しゃべることができない。腕を伸ばしてその手をつかみ、思い出させたい。お姉ちゃんはあんたのことを、誰にも傷つけさせはしない、だから隠れる必要もないんだと、そういってやりたい。

けれどあれから、とてつもない長い年月が経っている。ここでいきなり怒濤《どとう》のように記憶がよみがえってきたら、ハビエルは戸惑うのではないか？　わたしの場合は、まるで昨日の出来事のように覚えている。でもハビエルはずっと、それなしで生きてきた。わたしといっしょに逃げたいと思ってくれるという確証はない。セーガンの美しさについて語った、わたしの話は気に入ってくれたかもしれないけれど、彼の人生の九十パーセントはこの宇宙船の中で費やされて、それ以外のことは何も知らない。そこではたと気づいた。目の前に立っているのはひとりの老人であっても、いろんな意味で、わたしはこの人より年上だ。

よって、この先に何が待ち構えていようと、わたしには、まだこの子に対して責任がある。それにわたしはハビエルのことを愛している。

いっしょに宇宙船を脱出しようといって、ハビエルがそれを拒んだら、わたしたちの計画もそこまでだ。この子を置いて逃げるなんてできない。

採集バッグを床に置く。

「エプシロン5、あなたは睡眠状態に入る前のことを、何か覚えていますか？」

ハビエルが首をちょこんとかしげた。「それは、前にいったんじゃないかな。わたしには過去なんて――」

「そんなの嘘よ」じれったくなって、相手の言葉をさえぎった。からからになる喉を湿らせようと唾《つば》を飲みこむ。もし誰かが、わたしの巣房がからっぽなのに気づいたら……わたしの乗るエレベーターが上昇ではなく下降するのを見られていたら……。やはり、これが最後のチャンスだ。とにかく、ハビエルの記憶を呼び覚まさないと。思い出したあとにどうするかは、彼が自分で決めればいい。記憶を失ったままで、本当の自分を見つめ直すことはできないのだから。

「これ、グラノーラだよっていって、わたしがドッグフードを渡したときのこと、覚えてる？」

ハビエルが首をかしげた。「いきなり、なんだい――」

「パパの葉巻を盗んで火をつけようとしたときのことは？　あなたがライターで火をつけてくれようとしたんだけど、葉巻に火はつかなくて、わたしの髪を焦《こ》がしちゃった」そういってハビエルににっこり笑いかける。

ハビエルは一瞬目を閉じ、それから遠くのほうを見る目つきになった。

「うちの裏手の砂漠で、ラピドがケガをして動けなくなっているのをママが見つけて、あなたとわたしで巣穴を掘ってやろうとしたことがあったでしょ。そうすれば飼ってやれるからって。でも穴を掘っているうちに、シャベルがスプリンクラーの配管に当たったのか、裏庭が水浸しになっちゃった」

ハビエルが目をつぶり、首を横に振った。「ゼータ1、何をいっているのか、わたしには理解できない」

わたしはため息をついて腰をかがめ、採集バッグからハビエルの本を取り出した。その瞬間、ふっと家の匂いがした。「エプシロン5？ この本、読んであげましょうか？」

ハビエルが額に皺《しわ》を寄せた。

「ちょっとだけ、いいでしょ？」わたしは数歩下がって、床の上にあぐらをかいてすわった。ベッドの上でお話をするときのいつもの姿勢だったけど、今のハビエルは、わたしの膝の上に乗ろうとはしない。「これもコレクティブのため」

ハビエルの額にまた一瞬皺が寄った。興味津々で本を見つめ、わたしのとなりにあぐらをかいてすわった。「コレクティブのため……」

わたしはハビエルの膝の上にそっと本を置いた。

ハビエルが表紙をじっと見おろしている。わたしの心臓が激しく鼓動する。

ハビエルから笑顔が消えた。手を伸ばして、表紙に描かれたオオカバマダラ蝶に触れる。「これは……」蝶のオレンジと黒の羽に指を走らせる。表紙に描かれている母親と赤ん坊の肌の色はハビエルと同じ。ハビエルはわたしに顔を向け、額に皺を寄せている。「うーん……よくわからないな」

わたしの目に涙が盛り上がってきた。もう何千回読んであげたかわからない。でもハビエルがわたしのことを覚えていないなら、これが最後の読みきかせになる。

首をかしげながら、ハビエルは本に顔を近づける。最初のページをひらくと、「夢追い人たち」とそっとささやいた。

本を手に取って読みだしたとき、わたしの声は震えていた。「ある日、わたしたちはバックパックにお土産《みやげ》を詰めて、宇宙のようにどこまでものびている橋を渡った。渡りきったときには喉がからからで、その先に広がる光景に驚いて目をみはった」

ページを次々とめくって先を読みながら、わたしの目はハビエルの顔をちらちら見ている。わずかでもいい、何か思い出したような気配がないか。主人公たちが新しい土地へ入ったところで、わたしの声は大きくなった。彼らには理解できない物事、恐怖、過ちを経験しながら、わたしたちと同じように、この本の登場人物たちは安住できる場所を探す。そうしてとうとう、自分たちが暮らせる、新しい魅惑の土地を見つけるのだった。次のページをひらくと、母親の膝の上に子どもがのっている絵があった。かつてハビエルとわたしも、同じようにしてお話の世界に入っていった。そこで、もう一度蝶の描かれているページをひらく。ページのてっぺんにいる蝶は今にも外へ飛んでいきそうだった。昔と同じように、ハビエルがページの上の蝶をなでる。かつて何度もそうしてきたように。

ふいに、目の前の老人が幼い弟に変わった。わたしは喉の奥から声をしぼりだして、物語の結末を読む。「本がわたしたちの言葉になった。本がわたしたちの家になった。本が、わたしたちの人生になった」

読み終わった本をハビエルに差しだしながら、言葉が喉にひっかかって、なかなか出ていかない。「ハビエル、これ、持っていたい？」

ハビエルのあごが震えている。うなずいた拍子に、涙が一粒、ぽつんと頬にこぼれた。

わたしはじっとしたまま、何もいわない。どんなにつらい思いをしているのか、他人の心を覗くことはできないと、ママがいっていた。そういうときは、ただ黙って、相手に時間を与える必要があるのだと。それで、ふたりしてじっとすわっている。やがてハビエルが長い吐息をついた。

「ハビエル？」腕を伸ばして、弟の手をポンポンと叩く。

ハビエルが顔を上げた。「何？」

「思い出した？」ハビエルの手を取って、わたしはきいた。

その手が、わたしの頬に置かれる。細かく震えている。わたしの中でそれは、つい先週まで、ぷっくりして、汗でべたついた七歳の男の子の手だった。それが今は、温かくはあるものの、かさかさに乾いていて、げっそり痩《や》せている。時間がハビエルの皮膚をワックスペーパーに変えた。わたしたちは別々の道を通って銀河を渡ってきた。けれどとうとう再会した。震える声でハビエルがいう。「ペトラ」

宇宙にぽっかり穴があいて、ふたりして我が家に帰ってきた気がした。

「大丈夫よ」言葉のあいまにすすり泣きが混じる。「怖くないよ。わたしがあんたを守ってあげるから」

「どうして、こんなことに？」ささやくような声でいう。

わたしは本を脇に置いて、弟と向き合った。いうべきことが山ほどあった。「過去のことはもういい」今はそうささやくだけで、精いっぱいだった。

弟はうなずいた。「だけど……」いいだしたのに、途中で口をつぐんだ。ハビエルがうなだれた。どうしてだかわからないが、ハビエルはママとパパがもういないことを知っている。わたしのほうも、その事実を声に出して伝える心の準備はできていない。

わたしは首を横に振った。ハビエルはそっぽを向き、宇宙船のエントランス付近に目をやった。思い出したのだろうか？　家族そろって過ごした最後の日を？　あの日ハビエルは、ママの腕のやわらかさを存分に味わっただろうか。ママとパパの、髪と服の匂いを胸いっぱいに吸いこんだだろうか。そんなわけはない。わたしだってそうだ。その日を境に永遠の別れになるなんて、夢にも思わなかったのだから。

ハビエルはずっと遠くを見ているような目をしている。ふたりとも長い時間、押し黙っている。

「ハビエル、サンタフェから大急ぎでシャトルに乗りこんだのを覚えてる？　わたしがコートをしまっているあいだに、あんたがパパのとなりの席にすわっちゃって、そこはわたしの席だっていっても、どかなかったのを？」

ハビエルが、わたしの顔を上目づかいに見た。

「ケンカするわたしたちにお説教をしようと、パパが別の車両に連れていったのは？」

覚えていると、ハビエルがうなずいた。あのときは、うるさいなあと思うばかりだったけれど、そのパパの言葉が、今は重要な意味を伴って、ありありと頭の中で響きだした。「ほかの人たちが、喉から手が出るほど欲しかったチャンスだ」わたしはパパの言葉をそっくりそのまま口に出した。「おまえたちには我が一族の代表として、責任がある。思いやりの心を持ち、一生懸命に勉強し、ケンカはしない」

ハビエルの太くしゃがれた声があとを続ける。「わたしたちはペーニャ家の子孫だ。わたしたちがこれから成す、ありとあらゆることが、ご先祖様たちに大きな誇りをもたらすか、深い悲しみをもたらすか、どちらがいいか考えなさい」ハビエルはパパの言葉を最後までいいきった。「ハビエル」弟の手をつかみ、決して放すまいと心に決める。「宇宙船を脱出しないといけないの。もう時間がない。ゼータたち全員をシャトルに乗せるのに、力を貸してちょうだい」

コレクティブの支配から脱する。ただそれだけのために宇宙船から脱出するのは、果たして得策だろうか。セーガンでは生きていかれずに死ぬかもしれない。それでも、ハビエルがいっしょにいると思うと、なぜだか勇気がわいてきた。

わたしの手の中でハビエルの手が震えだす。ハビエルはその手を抜き、小さな声で、そっという。「どうすればいいか、わかってるから」そういって、にっこり笑った。

わたしは涙をぬぐいながらも、心は舞いあがっていた。ハビエルがもどってきたのだから、あとは万事うまくいく。それでも、何かが心にひっかかっている――何か忘れていることがあるような。

フロアの向こうから物音が響いた。エレベーターの近くだ。ハビエルが跳び上がった。「ここにいて」懇願する目になっている。大切なものがぎっしり詰まったわたしの採集バッグをつかむと、自分の部屋に隠す。

「どこへ行くの?」エレベーターに向かって歩いていくハビエルにきく。

「いいから出発の準備をしていて」ハビエルが振りかえって、にっこり笑う。「ほかのゼータたちを呼んでくる。何をいえばいいかは、わかってる」片手を腰に当てて、足をひきずりながらも、精いっぱい急いでいる。ふだんから、あちこちに痛みを抱えているに違いない。足をもつらせて転びそうになったが、すぐ体勢を立て直した。あとを追いかけようと思ったものの、もう追いつかないところまで行ってしまった。ハビエルのいったとおり、ここにいるのが正解だろう。ふたりいっしょにいたら、嫌でも目立って注意を引いてしまう。

船倉から流れてくる、かび臭いよどんだ空気。無音なのがかえって耳を騒がす。背すじに震えが走った。わたしたちが逃げようとしているのにナイラが気づいたら、ふたりとも命はない。もしハビエルが見つかったら、ひとりでも、ゼータといっしょにいても、どうかナイラにいうべき言葉をわかっていますように。そう祈るしかなかった。

背後で物音がした。ポッドとジェルの入った樽のあいだを小動物がこそこそ這いまわるような音。振りかえって、その場でじっときき耳を立てた。研究室の並びには、誰の姿もなく、ハビエルはそちらとは反対側へ向かった。からっぽのポッドのあいだに目を走らせながら、物音のしたほうに目を向ける。目の焦点が合わず、最初は何も見えなかった。やがて視界の真ん中に、小さな頭が像を結んだ。手近のポッドの陰から顔を出している。

息が喉にからみついた。

ボクシー。

こそこそと出てくると、両手を脇の下にはさんだ。

わたしはため息をつく。「いつからそこに隠れてたの？」

「眠れないって、いったじゃないか。なのに、もっと楽しいアリのお話が終わらないうちにいなくなってさ」ボクシーの声があたりに反響する。「だったら本を読もうって思ったんだ。だけどあの部屋に行ってみたら、なくなってた」

わたしはゴクリと唾を飲みこんだ。

ボクシーが続ける。「それでゼータ1の部屋に行ってみたら、いなくって。それでここに来たら……」

「この本を読めば、エプシロン5が新しい惑星になじみやすくなると思ったの」

ボクシーが両手を脇に落とし、がくんと肩を落とした。「嘘ばっかり」

彼は知っている。そしてここまで来て、嘘に嘘を重ねるのは危険だ。お話の続きをしてやって、機嫌を損ねないのが一番だろう。「もしナイラがこのことを知ったら」――わたしは本をかかげた――「それにほかのお話のことも知ったら……」

「わかってるよ」とボクシー。「ぼくらどっちも、しかられる」

「そうなったら、もう二度とお話をしてやれない。このことは、ふたりだけの秘密にしない？」

「ぼくと、ゼータ1と、エプシロン5の？」急に機嫌良さそうな顔になった。こういうところも、子どもの頃のハビエルそっくりだ。

ハビエルはもうじきもどってくる。「エプシロン5が、うっかり秘密をもらすとは思えないけどね」わたしはいった。

ボクシーの口の両端がかすかに持ち上がった。「それ、もう一度読んでくれない？」わたしの手にある本を指さしていう。

今にも人が入ってきて、わたしたちは見つかる。でも、この船を脱出してしまえば、もうボクシーの力になることはできない。この子はコレクティブの社会に呑みこまれて、一生をここで過ごすのだ。

そうして、この本をわたしとハビエルから奪ったように、コレクティブは、ボクシーからお話を奪ってしまう。

一、二分なら構わないだろう。わたしは床にあぐらをかいてすわった。ハビエルが昔したように、ボクシーがわたしの膝にのっかってきた。「読んで！　読んで！」と甲高《かんだか》い声でいう。

「夢追い人」わたしは読みだした。

ボクシーがタイトルを指でさわる。「緑。怖くなったときに飲むトニックみたい」ボクシーが振りかえって、わたしの顔を見あげようとした瞬間、その顔から笑みが消えて、ガラガラヘビににらまれたウサギのように凍りついた。

「ボクシー！」ナイラの冷ややかな声に、わたしの背骨全体が鳥肌になった。

ホッケーのパックのように、本を力いっぱい床にすべらせたら、一番近いポッドの下でとまった。わたしはボクシーを押しやって膝から下ろした。「すみません、長官、ふたりでちょっと……」ボクシーの手をつかんでいっしょに立ち上がり、ふたりそろってナイラのほうを向いた。

突然膝が震えだした。ナイラのとなりにハビエルが立っている。顔はまったくの無表情。

どうしてハビエルが……？

ハビエルはわたしと目を合わせようとしない。

「お疲れさま、ゼータ1」ナイラがいって、わたしたちのほうへ一歩を踏み出す。「それとも、ペトラと呼ぶべきかしら？」

26

ナイラとクリックにはさまれて、除染室の近くに置いてあるポッドへひっぱっていかれる。わたしが逃げないようにクリックが肘《ひじ》をつかんでいるが、その必要はなかった。全身が麻痺《まひ》している。いったい、どこで間違った？　ハビエルは自分の好きだった本を思い出した。わたしのことも。昔のように蝶の絵を指でさわった。

きっと今のハビエルが、記憶にある少年時代のハビエルよりも、彼の中でずっと幅を利《き》かせているのだろう。うちの家族がどれだけ互いを大切に思っていたか、それも忘れているのだ。コレクティブの洗脳があまりに強力で、セーガンでの新生活の夢が色を失っているのかもしれない。

「わたしたちはペーニャ家の子孫だ。わたしたちがこれから成す、ありとあらゆることが、ご先祖様たちに大きな誇りをもたらすか、深い悲しみをもたらすか、どちらがいいか考えなさい」

ナイラがポッドと向き合う。除染室の照明のほかより明るい光がここまでもれてくる。その奥は船内のどこよりも空気が浄化されている。ポッドが稼働を開始したことを知らせるブーンという音。これからわたしを、ペトラ・ペーニャを、完全に消し去るための作業が行われる。今度ばかりは、機械の故障に望みを託すわけにはいかない。ナイラは確実にやる。わたしが身も心も真のゼータ1になるなら、少なくとも、パパがわたしたちにかけた希望も、ハビエルの裏切りも記憶から消える。

ハビエルとボクシーが、ハビエルの部屋のドア口に立ってこっちを見ている。

ガクンと片側によろめくわたしを、クリックが支えて立たせる。わたしは彼の顔を見あげた。

クリックはナイラに目を向ける。わたしはクリックの腕をふりはらった。臆病者はそれに抗《あらが》わない。支えがなくなったわたしは、ぐらぐらしながら立っている。

ナイラがポッドの蓋《ふた》をあけて、中に入るようわたしに手で示す。

どこにも行くところはなかった。粛清《しゅくせい》されるなら、この世から消える。殺されなくても、リプログラミングされるなら、わたしという存在は消える。あごに力を入れて、じっと立ったままでいる。どちらにしても、もう終わりだ。

ナイラがため息をつき、低い声でいう。「もし抗うなら、コレクティブとしては、エプシロン5を粛清せざるをえません。なぜだか、あなたにはわかるはずです」

わたしはハビエルのほうへちらりと目をやる。ボクシーといっしょに戸口に立って、ボクシーの肩に両手をのせている。こちらの話がきこえているのかどうか、わからない。これといった反応もなく平然としている。ボクシーは、ラ・ロロナの話をきいてるとき以上に、目を大きく見ひらいている。小さなしゃっくりのような音をもらすと、ハビエルが顔を寄せて、耳もとで何かささやいた。

コレクティブにハビエルを粛清させるなんて、冗談じゃない。わたしがわたしを捨てて、本物のゼータ1になれば、それからずっとハビエルの寂しさを慰めることができるだろう。中に入ろうと、ポッドのへりから片足を入れる。もう一方の足がぐらついて、ポッドの中へ倒れこんだ。

ナイラが制御盤のボタンを押し、拘束用のストラップがすべりだしてきた。姿勢を正す間もなく、瞬時に両足と両腕が締めつけられ、ポッド内に固定された。頭を持ち上げようとすると、クリックの手が伸びてきて、頬近くにあるストラップのひとつをつかんで額にまわし、きっちり締め上げた。「それじゃあまた会おう、ゼータ1」陽気に、といっていい口調でクリックがいった。声には微塵《みじん》の悪気も感じられない。まるで旧友との再会を楽しみにするようだった。

両方の頬から涙がしたたり落ちる。抗いたい、あきらめたくない。いや、もうあきらめたほうがいいのだろう。ハビエルとともに生きる人生のために、ほかの子どもたちの未来のために、偉大な語り部になるために、わたしは戦ってきた。だけど、自分の実の弟の心にさえ、思いを届けられない人間が、どんな語り部になれるだろう？　おばあちゃんが知ったら、きっとわたしを恥じる。もういい、リプログラミングでもなんでも、とっとと終えてほしい。

ナイラがポッドのとなりに置いたスツールに腰をおろし、これから患者の歯石を取る歯科衛生士のように手袋をするりとはめた。「初めて会ったわ、オリジナルに。まさに過去の生き残り。自分たちのしでかした悪行をじかに知っている人間にね。あなたたちは大気や河川や海を汚染した……利益のために。一部の人間を肥やすために、一部の人間を飢えさせた。だから今、コレクティブが存在する」

こうなったからには、いいたいことをいってやろう。もう演技をする必要もない。なのに、しゃべれない。ナイラの顔を見ることもできない。彼女のいっていることは正しい。一部の貪欲《どんよく》な人間のせいで、そういったことが実際に起きたのだ。けれど、うちの両親のように、それを正していけると、希望を持っている人間が大半だった。

ナイラは身を乗り出して、わたしをじっと見おろしている。「じつに面白い」と、ひとこと。

「あなたはそれについて、わたしの意見をききたいの？　それとも、それは単なる独り語り？」

ようやく声が出て、わたしはきいた。

「わたしは長官として、コレクティブの意見を代弁しているだけです」

わたしはボクシーに目をやった。この体勢でも、彼が口をへの字に曲げているのが見える。顔にうっすら差した赤み。あの子の内側では、人間らしい感情がふつふつとたぎっているのだ。どうか、怖がらないでといってやりたい。お話がすべてハッピーエンドで終わるとは限らないのだと。きっとボクシーは今パニックになっている。そういう子どもだからこそ、あれだけ強く、お話を欲したのだ。お話も、人間も、どれひとつとして同じものはない。乱雑なまでにばらばらだ。確かにまとまりには欠ける。しかし世界は多様であるからこそ、豊かで美しいのではないか。

あごがぷるぷるしてきた。震えをとめることができない。「コレクティブの未来は絶望的。感情を麻痺させて、人間的なものをすべて排除しようとしている。トニックやコグをつかって。でも愛や、互いを思いやる心は、そういったもので排除することはできない」

ナイラが背を起こした。「わかってないわね。わたしたちだって愛や、思いはあるの。コレクティブという唯一絶対の組織を愛し、至高の善を実現したいという思いが。何ユニットもの長いあいだ、コレクティブは数々の難しい選択をしてきて、ようやく今に至った」

「あなたは人々の人生を奪った」わたしはいった。

ナイラの顔が険しくなった。「それは犠牲……犠牲なくしてゴールにはたどり着けない」

「犠牲？　わたしたちは自分たちの星を失った！　百十億の命を失った！　今ここにいるあなたたちは、わずか数百人！　わたしたちは、故郷を失い、家族を失い、友人を失った」ベンとベンの弟のことを思い出した。「世話人たちは、一生を宇宙船の中で過ごすことを喜んで承諾した。人類がセーガンに無事到着して、そこで命をつないでいけるように。犠牲っていうのは、そういうことをいうのよ！」

頬から涙がとめどなく落ちていき、首のうしろへ流れていく。

玄関先に笑顔で立っていたおばあちゃんの姿がよみがえる。あれが最後だった。またすぐ会えるとでもいうように、こちらに手を振っていた。

「あなたは、犠牲や勇気の本当の意味を何もわかっていない」しゃべりながら、呼吸が乱れてくる。「わたしたちは完璧じゃないけれど、宇宙を旅して、必ずや新天地を切りひらき、祖先に誇らしく思ってもらえるという希望があった」

「祖先？」ナイラが声をあげて笑い、首を横に振った。「驚いた。そんな妄想を信じているなんて。あきれるを通り越して、感服するわ」

そこで気づいた。この人たちは研究室で、まったく均質につくられたのかもしれない。だから、先祖とのつながりなど感じられないのだ。地球にはさまざまな文化があって、多くの人たちが、自分たちの文化をつくってきた、それぞれの祖先を敬《うやま》っていた。

クリックがゴホンとせきばらいをしてからいう。「伝統という縛りから自由になって初めて、わたしたちは正しく物事を考えることができる」この人は本当にそう思っていっているのか？コレクティブたちはわかっていない。自分たちの過去や祖先や文化を敬い、過去の過《あやま》ちを忘れずにいることで、よりよい未来を築けることを。

結婚式の写真や出生証明書で埋め尽くされた壁や、スーマの成長アルバムにわたしは愛を見た。

けれどナイラ、クリック……ボクシーは、そういった愛を体験することは決してないだろう。

ナイラが身を乗り出し、わたしの耳もとでささやく。「劣等な人類ではあるものの、あなたたちには希少価値があります。正直なところ、わたしたちにはないものを持っている……これを活かさない手はありません」そういうと、ナイラはクリックに合図をし、クリックが、わたしの目にもなじみのある箱をナイラにわたした。エン・コグニート。ただし「小児用」ではなく「大人用」と書いてある。今度は完璧に洗脳されるだろう。

ナイラが蓋をあけた。くぼみに収まっているコグは、小児用よりずっと大きく、色も暗い。ナイラの頬がわたしの頬に近づいてきた。「地球の記憶がまだ残っていたにしても、あなたは役に立つとわかった」背を起こし、コグをくぼみから取りあげた。「欠陥だらけの過去から自由になったとき、あなたがどれだけすごい才能を発揮してくれるか、楽しみでなりません」コグをインストーラーに入れて、アクティベーションボタンを押した。コグが濃いむらさき色にぼうっと光りだした。「さて、ペトラ・ペーニャ。次に目覚めたとき、あなたの肩から重荷は消えている。それからは、コレクティブの中で長い長い人生を送ればいい」

アリに刺されたような刺激とともに、大事なことを思い出した。ジェルの入った樽《たる》。ポッドのとなりに置いてあるそれに、思わず目を走らせた。

ナイラがわたしの視線をたどる。「今回は必要ありません。そんなに時間はかからないから」

ハビエルはどこに行ったのか。見つけようにも頭は動かせず、目をきょろきょろさせたら、かすかに輪郭《りんかく》が見えた。わたしがわたしである最後の瞬間、どうしても伝えないといけない。「ハビエル、愛してる」大声でいった。

しかし、わたしの言葉が耳に届いたとしても、ハビエルからはなんの反応も返ってこなかった。身じろぎもせず、言葉も発しない。ナイラがわたしの首すじにコグを当てる。ストラップの許す限り、わたしは頭をつっぱって抵抗する。しかし、まるでバターのかたまりのようにコグはするりと溶けこんでしまった。前と違って、強い疲労感に襲われる……。

ハビエルのいるほうへ、もう一度目を向けたときには、早くも眠気が差してきて、視界の隅に映るハビエルのぼやけた輪郭が、パパそっくりだった。

27

おばあちゃん、ラピド、わたしが、マツの木の下にすわっている。おばあちゃんはわたしの額にかかった髪を手で払っている。乾いたマツの、針のような葉が、熱い風にのって砂漠の上を舞う。小鳥の群れみたいだった。おばあちゃんの裸足《はだし》の足と白いワンピースのすそは埃《ほこり》だらけ。わたしといるために、遠いところから歩いてきたようだった。

「ペトラ、風の呼び声がきこえるかい？」

熱い風がヒューヒュー鳴っている。「きこえるよ、おばあちゃん」

目の前に白ウサギがすわっていて、わたしに向かって鼻をヒクヒクさせている。わたしは月を見あげた。ウサギの灰色の輪郭《りんかく》は、まだもどっていなくて、ただのっぺりした面を見せている。

ウサギはバイバイをするように耳を揺らすと、赤い山脈に向かって駆けていった。

以前だったら、あとを追いかけていっただろう。でも今は……。もしこれが最後の記憶になるなら、わたしはここにいたい。おばあちゃんといっしょに。

「おばあちゃんを置いて行きたくない」わたしはおばあちゃんのやわらかなお腹にしがみつく。

「おばあちゃんを失ったら、わたしはどうすればいいの？」

おばあちゃんはわたしの身体を押しやると、片手でわたしの顔を支えた。「前にもいったはずだよ。わたしを失うなんて、できないんだって」おばあちゃんはペンダントを握って、にっこり笑う。目尻に小さな皺《しわ》が寄った。それからウサギの駆けていった方向を指さした。もうずいぶん遠くまで行っていて、姿がぐんぐん小さくなっていく。「行くんだよ、ペトラ。ウサギを追いかけるんだ」

山の映像がわずかにぼやけた。「おばあちゃん、わたし、記憶を消されるんだよ」

おばあちゃんの手を握ろうと、腕を伸ばしたら、もういなかった。パニックになって立ち上がり、木のまわりをぐるぐるまわる。ラピドがゆっくり歩いて、木の根のあいだにある巣穴にもぐってしまう。

山のほうを振りかえると、ウサギが小さな点のようになっていた。

今度は全速力で駆け出した。息をはあはあ切らして、ようやく近づいたら、ウサギは赤い山すそにある、小さな巣穴に入ってしまった。

風がヒューヒュー鳴っているものの、わたしに言葉はかけてくれない。おまえをどこへ連れていくともいわず、わたしはどこへ行けばいいのかわからない。

もし、これが終わりなら、マツの木の下にいたい。あの木の根方に巣穴があって、その中にラピドがいるはずだから。

きびすを返して二歩歩いたところで、前と同じようにギターとフィドルの音が、祭りの音楽のように遠くからきこえてきた。わたしはゆっくり山のほうへ振りかえった。すると、牧場の音楽の中から、歌声が響いてきた。

ベランダにつり下げられた

金色の鳥籠《かご》に
ヒバリが一羽
苦しそうにさえずっている

夢の世界にいても、わたしは自分の目より耳のほうが信じられる気がする。目を閉じて、歌声に耳をすましていると、スズメが籠の中からヒバリを出してやるものの、結局裏切られて、ヒバリは一羽で飛んでいってしまうというストーリーらしかった。あとに残ったスズメは失った愛を悲しんで歌を歌うのだ。

そこへ小さなスズメが一羽やってきた
鳥籠の中からヒバリがいう
「もしぼくをここから出してくれるなら
きみといっしょに飛んでいくよ」

ギターをつま弾く音が大きくなり、反響はせずに直接わたしの耳に届く。激しい音に、わたしの身体が震動する。
目をあけると、音楽も歌声も消えていた。
代わりに、ついさっきまで何もなかった砂漠に、花を咲かせたサボテンがずらりと並んで道をつくっている。涸《か》れ谷へと続いているようだった。まるでわたしの知っているお話の舞台みたい。

ロス・ビエホス？　それとも、ブランカフロー？　イスタとポポカ？　どうして思い出せないの？　あざやかなピンクの花がクリスマスの光のようにきらきら輝いている。

歩いていくと、砂漠の砂が玉石の小道に変わった。朱色の玉石はどれもすり切れて角がとれ、何百万もの人たちが歩いたあとのように見える。これだけ大勢がこの道を進んでいったのだ、何を怖がることがあるだろう？　コツン、カツン、コツン……足音を響かせながら歩いていくと、突き当たりに三メートルほどの高さのドアがあった。木製で、中央に鉄をねじった、植物の蔓《つる》のような装飾が施されている。その蔓の一本がドアの片端まで伸びていて、取っ手をつくっていた。取っ手をつかむと、埃が指にこびりついた。重たいドアがキーッと音を立ててあいて、わずかな隙間ができた。息を全部吐きだして、お腹をぎゅっとひっこめ、その隙間を通り抜けた。

入ったとたん、うしろでドアが閉まった。外の光はほぼ遮断され、ドアの脇からかすかに流れこむだけになった。前方にのびる道の先は闇。両腕を左右に伸ばし、指で岩壁をこすってみる。一歩踏み出したところ、傾斜が急で危うく倒れそうになった。背をぐっとそらしてバランスをとる。道を下っていくと、外からもれていたわずかな光も消えて、真っ暗闇の中に突き落とされた。音楽はきこえない。風もない。これが死ぬということ？　誰もわたしの手を握って導いてはくれない。

コレクティブの仕業だ。わたしは足をとめた。どうして歩き続ける必要がある？

まるでその疑問に答えるかのように、遠くの闇で何かがきらきら光りだした。その光をコンパス代わりに、さらに先へ進んでいくと、トンネルの突き当たりに出た。光の正体はランタンのろうそくだった。それが今、岩でできたアーチ道の上から金色の光を投げている。まるでサングレ・デ・クリスト山脈に太陽が沈んでいくみたいだった。

アーチ道を進んでいって、その先を覗いてみる。

広々とした部屋の中央にストーブがひとつ。そこから煙がゆらゆら立ち上って、室内は不思議な靄《もや》に包まれている。空気に混じるマツの匂い。部屋に踏みこんで、チカチカ点滅する青い光に近づいていく。あたりに目を走らせてみると、わたしを中心に車輪のスポークのように、木製の棚がずらりと並んでいた。床から天井まである棚に、何かがぎっしり詰まっている。ウサギがここにわたしを導いたのだから、きっと重要なものがあるに違いない。目を凝《こ》らしてよく見たとたん、喜びで心臓が飛び跳ねた。棚に詰まっているのはリブレックスだった。

ゴクリと唾《つば》を飲んで、一番近くにある棚に手をすべらせる。そういえば入った瞬間から、この空間には、ブーンという音が響いていた。よくよく耳をすましてみれば、それは人の声の集積だった。かすかなつぶやきが幾重にも重なって、幻聴のようにわたしを包んでいる。物語を語る何千何万という語り部の声が混じり合っているのだ。

ウサギを追いかけろといった、おばあちゃんの言葉は正しかった。もしこの夢から永遠に目覚めることがなくても、ここにいられるなら幸せだ。地球の物語の宝庫を見つけたのだから！

けれど、何かがおかしい。リブレックスのひとつは、翼をもがれた小鳥のように、片側がはがれて傾いている。下を見れば、床に落ちているものもたくさんあった。遠くへ目を向けてみると、あちこちでホロスクリプトが物語を再現していた。亡霊たちが演じているようなおぼろな映像で、声はほんのかすかにしかきこえてこない。別の棚を見てみると、その下の床に、割れたり砕けたりして、修復不可能と思われるリブレックスが山になっていた。

すぐ先で、ターバンを巻いた老人と、ぼろぼろの服を着た少年が向き合っている。映像はビクビク揺れているものの、声ははっきりきこえてくる。「苦しみそれ自体よりも、苦しむのではないかと不安に思うほうが、始末が悪い。それをおまえの心にいってやりなさい」

ほかの棚もかたっぱしから見てまわる。何千というリブレックスが収蔵されているものの、その約三分の一は、もとの姿をとどめていなかった。夢の中にいても、胃がむかむかするのがわかる。

さっき目にしたターバンを巻いた老人の姿が、今にも消えそうに揺らいでいる。老人は少年の肩を励ますように叩いて、何かいっている。耳をすますと、かろうじてきこえた。「夢を追いかけてさえいれば、心が苦しむことはない」

なんの本だか知らないけれど、読んでいたらよかったな。

すぐ近くに、『ゲド戦記』が半分に割れて落ちていた。わたしはこの物語を、少なくとも五回は読んでいる。自分で語り直すこともできるけれど、ル・グインのオリジナル版と比べられたら、その足もとにも及ばない。大好きなあのお話が、こんな姿になっていると思うと、たまらなく胸が痛み、救い出せないだろうかと思う。腰をかがめて拾い上げ、かけらも集めて、いっしょに棚に置いた。

暗がりから声がした。「ペトラ?」リブレックスがいくつも山積みになっている突き当たりから、影のような男の姿が現れた。パパではないけれど、その声にどこかなじみがあって、見知らぬ場所に立ちながら、なんとなく居心地のよさを感じる。

男は動かない。わたしも固まっている。別に相手が怖いとは思わない。ただ、どうしてこの人を知っているような気がするのか、それがわからない。

男がゆっくりと近づいてきた。「とうとう、ここに来たんだね?」暗がりから出てきて、ランタンの光の下に踏み出した。

くしゃくしゃになった砂色の髪と丸眼鏡。「ベン?」そっと呼びかけた。

彼のうしろで、アボリジニーの創世神話であるドリームタイムを、魚を主人公にして、ささやくように話している語り部がいる。その姿がビクビクと大きさを変え、声がゆがむ。

ベンの目が涙に濡《ぬ》れている。「すまない」そういって、床に散らばるリブレックスに目をやる。

「救おうとはしたんだよ」

ベンに触れようと手を伸ばしたものの、思い直して手をひっこめた。単なる夢にしては存在感がありすぎる。このベンは何者なのだろうと、ちょっと緊張する。

「あなたは、本物なの?」わたしはきいた。

「ぼくのことは……地球最後の図書館司書と考えてくれればいい。外見は、きみが信頼できる人物を模している」そういって、ぐるりとあたりに目をやって、誇らしげな笑顔になった。「何か気になるものがあったら、探すのに力を貸すよ。ただし、残っていればの話だが。ベンができるかぎり救って、きみのプログラムにダウンロードしたんだ」

地球の物語が眠る宝庫を見まわしながら、ベンの最後の言葉を思い出した。「世界から物語が消えたら、おしまいだ……」そうか、隠したんだ。このわたしの中に。「ベンは……」

「ぼくは、すでに組みこまれているプログラムの使い勝手をよくする、ユーティリティ・プログラムだ」司書は言葉を続ける。まるで注意書きを読むような話し方だった。「プログラムに変更が加えられるとき、それを最適化するよう動く。ベンがダウンロードパッチに仕組んだそれが、たった今作動しだした」そういって司書は、棚からはみだして落っこちそうになっているリブレックスのへりを押した。けれど、彼自身、完全な姿ではないためか、わずかしかリブレックスは動かない。「完全とはいかないが、作動しているのは間違いない。きみは、残されたものを安全に維持しないといけない」司書の映像が揺れてちらつき、ポーチの切れかかった照明のように点滅を繰り返す。

わたしは腕を伸ばして、途中まで差しこまれたリブレックスを押し、棚の中にきちんと収めた。そうするあいだにも、自分の手の輪郭がぼやけてきているのがわかる。まもなくわたしはゼータ1となって、こういったことも、もうどうでもよくなるのだろう。この部屋も、ベンが保存しようとした物語もすべて、失われてしまう。わたしのリプログラミングによって、まもなくベンも消えてしまうのだろう。

「こうなることをベンは知っていた」独り言のように、わたしはささやいた。「連中が、彼や、うちの両親や、わたしの弟に何をするか。このわたしがどんな事態に陥《おちい》るか、すべて知っていた」

わたしは身体をぐるりと回転させて、宝の山をつくづくと見つめる。不思議な靄に包まれた無数のリブレックス。「それでもベンはあきらめなかった」

「ペトラ、あなたのご家族を救えなかったことを、ベンは非常に後悔していると思う」

まさか夢の中まで悲しみが追いかけてくるなんて、思ってもいなかった。いや、これは夢じゃない、現実なのだと思って、荒波に打たれたような衝撃を受ける。

図書館司書は上を向いて、左を向いて、アーカイブされたプログラムの奥深くから何かひっぱりだそうとしているようだった。「ベンは、自分の選択が正しいと知っていた」そういってにっこり笑う。「きみが必要とするときに、わたしはいつでもそばにいて、修復など、自分にできるお手伝いをする」司書はそこで眉を寄せる。「まあ実際のところ、ここから消えることもできないと思うけど」

わたしは自分の腕に目を落とす。さっきよりも輪郭が薄らいでいる。「ベン、わたしはもうもどることは――」

リブレックスがひとつ棚から落ちて、カバーが割れた。損傷したリブレックスから、顔にタトゥーを入れた男がゴーストのように浮かび上がる。銛《もり》を持ち、口に石斧《いしおの》のようなパイプをくわえている。どんな物語の登場人物か知らないが、たちまち好きになってしまった。

薄いリブレックスを拾い上げようと、ベンが腰をかがめる。ところがつかんだそれは、指のあいだをすり抜けてしまった。「これはあとで直そう」

ナイラとコレクティブが、この図書館を消去しようとしている。この司書のプログラムに、そのような事態への対応は組みこまれていない。徐々に消えていって、最後は無になるといっても、司書には理解できないだろう。コレクティブがこの暴挙を完遂すれば、ここにある物語も消えてなくなる。

「ベン、わたしは今リプログラミングされているの」

相手はわたしの言葉に取り合わない。「これらの」そういってまた棚からはみだしているリブレックスを棚に押し入れようとするものの、ここでも彼の手は実体のないもののように、リブレックスをするりと通過してしまう。「――物語を、きみは新しい世界にもたらすんだ。かけがえのない物語を」ベンとそっくり同じ口調でいった。

目の前の司書は、物語を継承することの大切さと希望を、繰り返し語るようプログラミングされている。単なるプログラムとはいえ、いっていることは正しかった。わたしはここにある物語を継承しながら、新しい世界のために、よりよい物語を新しくつくるはずだった。想像しただけで心が躍るが、それも束の間で、次の瞬間には、その夢が潰《つい》えた現実に打ちのめされている。

今にもわたしという存在は消えてしまうかもしれない。けれど、今この瞬間、わたしは自分が誰だかわかっている。科学者ではない。両親はそうなることを望んでいたけれど。わたしが何者かは、おばあちゃんが知っている。わたしはお話を語る語り部。その思いに胸がいっぱいになった瞬間、棚の一部を覆うガラス扉に自分の姿が映っているのに気づいた。司書の姿よりも、ぼやけている。

ガラス扉の横に、小さな木製の書架があった。オウムガイの殻《から》の形を模した螺《ら》旋《せん》状のそれに、リブレックスがきれいに並んでいる。近づいていきながら、自然に顔がほころんでくる。ここにあるリブレックスは完全無傷――アダムス、バトラー、アードリック、ゲイマン、モリソン……。

お礼をいおうとベンのほうを振り向いた。と、ストーブから噴き上がる煙を見あげて、難しい顔をしている。「ペトラ、もうここを出ていったほうがいい」

室内も書棚もストーブも、ビクビクと震動している。わたしは、『ゲド戦記』を棚からひっぱりだし、両手で大切に持つ。床のストーブのとなりにすわって、炎をじっと見つめる。「ベン、ここにいようが、出ていこうが、何も変わらないの」これほど心安らぐ喜びの時間を過ごすのはいつぶりだろう。

ベンの姿に横線が入り、一時停止状態となった。それでも声だけは響き、それがずいぶん切羽詰まっている。「き――きみは――こここに――いいいいられ――ない。目を覚ますんだ、ペトラ」

わたしの感覚は、マツの木の煙の匂いと、物語の登場人物たちの語る言葉に占拠されている。

「ここから動きたくない」

ベンの声に絶望がにじむ。「もどってきたら、いつでも力を貸すよ。だから今は行かなきゃ、行かなきゃーーーいけない」

わたしは目を閉じた。もしすでにリプログラミングが完了していて、ここがわたしの心の行き着く場なのだとしたら、天国に来たようなものだ。「ここにいることに決めたの」わたしは答えた。

何かが足の脛《すね》を叩いた。驚いて目をあけると、ふわふわした毛に覆われたウサギの足がわたしを叩いているのが見えた。「目を覚まして」ウサギがいう。

わたしは取り合わず、仰向けに横になった。もう冒険はおしまいだ。立ち上る煙を見ていると、ささやき声がわたしを取り巻いた。またウサギがしゃべりだしたようだが、今度は声が変わっている。堂々として、威圧感たっぷり。ウサギの口からおばあちゃんの声がとどろいた。「ペトラ！」

大きく目をあけると、ウサギが霧の渦に巻きこまれて消えた。靄の中から、おばあちゃんが立ち上がった。すその長い白いワンピースと、バサリと肩に下ろした髪が風にはためいている。胸のペンダントにはまった黒曜石《こくようせき》が不思議な光を発していた。

わたしは上体を起こした。「おばあちゃん、ここにいたのね」

おばあちゃんは足を踏みならし、室内が震動する。「起きなさい！」大声で怒鳴る。「さあ、早く！」

28

なんとか目をあけた。ハビエルがかがみこんで片腕でわたしを抱き、もう一方の腕をわたしのうなじにまわしている。震える声で、わたしに向かって懇願している。「頼む、起きてくれ」ライターの火を近づけられたように、うなじに焼けるような衝撃がある。しかしそれも一瞬で、すぐに痛みは消えた。カラン、カラン、カランと、金属の球が硬い床の表面を弾んで転がっていく。ハビエルの冷たい、紙のような肌をした手が、コグの入っていた部分を押さえている。ハビエルは緊張した面持ちで、わたしの顔を見おろしていた。ずいぶん昔にこれと同じ表情を見た。心配ないよ、ペトラ。ぼくがおねえちゃんの目になってあげるから。「起きたね。自分が誰だかわかるかい?」ハビエルがきく。

わたしは頭をがくんと胸に落とす。すすり泣きがもれてきた。怖い夢にうなされたときママにしてもらったのと同じように、ハビエルがわたしの背中を優しく叩く。

「わかる」わたしはいって、ハビエルのシャツで洟《はな》をぬぐい、上体を起こして弟と向き合った。「あなたは、わたしが誰だか、わかる?」

一瞬笑顔を見せたかと思ったら、すぐそっぽを向いていった。「ずっと目を覚まさなかったんだ」ハビエルの背後には、プレアデス社のむらさき色のストリップライトが並んでいる。あそこはコックピットだ。いつのまにかシャトルに移されていた。「とてつもないミスをして、失ってしまったかと思ったよ」

ほんの一瞬前までは、自分の頭の中にある図書館で永遠の時を過ごせるものと思っていた。そこを天国のように思っていた。けれど今は、一瞬でもハビエルとこうしていっしょにいられるほうがずっといい。

「危なかったと思う」わたしはいった。「でも悪いのはあなたじゃない」わたしは自分の首すじに手を伸ばした。木の葉に手を伸ばそうとするナマケモノのように腕を大きく動かしてみる。「もしかしたら、ずっと目を覚ますことができなかったかもしれない。大人用のコグのせいだと思う」

「すまない。これしか助ける方法がなかった——」ハビエルが両腕をわたしの脇に入れて、フンッとうなりながら、わたしを座席にすわらせた。「ほかのゼータたちを呼びに行く途中でナイラとかちあった。船倉のジェルが入った樽《たる》の近くできみを見なかったかときくんだ」

最後の毒薬を樽の中に入れるのを誰かに見られていた。

「こっちは、ふりをするしかなかった——」声が途切れ、幼い頃みたいに小さな泣き声をもらした。シャトルのエンジンが回転する音が頭に痛く響く。

見ればシャトルの向こう側に、出発の準備を整えたゼータたちがシートベルトを締めてすわっていた。スーマ、ルビオ、フェザーの三人とも、わたしの顔をじっと見ている。「そこにいたのね」わたしはにっこり笑った。

「ゼータ1は、何があったの?」フェザーがエプシロン5にきく。

ハビエルはゴホンとせきばらいをする。「新しいプログラムは、インストール時にひどく体力を消耗するらしい。それだけのことだよ」と胸を張っていう。「アップグレードされた知性で、彼女がみんなを最後の調査区域に無事ひっぱっていってくれるよ」

スーマが眠そうに目をこすった。「エプシロン5、本当にこんな時間に出発しなきゃいけないの？」

「そうだ。もう一刻の猶予もないぐらい切羽詰まっていると、コレクティブから明確な通達が来た」

ルビオが外を指さす。「西からの強風が勢いを増してくるから、地表におりて調査をするどころじゃなくなると思うけど」

ハビエルがわたしの採集バッグを中央の棚に固定する。そこに種子貯蔵室から取ってきた、数数の思い出の品が入っている。「風はまもなく収まる。調査に最適な時刻に地表に下りて、そこからは時間との勝負だ。つまらぬ疑問で時間を無駄にするものじゃない」

ハビエルは三人と正面から向き合った。ふいにナイラのような、相手に有無をいわせぬ厳しい声になった。わたしを指さしていう。「各自、ゼータ1の指示に耳を傾けること。もし指示にそむいたら、コレクティブから呼び出しを受けることになる」

わたしはすわった状態で、精いっぱい背すじを伸ばした。

ハビエルが膝をきしませて、わたしのとなりにしゃがみ、小声で耳打ちする。「じきに長官に知れることとなる。どこへ向かえばいいか、わかってるね？」

まだ疲労は残っているとはいえ、ホログラムで見た滝のことは覚えている。一番小さな滝の下を矢印が指していた。そこで第一号機の先発隊が見つかったのだ。千ポンドの錘《おもり》がつり下がっているように、頭が重たく感じられる。「次のハリケーンが来る前に、近くまで行けると思う」コックピットに目をやると、ありがたいことにわたしとハビエルがすわれるように、座席がふたつあった。ハビエルに教わりながら、着陸地点までシャトルを操縦するあいだ、立っていなくて済む。

おばあちゃんがそうするみたいに、ハビエルがわたしの頬に手を当てた。「素晴らしい生活が待っているよ」

ハビエルのおかげで、わたしたちにまたチャンスが生まれた。「そうよ、ハビエル」そういって笑顔を向けた。すぐそばで、何をいってるんだという顔で、スーマが額に皺《しわ》を寄せているのがわかる。「とにかく、今は急がないと」

ハビエルが深いため息をつき、わたしをぎゅっと抱きしめた。ハビエルの身体は震えていた。わたしが一週間のキャンプに出かけるときも、同じようにハビエルに抱きつかれた。初めて幼稚園に通学する日も、門をくぐる直前に、こんなふうに抱きついて震えていた。「ごめん、ペトラ。これよりほかに方法はないんだ」

「ハビエル？　急いで。コックピットに入れてちょうだい。操縦はあなたに助けてもらわないと」

「連中がいつもどってくるかわからない。ぼくはここにとどまらないといけない。どうか、わかってほしい」そっとささやいてから、立ち上がった。目に涙が盛り上がっている。「残り少ない人生の最後の道のりで、ほかのみんなにチャンスを与えることができたなら、両親もご先祖様も、きっと誇らしく思ってくれる」そういうと、わたしに背を向け、足をひきずりながらドアのほうへ歩いていく。

「ハビエル、何をしているの?」わたしは怒鳴った。

ドアの前で立ち止まったハビエルが、こちらを振りかえった。「さようなら、ペトラ」声が震えている。「ぼくもペトラを愛している」そういって出ていったとたん、シャトルのドアがスライドして閉まった。

わたしはシートベルトをはずそうと躍起になる。身体がいうことをきかない。親指をボタンに叩きつけるものの、うまく押せない。「だめ、だめ、だめ」「ハビエル! 待って!」

ポータルウィンドウの向こうに、宇宙船の遠隔操縦室に鍵をかけてこもるハビエルが見える。ナイラをはじめ、ほかの人間に、わたしたちの邪魔を絶対させないつもりだ。ライトがハビエルの顔を赤く染める。遠隔操縦の機能がオンになった。エンジンの振動と低い持続音がわたしの全身を震わせる。

胃の中がかきまわされて渦が発生し、今にも吐きそうだった。

シャトルがドックからすべり出て、ガタンと音を立てて発射レールの上に載った。最後にもう一度と、思い切り強く押してみたら、シートベルトがはずれた。転げるようにして座席から離れ、ドアのほうへ突進するも、スーマの足もとに倒れてしまった。ゼータ1にインストールしたプログラムにバグがあったのかというように、スーマはぎょっとした顔でわたしを見ている。

起き上がり、おぼつかない足取りでポータルウィンドウまで行くと、ガラス窓に両手を押しつけた。赤い光はシャトルにも入ってきて、わたしのまわりを赤く染めている。どうしたらいい。ハビエルは宇宙船の遠隔操縦室で制御盤に意識を向けていたが、わたしがドアを叩くと、顔を上げた。口角が悲しげに下がっている。悲しみは目からもあふれていた。ハビエルが目の前のスイッチを押す。シャトルが回転しながら、発射ポートの開口部へと向かう。

ハビエルの頭上に、青とむらさきに光るセーガンの空が大きくひらけた。ハビエルは今、片手に『夢追い人たち』の本を持ち、もう一方の手で操縦桿を握っている。わたしは回転を続けるシャトルの中でなすすべもなく、ただ弟を見守っている。喉《のど》の奥からせりあがってくるものが、ぐんぐん大きくなっていく。視界からハビエルが消えた。

足をもつらせながら、シャトルのコックピットへ向かう。途中、ルビオ、スーマ、フェザーが大きく目を見ひらいているのがわかった。ドッキングステーションにもどるべく、操縦桿を倒したものの、なんの反応もない。ニュートラルボタンを押しても、エンジンの音はやまない。「だめ、ハビエル！」叫びながら、ポータルウィンドウに走って行くものの、もう手遅れだとわかっていた。

エンジンの回転音が大きくなり、シャトルは成層圏へ放たれた。わたしは中央のワークステーションと座席のあいだを転がっていく。

フェザーがシートベルトをはずし、こちらに飛んできてわたしを助け起こしてくれる。同じことをしようとするルビオに、フェザーが手を上げてとめる。わたしが立ち上がったのを見ると、フェザーが急いで自分の座席にもどってシートベルトを締めた。

フェザーがいらだった顔でわたしを見る。「ゼータ1、ばかな真似をするとケガをする！　みんなのミッションを台無しにしないで」

わたしはポータルウィンドウに走っていって、両手をドアに叩きつけた。すすり泣きが喉もとまで上がってきていた。こんなはずじゃなかった。「どうして？」

しかしハビエルはどんどんわたしから遠ざかっていく。何をしようと、もう弟のもとへはもどれない。

窓から見ていると、発射ポートで小さな爆発が起きて炎があがった。シャトルと宇宙船をドッキングさせるためのレールの一本がぐにゃりと曲がり、もう一本が完全にはずれた。息ができない。ハビエルは、わたしたちが絶対にもどれないようにした。

「何が起きたの？」フェザーが大声でいった。

ありがたいことに、みんなはストラップで固定されているから見えない。「なんでもない」わたしはいって、発射ポートのほうを見つめる。「稲妻《いなずま》が光っただけ」まもなくハリケーンが来るのだから、嘘だとは思わないだろう。

宇宙船が完全に見えなくなるまで、ずっと見ていた。コックピットに入り、制御盤のスイッチをいろいろ試してみるものの、シャトルはまったく反応しない。たとえ反応したとしても、レールもない状態で、わたしが安全にシャトルを宇宙船にもどすことはできないとハビエルは知っている。

「ゼータ1」ルビオが大声でいった。「今回のミッションは中止するべきだ。きみがケガをしているんなら」

わたしは無視して、コックピットの椅子にくずおれた。ハビエルのもとへ帰ることはできない。

高度計がアナウンスする。〈二千六百メートル〉

ナイラはすでにハビエルの能力を疑っている。手の震え、いくつものミス……わたしがいたら守れるはずだった。しかしもうだめだ。わたしたちを逃がすのに手を貸したことで、ハビエルは自分の運命を封印してしまった。

粉々に割れてしまいそうな心をつなぎとめていた糸が、今にも切れそうだ。

セーガンの地表に目を向けると、遙《はる》か下に立ち並ぶ樹木が、ドールハウスの庭に植えたミニチュアの木のように見えた。わたしに激怒したとき、よくハビエルは、わたしの小さな人形たちをクレオソートブッシュの茂みに隠した。冬になり、枝が葉をすっかり落として初めて、その隠し場所が明らかになる。まるで枝にひとつひとつ飾り付けたように、プラスチックでできたミニチュアの人形がいっせいに顔を出すのだ。

〈千五百メートル〉この高さからでも、強風に吹きあげられた水しぶきが湖面を跳びはねていくのがわかる。山が東に見える。着陸地点が近づいてきた。

ハビエルと手に手を取って、そこへ歩いていくはずだった。幼稚園の最初の日、ママがハビエルの先生と校舎の前で話をしているあいだ、ハビエルはわたしの手を痛いほどに強く握っていた。「ここから見ると、怖く見えるよね」そういって、わたしは弟を落ち着かせた。「でも一度中に入っちゃえば、いっしょに遊ぶ友だちも見つかるし、探検ができる遊び場もあるんだよ。嘘じゃないよ、ハビエル。きっと大好きになるから」

〈四百メートル〉シャトルが風にあおられて前後に揺れ、ついさっきまでミニチュアにしか見えなかった木々が、本来の大きさを見せている。〈二百メートル〉

ターコイズの湖面をちらちら発光しながら進んでいく群れがある。蜂の大群が移動していくように、さまざまに形を変えながら、さざ波を立てて散っていく。ウォーターバタフライのことをハビエルに語るとき、どうしてもっと時間をかけなかったのか。わたしの話をきいて、奥歯の抜けた口をあけて笑っていた年老いたハビエル。そのイメージを頭の中から追い出そうとしながら、後悔ばかりが募っていく。もっとうまく伝えられたはずだった。スーマ、ルビオ、フェザーに目を向けながら、もう二度と後悔するようなことはするまいと心に誓う。

〈百メートル〉スピードを落としてゆるゆると下降する中、強風にあおられてシャトルが左右に大きく揺れる。

これからどうしたらいい？　先発隊の居場所を見つけたあと、彼らの力で宇宙船にもどることができたとして、そのときにはもうハビエルを助けることは不可能だろう。

〈十メートル〉首を絞められたカラスが喉から絞り出すような警告音が耳をつんざき、ふだん以上に速いスピードで、みるみる地表が迫ってくる。

着陸と同時に、ミサイルが着弾したような衝撃が来た。金属を引き裂くような音が響き渡り、フェザーとスーマは両手で耳を覆った。旋風に押しやられてシャトルは湖に向かってすべっていく。わたしは椅子から転げ落ち、金属のキャビネットに激突しそうになるところを、ルビオが足を突き出してとめてくれた。着陸装置が甲高《かんだか》い悲鳴をあげた次の瞬間、ガクンととまった。

地表に下りるためのスロープが早くも降りていくのが音でわかる。ハビエルはわずかも時間を無駄にしない。

エンジンの回転音が小さくなっていく。数秒もしないうちに、スロープへ出るドアがわずかにあいた。シャトル内に吹きこんできた熱い風が引き金となって、外の様子が感覚としてよみがえる。ポンという音とともに予備照明がチカチカ点滅しだした。あきらめきれず、あと一度だけと、シャトルのシステムスイッチを押してみるものの、やはり反応はなかった。スロープの格納ボタンに手を叩きつけても何も起きない。何をやっても無駄だとわかっていた。ハビエルが電源供給を切ったのだ。わたしに一切手を出させないよう、ハビエルは準備周到だった。

ハビエルのやったことがコレクティブに発覚した場面を想像する。そのとたん椅子に倒れこみ、あたりをはばかることなくすすり泣きをもらした。

フェザーが近づいてきた。「ゼータ1?」

わたしは両手で顔を覆い、何度か深呼吸をする。

「大丈夫?」スーマがきく。

爪が手のひらに食いこんだ。ひとたびナイラがシャトルを回収すれば、今度はそれを送り出して、わたしたちをつかまえる。そのときにはもうナイラもコレクティブもすでにハビエルを罰しているだろう。シャトル内にとどまり続ければ、スーマ、フェザー、ルビオが自由を得るチャンスを台無しにしてしまう。ここにはいられない。

スーマを見ると、脇にヘルメットをはさんでいた。

「ギアを装着して」わたしはいった。

最後の最後に、服についている宇宙船の操縦室と通じている通信機のボタンを押してみた。

「ハビエル?」けれども、こちらの声をきいている気配はわずかもなかった。あごが震えてくるのを感じながら、スイッチを切った。もう二度とハビエルの声をきくことはできない。わたしは座席のうしろにかかっているヘルメットをつかんだ。

ルビオがギアを装着しながら、わたしのほうを不思議そうに見ている。あわててそちらへ行き、着替えを手伝うふりをして、こちらの通信機のスイッチも切る。同じことを、フェザーにもした。しかしスーマはもう支度が終わっていて、わたしへの不信感を露わにしている。

自分のジャンプスーツのファスナーを閉めるとき、胸元の盛り上がりに手が触れた。パパからもらったロザリオ。首からさげているそれを服の上から手で押さえる。指に視線を落とし、一瞬息がとまった。ママの結婚指輪が消えている。ナイラがはずしたに違いない。

それでもハビエルのおかげで、採集バッグは持ってくることができた。それを棚からはずして肩にかけ、腰のストラップでしっかり固定する。

用意が済むと、ほかのみんなはもうスロープに出るドア口に立って待っていた。そこにくわわってドアをゆっくりあける。熱い風がシャトルの中にどっと吹きこんできた。湖から盛大にあがっている水しぶきで、前がよく見えない。

すぐ目の前に湖があるなら、洞窟がある方向ははっきりしている。

風に負けないように大声を張りあげて、みんなにいう。「風がやむまで、避難できる場所を知っているから」

ゾウの耳に似た巨大な葉が、スロープの一番下で怒濤《どとう》のように波打っている。もしあそこに立っていたら、四人とも風にさらわれてしまうだろう。

シャトルにちらっと目をやる。レールの修理が済みしだい、コレクティブが遠隔操作でシャトルを取りもどす。そうしてわたしたちをつかまえるために人を送り出す。わたしたちを助けるために、ハビエルが払った犠牲を無駄にすることはできない。「エプシロン5がいっていたように、コレクティブの考えに疑問を差しはさむことは許されない。命令が出たら、それに従うしかないの」みんなをいいように操っている罪悪感に胸が痛む。それでもハビエルは正しかった。とにかくここは、何としてでも自分に従わせることが必須だった。

スーマがため息をつき、文句をひっこめた。コレクティブへの忠誠心がハリケーンの恐怖も消したらしい。

カン、カン、カンと足音を立てながら、ルビオ、スーマ、フェザーがシャトルのスロープをゆっくり降りていく。一番下の屋根のついた場所まで来るとそこで全員そろうのを待つ。フェザーの編み髪からはみだした髪の房が風になびいている。

わたしはストラップをひっぱって、今一度バックを腰に固定してから、みんなのあとに続いた。

砂と水と風がいっしょくたになって、顔じゅうをひっぱたいてくる。ヘルメットをかぶってから様子を窺《うかが》うと、すでにみんなもヘルメットを着用していた。わたしはヘルメットのバイザーも下ろした。

「ゼータ1?」甲高い風の音をかいくぐって、背後からかすかな人声が流れてきた。

前方を見て確かめる。スーマ、ルビオ、フェザー。三人ともいる。コグをはずした後遺症か、まだ聴覚が正常にもどっていないらしい。

目をぎゅっとつぶって、耳のおかしな感じを追い払う。

「ゼータ1?」また声が呼んだ。今度はさっきより大きい。

温かい大気の中、保温の効くジャンプスーツを着ているというのに、流れる血が一気に凍った。

振りかえると、いた。スロープのてっぺんに立って肩をすくめる、小さなゴーストシュリンプ。

「ボクシー?」

29

ママがよくそうしたように、怒りをぐっと抑えていった。「あなた、いったい何を考えてるの？」

フェザー、ルビオ、スーマが五メートル先で屋根に守られて立っているのを確認してから、急ぎシャトルのほうへ駆けもどる。

ボクシーをシャトルの中に押しもどし、目の前に片膝をついていいきかせる。「かわいそうだけど、ボクシー。あなたはシャトルの中にいなくちゃだめ」

ボクシーのあごがぷるぷる震える。七歳のときに、砂漠の植物園で迷子になったときの心細さを思い出した。

「心配しないで。すぐにナイラがやってきて、連れて帰ってくれるから」半分は嘘だ。ナイラが来るまでにどれだけ時間がかかるかわからない。それでも、わたしたちといっしょにセーガンの地表をうろつくよりは安全だ。

ボクシーの両肩に手を置いて、レンの身に起きたことを考える。まずは吐き気。それから肌に発疹《ほっしん》ができた。ボクシーにぐっと顔を近づけて、きっぱりといいきかせる。「ボクシー、何があっても、このシャトルから出たら絶対にだめよ」

ボクシーがしょぼんと肩を落とす。「ゼータ1、ぼくを置いてかないで」

わたしはボクシーの身体を引きよせてぎゅっと抱きしめた。「どうしてここまで来ちゃったの？」

「ぼくね、ナイラとクリックが、ゼータ1にしたことを見てたんだよ。ぼくは、ああいうことはしたくない。でももどったら、そういうことをする人間になっちゃうんでしょ。コレクティブの一員として」

ボクシーがそういう人間になると考えたら、ぞっとした。

ボクシーが下を向いた。「それに……ぼく、お話が欲しいんだ」

なぜこうなることを予想できなかったのか。お話をきいたボクシーが、そう思うのは当然だろう。何しろ、まだ幼い子どもなのだ。怖い思いをしたときに、この子はコレクティブに手を握ってもらえるだろうか？　心がざわざわするときに、お話を語って慰めてもらえるだろうか？

自分の弟についてはもう手遅れだが、たぶんボクシーになら力を貸せる。ハビエルが取りもどすことのできなかった幸せな子ども時代を、ボクシーのために取りもどしてやれる。

「でも、コレクティブから離れたら、ぼくは……」声が尻すぼみになった。

思わず奥歯に力が入り、ヘルメットの中で涙が一粒こぼれた。

「コレクティブから離れても、あなたはボクシーよ。ひとりの男の子ボクシーとして、自分のお話を手にするの」

ボクシーのあごに力がこもり、心が決まったようだった。「それじゃあぼくは、ボクシーだ。自分のお話を手にする」

フックにかかっていた防護服をつかんで、大急ぎでボクシーに着せる。追跡装置のスイッチは切って、コレクティブが追跡できないようにしておく。頭にヘルメットをかぶせ、上からしっかり押さえてエアロックボタンを押す。これで完全に密封され、これからわたしたちが行く先で待つ危険から守ってくれる。

魔法瓶の中から話しかけているように、ボクシーの声がくぐもってきこえてくる。「みんな、ぼくを追いかけてこないかな?」

わたしはからっぽの採集バッグを肩にかけてやる。ボクシーを取りもどすには、向こうもリスクを負わねばならない。それでも、ナイラが手塩にかけて育てた子どもだろうし、彼について将来の計画もあることだろう。わたしたちについても。

「今はそれを考えている余裕はないの」滝のある方向にちらっと目を向ける。八時間以内にあそこまで行くとしても、その前に洞窟に隠した食料を取ってこないといけない。もらしたため息がヘルメットのバイザーを白く曇らせる。「ボクシー、本当にいいのね? セーガンで暮らすのは楽じゃない。だからといって、もどることもできない」

ボクシーがうなずいた。

「わかった。それじゃあ、わたしのいうとおりにすると約束して。とりあえず、あなたはわたしたちのサンプル採集を手伝ってちょうだい」

ボクシーの口角がきゅっと上がり、ヘルメットが大きく上下に動いた。その手をつかみ、ほかの仲間たちと合流すべく、スロープを降りていく。

ボクシーがふいに足にブレーキをかけた。

まさか、そんな。わたしはパニックになりながら、あわててかがんでボクシーのヘルメットのバイザーがちゃんと下りているか確かめる。顔を覗くと、目を大きく見ひらいていた。湖を見て、満面の笑みを浮かべている。それから輝く山の峰を見あげ、顔を空に向けた。

離れ業を披露するマジシャンのように、ボクシーが両手をぱっと上げて叫んだ。「見て！」

そうか、この子は初めてだった。生まれてからこのかた、宇宙船の無菌の白壁と青い照明灯しか見たことがなかった子が、初めてそれ以外の景色を目にしたのだ。

「あら、ボクシー」フェザーがあいさつをする。彼がここにいるのが、ごく自然なことであるかのように。

次の瞬間、凄《すさ》まじい旋風が吹いてきて、シャトルの側面に砂利を大量に叩きつけた。

「シャトルの中で待たなくていいのかな？」とルビオ。

おそらくナイラはもうボクシーがいなくなったことに気づいている。

不安になっているこの子たちを安心させるためにお話を紡《つむ》いでやりたいが、ハビエルを失った今、自分にそれができるかどうかわからない。「コレクティブからは、一刻も早く調査区域に入るようにいわれてるの」どうか、これで納得してほしい。誰かが反対を唱える前に、わたしはボクシーとがっちり腕を組んだ。ほかのみんなもそれに倣《なら》って、人間の鎖をつくる。

「行くわよ」屋根に守られた空間から、外へ一歩を踏み出したとたん、強風に身体を持っていかれそうになった。少なくとも風速四十キロはあるだろう。こうしてつながっていなければ、あっさり風にさらわれてしまう。

「ひゃあああーー」ボクシーが甲高《かんだか》い声を出した。コケに覆われたふかふかの地面を初めて踏んだのだ。

と、塵《ちり》でにごった靄《もや》が一瞬晴れて、たそがれ色の光の中に湖が浮かび上がった。岸にたどり着けば、もう迷わない。岸沿いに左へ歩いていけばジャングルがあって、その先に洞窟があるはずだった。突風に襲われるたびに、人間の鎖がちぎれそうになるものの、なんとか持ちこたえる。数秒ごとにうしろを振りかえって、つねに全員がいることを確かめた。

ハリケーンの襲撃を受けたテントのように、フェザーとボクシーのジャンプスーツが小さな身体ではためいて、今にも引きはがされそうになっている。

ジャングルのへりに生える木々がそろって風向きと同じ東に身をしならせ、幹が極限までそっている。

前回の二倍の時間をかけてようやく洞窟の入り口にたどり着いた。カーテン代わりのツタが風をはらんで大きくふくらんでいる。中を覗くと、金と緑の光が、小さな妖精のように地面をすべっていた。その輝きが、心の中にある図書館を思い出させた。あそこではこちらを差し招くように、ランタンが灯っていたが、この現実世界ではセーガンの光る虫が、安全なシェルターにわたしたちを誘っている。

ツタを脇に寄せ、急いで中に入るよう、みんなにせわしなく腕を振る。スーマがすぐわたしの横に来た。この子の服についている追跡装置。それさえオフにしてやれば、コレクティブは追跡不可能となり、あとはわたしたちの身体から発する熱を頼りに探すしかない。もしシャトルで追いかけられたら、洞窟の中や、冷たい湖水の中に身をひそめながら、できるだけ早く先発隊のいる場所を見つけなくてはならない。

狭苦しい入り口でスーマ、フェザー、ルビオ、わたしの四人はヘルメットを脱いで地面に置き、息を整える。空気は温かく、鉱物の匂いがした。

ボクシーもヘルメットの留め金をはずそうとする。

わたしは彼のバイザーを持ち上げていう。「洞窟の暗がりの中だけね。外に出たら、またヘルメットをつけること」いってすぐ、ロックハウンド州立公園でパパにヘルメットをかぶせられたことを思い出した。

あのときのわたしと同じように、ボクシーはうなずきながらも、不満そうだ。

洞窟の入り口にみんなのヘルメットがずらりと整列している。我が家の玄関先に靴が並んでいるみたいだった。

ここに来て初めて、わたしは洞窟の奥に歩いていった。しばらく進んでいくと、さらに大きな洞窟の入り口に出た。それまでは床に点々と散らばっているだけだった光が、ここでは幾千万と無数に集まって、上から下まで壁をぎっしり覆い、ネオンの滝が流れているようだった。ボクシーが湖を初めて目にしたとき以上に大きな声が、わたしの口から飛びだした。金と緑に発光する生き物たちがオーロラをつくりだしている。

この大きな洞窟からは、小さなトンネルがいくつものびていた。おばあちゃんの家にあるアリの巣の彫刻を巨大にして発光させたようだった。

ボクシーは口をぽかんとあけている。スーマとフェザーも胸に感じるものがあるようで、わたしの顔が思わずほころぶ。

またもとの洞窟のほうへもどっていきながら、バイオローフを隠しておいた岩棚に手を伸ばす。

「キャッ！」ふわふわした生き物がわたしの腕をするすると駆け下り、肩からぴょんと飛び下りて洞窟から出ていった。なんだ、ミニチンチラだとわかった次の瞬間、胃がガクンと重たくなった。バイオローフの箱のへりをつかんで下ろしたら、空き箱だった。棚に手をすべらせても、かけらひとつ残っていない。まだあったはずだと手を伸ばすものの、みな同じだった。

チクチクした痛みが背すじを這《は》い上がっていき、ふいに喉がからからになった。食料はすぐ必要になる。しかし、この強風の中、湖に出ていって何時間もかけて必要な量の水草を採集するのは無理だ。そうなると、先発隊を見つけるまでの時間がさらに限られてしまう。

みんなのもとにもどると、地面をじりじり移動する緑の光をルビオが指で突っついていた。

「面白いなあ。化学発光脊椎《せきつい》動物か、それとも生物発光バクテリアか」ルビオは大気計測器をバッグの中から取り出した。「ちょっと時間はかかるけれど――」

「のんびりしている暇はないの」こみあげてくる涙をこらえて、声を張った。「風がやんだらすぐ、調査区域へ移らないといけない」

ルビオが機器をポケットに入れ、眉を寄せてがっかりした顔になった。また別のときにもどってくるからと、そういってやりたかった。ロックハウンド州立公園に行ったときに、パパからいわれたように。けれど、いつもその願いが叶うわけではないのもわかっていた。自分の力ではどうしようもないことがあって、一番の願いが叶わないということも。

食料がない。先発隊が植民した地に、もしたどり着けなかったら……。

わたしをからかうように、外で風が吠えている。

「なんか、おかしな気がするんだよね。どうして、ずばり調査区域に下ろさなかったんだろう。わざわざ別の場所から、そこまで移動する必要なんてないのに。もしかして、まだ居住可能地が特定できていないのかも」

スーマがわたしに向かって、ばかにするような口調でいう。

ボクシーがスーマと向き合った。偉そうに腰に両手をあてがっている。「これでいいんだよ。ぼくはちゃんとコレクティブからきいてる」いったあとで、ボクシーがわたしに片目をつぶって見せる。

わたしは肩を落とし、余計なことはやめてと、ボクシーに首を振って見せる。

スーマが腰をかがめて、ボクシーの目を覗きこむ。「あなたは、何をしにここへきたの？」

ボクシーが胸を張る。「ぼくの専門は――」

「ボクシー、やめて、お願い」わたしはいった。

スーマがわたしに迫り、鼻と鼻がくっつくぐらいに顔を寄せてきた。「この新しい指示について、本当にこれでいいのか、長官に確認を取ってみる。新しい調査区域に移るのは、そのあとにして」そういうと、自分のバッグをつかんで、洞窟の入り口に向かって歩いていく。

「待って！」思った以上の大声が出て、みんなが飛び上がった。わたしも自分のバッグをつかんで、「ゼータ2、いっしょに来て」といい、みんなから離れ、スーマを追いこして洞窟の狭い入り口までスタスタと歩いていく。やるなら、今しかない。

スーマがやってくるのを待ちながら、頬の内側を噛んでいる。背後で風がうなり、ジャンプスーツの背中をツタが叩く。洞窟内の光を背に、バッグを肩からさげたスーマが目の前に立った。

わたしは深く息を吸ってから、バッグの中に手を入れて、ユニコーンの角がついた、スーマのラベンダー色のパーカーを取り出した。両肩部分を持って目の前にかかげて見せる。

スーマがじっと見ている。やがてゆっくりと首をかしげ、眉間《みけん》に皺《しわ》を寄せた。パーカーをわたしから取りあげ、両手で持って顔に押し当てる。そのまま深く息を吸っている。わたしはバッグの中からスーマの成長アルバムを取り出し、最初のほうのページをひらいた。チャイムの音がして、わたしたちのあいだに、スーマとふたりのママの３Ｄ映像が現れた。スーマがホログラムに目を移し、まじまじと見つめる。

「覚えてる？」そっときいた。

スーマはあたりの岩を見まわし、ふいに自分がどこにいるか気づいたようだった。腕を伸ばして、片方のママに手を触れる。アルバムの中程から姿を消してしまうママだ。

姉と弟のあいだには共通の思い出があって、それをつかってハビエルの記憶を刺激することができた。けれど、スーマとわたしとのあいだにそれはなく、こういった映像だけが頼りだった。

ホログラムのスーマを指さしていってみる。「これがあなた」

「うん」面白がるようにいった。「知ってる」

心臓がドキドキした。こんなに簡単にいくもの？「ゼータ2、これが自分だって知ってるの？それとも、このホログラムが誰だか知ってるといいたいの？」

スーマは黙ったまま、ホログラムをじっと見ている。

わたしは女の人たちを指さした。「それと、この人たちは……」

「あたしのママ」そっと答えが返ってきた。

わたしは最後のページをめくった。チャイムの音が鳴って、スーマのママが嫌がるスーマのほっぺたにキスをしている映像が浮かび上がる。

「どこにいるの？」スーマがきく。

プレーティ・アガルワルのポッドが空になっているのを見た。それは、今はいえない。「何が起きたのか、正確なところはわからないの」

「どうしてここに、あたしたちを連れてきたの？」スーマの声は震えている。「ママを見つけないと。あたしは宇宙船にもどる」いうなり、洞窟から出ていこうとする。

「できないの！」

スーマがびくっとなって、足をとめた。

「過去を思い出したのなら、わかるはず。あなたの記憶がもどったことをコレクティブが知ったらどうなるか。最初に睡眠状態から目覚めたときに、ママを呼んだのを覚えている？」

スーマはうなだれて、手にしたパーカーを見つめた。

「わたしは覚えてる。宇宙船にもどってコレクティブに見つかったら、あなたはまた新たにプログラミングされる――もう二度ともとの自分にはもどらない。コレクティブは今度こそ確実にやる。そのときあなたが本当は誰なのか、わたしがそばにいて教えてやることはもうできないの。ママのことも忘れちゃうのに、それでいいの？」

両親を何としてでも捜し出すと、必死になったときの気持ちはわたしも忘れていない。もし家族を取り返せるというなら、コレクティブを丸ごと相手にして戦っていただろう。

「あなたがママを思う気持ちはわかる」わたしはそっといった。

今は真実を伝えることはできない。スーマのママはもういない。探しにいっても無駄なのだと。それにわたしたちの両親がそこで最期を迎えた宇宙船は、永遠に手の届かないところへ行ってしまうことも。スーマの肩に片手を置くと、スーマはさっと身を引いた。

「宇宙船第一号機に乗って先に出発した先発隊を探さないといけない」

宇宙船という言葉に反応したのか、スーマが顔を上げた。

わたしは先を続ける。「そこへたどり着くために、あなたの力が必要なの」

スーマはシャトルのある方向に目をやる。「そこにたどり着くまでに、どのぐらいかかるの？」

二十五キロ圏内にあるとナイラはいっていた。「運が良ければ、次のハリケーンが来る前にたどり着ける」

スーマが風に揺れるツタを見ている。ユニコーンのパーカーを頭からさっとかぶると、アルバムを自分のバッグにすべりこませた。「じゃあ、行こう」

わたしは詰めていた息を吐きだした。腕を伸ばしても、もうスーマは身を引かない。わたしは彼女の服の追跡装置をオフにした。

スーマのあごが細かく震え、目に涙が盛り上がってきた。「ママを見つけたら、熱中性子核分裂チャンバーをつくってもらって、その中に長官をぶちこんでやる」そこで目を細く狭《せば》める。「ママならコレクティブを分解して百万の粒子にしてくれる」足音も荒く、洞窟の奥へもどっていく。背中しか見えないが、片手を上げて涙をふくのがわかった。

「みんな、ゼータ1にいわれたとおりにするんだよ」スーマがルビオとフェザーに向かってきっぱりいった。「風はもう十分収まった」そういって、わたしの横を過ぎ、ヘルメットを取りあげた。「行くよ、みんな」とスーマ。彼女がどれだけ傷ついているか、痛いほどわかっている。それでも、とうとう自分以外に記憶を取りもどしてくれた仲間ができたのがうれしかった。風はまだ十分には収まっていない。八割方収まった程度だ。それでも、これについてスーマと議論するつもりはなかった。

精いっぱい威厳のある声をつくってわたしはいう。「ボクシー以外のみんなは、ヘルメットもバッグも置いていくこと。必要なものはすべて、調査区域に用意されているから」ギアは移動の邪魔になるだけだ。身軽な格好で出発して、できるだけ早く先発隊の居場所へたどり着かないと、洞窟を転々として水草で食いつながねばならなくなる。「そして、エプシロン5とゼータ2がいったように、みんなはわたしの指示を守ること。でないとコレクティブから呼び出しがかかるから、そのつもりで」

ルビオが服の皺を伸ばし、フェザーが髪を整え、仕事モードになる。ふたりともスーマといっしょに洞窟の入り口へ向かった。ボクシーも服の皺を伸ばし、ファスナーを確認している。

「ゼータ2は、何があったの?」ボクシーがきく。

「これからは、スーマと呼んであげて」わたしはいって、宝物に等しいバッグを肩にかける。

「ボクシーも、わたしたちの本当の名前を覚えなくちゃね」

ボクシーがヘルメットをかぶった。「ナイラが、ペソラって呼んでるのをきいたよ」

わたしはクスッと笑い、「ペトラ」と正してやる。

「どっちにしても、いい名前だね。ゼータ3と、ゼータ4は?」

わたしが勝手につけた名前を教えるのは、ふたりに失礼だろう。「まだわからない」

「それで、どうしたの? スーマは……」

「ママが恋しいの」いいながら、ナイラの寝室にあったボクシーの小さな巣房《すぼう》を思い出す。あの人はボクシーの世話をしながら、この子を将来どんな人間に仕立てようと考えていたのだろう。

「ボクシーだって、きっとナイラやクリックが恋しくなるんじゃないかな」わたしはいって、腰にバッグをしっかり固定する。

「ぼく、もうコレクティブじゃないもん」

そこで記憶の一場面がふいに浮かび上がった。やはり知っておかないと——わたしはボクシーの前に膝をついた。

「ねえ、ボクシー……エプシロン5があなたの耳もとで何かささやいていたでしょ？　ほら、ナイラとクリックがわたしを睡眠ポッドに入れているとき」

ボクシーはにこっと笑った。「怖がらなくていいよっていわれた。ちゃんと作戦を立ててあるよ、きみの物語はまだ終わってないんだって」

ボクシーはバイザーをパタンと閉めると、ツタのあいだを通って外に出ていく。

その背中を見ながら、思わず顔がほころぶ。宇宙船という閉鎖空間から抜け出してきた、小さな家出少年。自由に駆けまわることも、遊ぶことも、人前で大笑いすることもできない、まったく彩《いろど》りのない世界で生きてきた。

ボクシーのあとから外に出て、わたしも待っているみんなに合流した。

「どっちの方角へ？」スーマがそっときく。

「滝のあるほうへ」わたしはいった。

スーマはうなずき、湖の向こう側を見晴るかす。遠くにそびえる雪と氷に覆われた山々。そこから滝が流れて、高原へ水を注いでいる。

いっぽうフェザーは、スーマのユニコーンがついたパーカーに目が釘付けになっている。戸惑いながらも、うらやましそうな顔だった。

みんなで湖に向かって歩いていく。砂嵐も水しぶきも収まった今、シャトルのあった場所もはっきり見える。シャトルは消えていた。

30

目が焼けるようにヒリヒリし、視界が涙に曇った。シャトルが消えたということは、ドックの修理が完了したということ。ハビエルのしたことは見つかってしまったのだ。

そして、彼はもういない。

洞窟を振りかえる。あの中にもどって身を丸め、岩に囲まれた安全な場所で、弟との思い出に浸って生きるほうがずっと楽だ。頑張って進んでいったところで、この先に何が待っているというのか。大切なものはすべて失った。地球も、おばあちゃんも、両親も、ハビエルも……。

食料も水も持たずに、危険な長い道のりを歩き続けたところで、たどり着けないかもしれない。先発隊は見つからないかもしれない。

目を閉じると、まるですぐ目の前にいるかのようにハビエルの声がきこえてきた。「残り少ない人生の最後の道のりで、ほかのみんなにチャンスを与えることができたなら、両親もご先祖様も、きっと誇らしく思ってくれる」

自分の乱れた呼吸音が耳の奥でくぐもってきこえている。ひとりの老人の勇気が、わたしたちを救った。その物語を語れる日がいつか来るなら、リスクを負って前へ進もう。

「行きましょう」スーマ、フェザー、ルビオを追いこして、ボクシーの手をひっぱって先頭を行く。スーマには最後尾についてもらうよう、手で示す。わたしとスーマで三人をはさんで歩くのだ。「みんな、ぴったりくっついて離れないで」

アヒルの行進のように一列になって湖の岸を歩き、東にある滝を目指す。

東から吹いてくる冷たい風が、弱まってきた温かい西風と混じっているせいだろう。湖水の表面で霧が渦を巻いている。南の空はピンク色に焼けていて、折々に霧が晴れると、そこにステンドグラスのような湖面が現れる。

ウォーターバタフライがいくつもの群れになって、わたしたちが湖岸に落とす影についてくる。パタパタ羽をはためかせる生き物たちが、湖面のすぐ下で群れになってうねり、わたしたちの足もとを金とむらさきのフットライトのように照らしながら、どこまでもついてくる。

バイザーを下ろしていても、ボクシーがヘルメットの中でクスクス笑っているのがきこえる。振りかえると、ボクシーも羽ならぬ両腕をパタパタやっていて、すぐそばまで来た勇敢なウォーターバタフライが、驚いて群れに逃げ帰った。しばらく静かになったと思ったら、またパタパタが始まって、そのあとにクスクス笑いが続く。フェザーも真似して、いっしょになってやっているものだから、ますます楽しくなって、この臆病な生き物との遊びは約二時間も続き、クスクス笑いとパタパタが絶えなかった。ほかのときなら、やめなさいと一喝していただろう。

けれど、ナイラとコレクティブがまもなくやってくる。これがボクシーの、子どもらしく遊べる最後のチャンスかもしれない。先発隊の入植地にたどり着く前に、こちらの足取りをつかまれたら、連れもどされたボクシーがどんな罰を受けるかわからない。

それから五時間から六時間は、みんなほぼ無言だった。わたしはスピードを落とさない。誰もが自分と同じように疲れて、喉《のど》がからからだとわかっていても。

ザーザーいう音がして、初めは空耳だと思った。ところが角を曲がると、ザーザーがゴーゴーという、とどろきに変わった。見れば、鏡のようだった湖の表面にさざ波が立っている。スーマが隊列を抜けて前方へ飛びだした。笑顔でわたしの横を走り去る。あわててあとについて走ると、ほかのみんなもついてきて、やがて川に出た。水の流れは激しく、表面に白波が立っている。川の向こうには、岸に沿って日陰の森が広がっていた。その森の向こうに、一番小さな滝があり、距離は一キロメートルも離れていない。あの滝壺のそばに野原があるのだろう。入植するには最適で、ナイラのホログラムで矢印が指していたのもあの場所だ。

「どう思う?」とスーマ。

まもなく風がもどってくるだろうが、見たところ、近くに洞窟や避難できる場所はなさそうだった。みな息を切らし、空腹で喉が渇いている。それでも、ここで休むわけにはいかないと、わたしは首を横に振った。「川を安全に渡れる場所を探そう」

「調査区域には、あとどれくらいで着くの?」フェザーがきく。目を閉じているので、立ったまま眠ってしまったのかと、一瞬ばかなことを思う。

スーマが数歩先を歩いて、川幅が狭くなっている砂だらけの岸に立った。「ここから渡るのが早いよ」

ママを探したくて気が焦る気持ちはわかるが、ここまで来たのだから、早まったことをして台無しにしたくない。「ここはまだ流れが速すぎて危険よ」そういって、しばらく歩いた先にある、もっと白波が少ない、川幅の広い地点を指さした。「あそこなら――」

いきなり空気が震動した。ブーンという紛れもないドローンの音。

スーマの口があんぐりあき、ふたりして目を合わせる。姿は見えないものの、音がぐんぐん近づいてくる。すごい音。どうしてこんなに大きな音がするのか。

ボクシーがわたしの腕にしがみつく。遠くに小さな黒い点が見えてきた。湖の上空を飛んでいる。高い高度だが、位置的には、わたしたちが出てきた洞窟に近い。こちらに近づいてくるにつれて、一機ではないとわかった。

イナゴの大襲来のように、ドローンが群れを成してこちらへ飛んでくる。

ただし、このドローンは人命救助や子どもの捜索につかわれるようなものではない。それぞれ機体の底部にスプレー噴霧器が備わっているところを見ると、惑星開拓につかう専用機だ。背後についている予備のタンクが目に入って心臓がとまりそうになった。あざやかな緑の液体が詰まっている。

頭皮が焼けるように熱くなった。忘れていた。

あのタンクひとつでも、わたしたち五人を亡き者にするには、あまりに過剰だ。ついさっきまで安心して吸っていた空気が、危険をはらんで脈動しているように思える。研究室に置いてきた毒薬。無毒化の処置を開始したものの、結果を見に一度ももどってはいなかった。わたしのせいで、みんなが命を落とす。

スーマがわたしを肘《ひじ》で突っついた。「あれは何？」

答えられない。

「すごいなあ」ルビオがうっとりした声でいう。

「みんな、パニックにならないで」大声を出したものの、声が震えた。

「どうしてパニックになるの？」フェザーが頭上で大きく手を振る。「コレクティブが送り出したんでしょ。でも、あれはどういう種類のドローン？」

ボクシーがわたしのとなりに立った。ヘルメットの中で呼吸が速くなっているのがわかる。わたしの手を痛いほどに強く握る。

ドローンの群れがさらに近づいてくる。三角形の隊形をとって南へ針路を取り、わたしたちのほうへ向かってくる。あまりに数が多く密集しているので、一個の宇宙船のように見える。

スーマがフェザーの両手を押さえて下ろさせ、顔を近づけていう。「こっちに注意を引かないで」フェザーの目をキッとにらんだ。スーマがわたしの側についてくれるのがありがたい。

酸素をふくんだ冷たい川の水。厳しいかもしれないが、これを活用するしか生き残るチャンスはない。だけど、みんな泳げるのだろうか？　せめてヘルメットをかぶっていたら。わたしの痛いミスだ。

ボクシーの手をつかんで、スーマにいう。「わたしが一番大きいから、最初に行く。あなたは反対の端で錨《いかり》になって、みんなをできるかぎりしっかり押さえていて」

スーマがフェザーの手をつかんだ。ほかのみんなもそれに倣《なら》い、人間の鎖をつくる。ボクシーがルビオの手を握り、ルビオはフェザーの手を握る。「お互いの手を絶対離さないで！」わたしは大声でいって、川にずぶずぶ入っていく。氷のように冷たい水がブーツの中に入りこんできたとたん、ポッドに身を横たえたところへジェルが流れてきた、最初の日のことがよみがえってきた。強い水の流れが水中にある足をぐいぐい押して、わたしを転ばそうとしている。

うしろを振りかえった。ひとり、またひとりと、水の中に入ってくる。そのあいだにもブーンという音はどんどん近づいて大きくなり、川の音をかき消すまでになっていく。中程まで来たところで、もう一度振り向いて、全員の無事を確かめる。スーマは腰まで水に浸かって、わたしと同じように苦戦している。ドローンとの距離はまだ十分あるから、まだ息をとめて水にもぐる段階ではない。

水しぶきが口の中に飛びこんできた。興奮したブルドッグに嚙みつかれたように、足をすくわれて転ぶ。もがきながら、もう一度立とうとするものの、流れがあまりに速すぎた。ボクシーがわたしの手をいっそう強く握り、次の瞬間、なんとか爪先が川床に届いた。そのままムカデのように連なって川をわたっていく。あともう少しで向こう岸だ。

岸に足が着き、そこでがっちり足を踏ん張る。

ボクシーが目に涙をいっぱいためて、わたしの顔を見あげた。川音に邪魔されて、小さな声はききとりにくいが、それでもボクシーの言葉に胸が重たくなった。「これって、ぼくのせいだよね」

ドローンが頭上近くまで降下してきて、ブーンという音に耳をつんざかれる。あなたが逃げてこなくても、いずれこういうことになったのだと、ボクシーに言葉をかける暇はなかった。「みんな水にもぐるのよ！」わたしは叫んだ。ボクシーは目を大きく見ひらいた。おばあちゃんが鶏小屋で見つけてきた死んだガラガラヘビを見せたとき、ハビエルもそういう顔をした。

「大丈夫よ、ボクシー。怖くないから。ヘルメットがあるから酸素は吸える」

わたしはボクシーの肩をつかんだ。「用意はいい？」

おそらく、湯船につかったことさえないだろう。ボクシーは首を振っていやいやをしている。

「一、二の三！」

昔ハビエルにしたように、かけ声とともにいっしょにもぐらせた。白濁《はくだく》する水の中で目をあけて、みんなの様子を窺《うかが》おうとしたら、いきなり真っ暗になった。水に差しこんでいた光がドローンの機体に遮断されたのだ。一機で来たなら、接近に気づかなかったかもしれない。しかし相手は集団でやってきて、そのまとまったばかでかい機影のおかげで、こちらは一瞬のうちに闇に落とされた。明るくなるまで頑張って息をとめている。ようやく光が差してきた。もしこちらの熱を感知されていたら、すでに毒が噴霧されているはずだと思うが、もう限界だった。

顔を水面から出して息を吸う。毒を吸っているかもしれないと思ったらパニックになった。けれども、ドローンはわたしたちの頭上を過ぎて、引きつづき南へと向かっており、緑の霧はどこにもなかった。まずボクシーから水の上にひっぱりあげると、あとは芋づる式に、みんなが次々と頭を上げ、ゴホゴホ咳きこみだした。ボクシーだけが例外で、まだ彼の頭はヘルメットで安全に守られている。

何百というドローンが、わたしたちを見逃して去っていった。あるいはコレクティブのほうでは、もうわたしたちに用がなくなったのかもしれない。先頭を行くドローンを見ながら、その軌跡をたどり、最終的にどこへ向かっているのか見当をつける。わたしたちが向かっているのと同じ場所だ。一番小さな滝の下。

わたしは泳いでいって、大きな岩に片腕をまわしてしがみついた。しかし流れとのタイミングが合わず、膝頭を岩の面にしたたかにぶつけてしまった。悲鳴をあげて、とっさに膝をつかんだその拍子に、ボクシーの手を放してしまった。ストラップで腰にしっかり固定されているバッグを、ボクシーの手袋をはめた手がしっかりつかんでいる。わたしは膝から手を放して、ボクシーの手をもう一度つかもうとするものの、ハンマーで叩かれるような膝の激しい痛みがそうはさせない。代わりにバッグをつかみ、力いっぱい動かして、つながっているみんなを岸のほうへ押しやる。スーマがもがきながら、やっと乾いた岸に上がった。あとはスーマが、ひとり、またひとりと、ひっぱりあげて、フェザーもルビオもボクシーも無事岸に上がり、そのとたん人間の鎖は切れて、わたしひとりが岩にしがみついている。

スーマがわたしのバッグをひっぱっている。「ゼータ1、岩から手を放して。お願い」スーマが怒鳴った。

ぎゅっとつぶっていた目をあけた。そうか、スーマはまだわたしの本当の名前を知らない。岩から手を放したとたん、激流にさらわれそうになるわたしを、スーマとボクシーがバッグの一部をつかんで押さえ、そのふたりをフェザーとルビオが岸から離れないよう押さえている。みんなの力が合わさって、川の流れに逆らって勢いよく岸に上げられた。

みんな川岸に仰向けになって転がり、水をしたたらせながら、ゴホゴホ咳きこんでいる。遙《はる》か高い空では、ドローンの群れが山の尾根近くを飛んでいた。東から流れこむ凍るような水が岩棚に注ぎこんでいるあたり。

ドローンが二手に分かれ、籠《かご》を編むような具合に互いのあいだをクロスして行き交いながら、底部からあざやかな緑の霧を地表に向かってまんべんなく噴出している。シューッという、ぞっとする音を立てながら。

胃がよじれて、ぎゅっと縮む。あれをつくるのに、わたしは手を貸した。

オレンジにむらさきがにじむセーガンの空を、緑の霧が、不気味な茶色に変えていく。ドローンは今どのぐらいの高さを飛んでいるのだろう。かろうじて機影が見えるぐらいだから、こちらとの距離は十分あいていて、今のところは安全かもしれない。

森の樹木の、ゾウの耳に似た葉が、優しく風に揺れながら、さあ急いで中にお入りと、わたしたちを差し招いている。

「大丈夫?」スーマがきく。

大丈夫ではないが、うなずいた。

「ドローンは何をしているんだと思う?」空を見あげながらスーマがきく。

わたしは肩をすくめる。また嘘をついてしまった。

立ち上がろうとするものの、膝がいうことをきかない。ボクシーが手を握ってくれるので、片足をひきずりながらみんなのあとについて、森に入っていく。

ジャングルの木々の高い梢《こずえ》で、小鳥――あるいは小さな翼を持つトカゲかもしれない――が、葉のあいだを動いている。地面は一面コケに覆われていて、一歩踏み出すごとに、クッションを踏んでいる気分になる。あちこちに点々と散らばる丸石は、熟して木から落ちた果実のようだった。

手頃な木を一本見つけて、そこにみんなで身を寄せる。ジャンプスーツの上からでも、膝がぱんぱんに腫《は》れあがってきているのがわかる。

見あげれば、ゾウの耳に似た葉が、天然の天蓋《てんがい》をつくっていた。こうして樹木が守ってくれる森の中に隠れていると、自宅のベッドに入って、布団をかぶっているような気分になる。ただし、ベッドと同じように、いざ恐ろしいものが攻撃してきたら、布団が武器にならないのと同じように、樹木も丸石もわたしたちを守ってはくれない。

スーマが水浸しになったパーカーをしぼりながら、「これからどうするの?」ときく。

どんよりにごった靄《もや》が遠くの地表に沈んでいくのを見ながら、恐ろしさに胃がねじくれる。ヘルメットで守られているのはボクシーだけで、まだ距離は十分離れているとはいっても、じきに風に運ばれてここまでやってくるだろう。

いい考えがまったく浮かばず、乱暴に首を横に振る。まさかこんなことになるなんて、まったく想定していなかった。

とにかく先発隊のキャンプにたどり着けばいいと思っていた。そこで足りないものを補充し、仲間たちと相談して問題を解決する。ボクシーが四六時中ヘルメットと防護服を手放せないで暮らすなんて、あまりにかわいそうだ。

ルビオが寒そうに両腕をこすっている。「コレクティブに連絡を取ったほうがいいんじゃないの?」

スーマが怖い目で彼をにらむ。「エプシロン5にはっきりいわれたでしょ。ゼータ1の指示に従わなきゃいけないって。それができないんなら、あたしからナイラ長官に報告するけど」

ルビオはゴクリと喉を鳴らし、スーマの視線を避けるように、うしろの木に背をあずけた。

みんなは樹木の天蓋越しに空を見あげている。大量虐殺を成し遂げたあとの、冷酷非情な軍隊のように、ドローンが隊形をつくっていた。黒々とした一枚岩のように密集すると、スピードをあげて北へ飛び立った。

スーマが脇にすりよってきて口の端からきく。「いつになったら出発するの？」

文字通り、板ばさみの状況だった。毒素が散ってしまわないうちは、先発隊のキャンプがあると目される地点に向かうことはできない。かといって、いつまでもぐずぐずしていると、次のハリケーンがやってくる。ひょろひょろした木や丸石はシェルターにならない。

スーマに毒素のことを話す気にはなれない。解決策もないのに、いたずらに脅《おび》えさせてどうする？

「まもなくね」わたしは答えた。

茶色かった空が、だんだんに、朝焼けのようなオレンジとあざやかなピンクに変わっていく。みんなじっとしている。数分もしないうちにルビオはいびきをかきだした。フェザーはごろんと横になって仮眠を決めこんだ。群れを成して飛んできたドローンと、それが引き起こした事態を、ともにきれいさっぱり、なかったことにしてくれるなら、わたしは何を差しだしてもいい。

スーマはわたしの前にあぐらをかいてすわり、背後の木にもたれている。編み髪はほどけて、ウェーブのかかった長い黒髪のあいだから、銀色のユニコーンの角が突き出している。「あたしはスーマ」

彼女が自分の名を口にするのをきいて、目がかっと熱くなり、沸騰した鍋のように涙があふれた。

汚いと思われることを承知で、手で洟《はな》をごしごしぬぐう。「知ってるわ」いいながら、まだ一度もちゃんと、スーマと呼びかけたことがなかったのに気づいた。「わたしはペトラ」

「ペトラ」スーマが繰り返した。「ありがとう、ペトラ」

そういったくちびるが、小刻みに震えている。ひょっとしてママについての動かしようのない事実をどうにかして知ってしまったのだろうか。

「ゼータ1」フェザーが歯をカタカタ鳴らしていう。「寒いの」

「それにお腹もすいてる」寝ぼけながらルビオがいった。

こういうときの親の気持ちが、ちょっぴりわかったような気がした。立ち上がって、森の樹木が途切れるところまで出ていき、変わっていく空の色をじっと見あげる。

先発隊がいると目される野原は遠すぎて見えない。

足をひきずってルビオのところへもどる。「スコープを貸して」

ルビオは肩をすくめて、ポケットからスコープを取り出した。それをわたしに寄越すと、また目をつぶった。さっきの場所までもどり、滝の下にスコープの焦点を合わせ、見落としがないようう少しずつずらしながら、あちらの様子を窺う。三本並んだ滝の両側には岩壁があって、どちらにも小さな洞窟が点々と口をあけている。その下のひらけた野原にスコープを向けてみる。毒素はゆっくりと消散していた。おばあちゃんがサボテンを植えていた庭と同じような緑の草地が滝の下に広がっている。けれど、そこは単なる草地でしかない。その向こうには、もっと鬱蒼《うっそう》としたジャングルが広がっている。ナイラがいっていたような、そこに本来あるはずの開拓地はない。宇宙船の一号機は見当たらず、人間の姿などどこにもない。

わたしが見逃しているだけなのだろうか？

となりに人の気配がして、振り向くとスーマがいた。スコープを渡して、「見てみる？」ときく。

　すると、スーマのユニコーンの角にミツバチが一匹とまった。苦手かもしれないと思い、急いで追い払ってやる。次の瞬間、その場に凍りついた。「本物だったんだ」

　スーマが振りかえった。「どうしたの?」あっさりときく。ミツバチは命だとママがいっていたのを思い出す。ミツバチがいないところに食料はなく、食料がないところで人間は誰ひとり生きていけない。スーマが肩をすくめてスコープを受け取った。わずかもしないうちに、スーマが声をもらした。「あれれ……」

「何?」わたしはきいた。

　スーマがわたしの目にスコープを当て、それを滝のへりにあるジャングルに向けた。ジャングルの反対側に野原が広がっている。そのジャングルと野原の境に、ゾウ耳の葉を茂らせた樹木の枝を籠編みにしてある一角があった。何やら垣根のようにも見えて、これは自然の状態ではあり得なかった。先発隊が到着して、すでにそこで開拓を始めているのだろうか? だとしたら、どれぐらいの数の人間がいるのだろう?

「あれ、何だと思う?」スーマがきいた。開拓地に違いない。けれども人がひとりもいなかった。

　何があったか知らないが、わたしたちは遅すぎた。もう行ってしまったのだ。

と、ドローンが向かった方角に、カマキリの形の宇宙船が姿を現した。

「急いで!　みんな岩の陰に隠れて!」わたしたちの頭上を飛ぶのだとしたら、岩に隠れても熱を隠すことはできない。けれど、イチかバチか隠れるしかない。

　スーマが森の中に走っていった。わたしはボクシーとフェザーをつかまえ、スーマはルビオをつかまえた。ところが宇宙船は、数キロメートル先で停止している。それだけ遠く離れていても、やはり船体は巨大で、長い脚のような着陸装置を伸ばして、今にもわたしたちをかっさらって行きそうだ。しかしカマキリは依然として同じ場所に浮いていて、こちらへ近づいてくる気配はない。

「わたしがいいというまで、出てきちゃだめ！」自分たちが隠れている岩の陰から怒鳴った。けれどボクシーはもちろん、フェザーまでがわたしにかじりついて離れない。

岩の陰から様子を窺う。毒薬をまき散らすドローンは一機も飛んでいない。わたしたちを回収するシャトルが、宇宙船から放たれることもない。遠くにとどまったままでいる宇宙船の重力安定装置がブーンとうなりをあげ、その音がぐんぐん大きくなっていく。わたしたちが地球を離れるときと同じように、セーガンの重力をつかってエネルギーを得ているのだ。それでわかった。終わったのだ。将来の敵を潰し終わって、あとは去るばかり。下から手をひっぱられ、視線を落とすとボクシーがいた。わたしの指を握っている。わたしも握り返した。

ブースターが稼働して、宇宙船が超空間へ打ち上げられた。轟音《ごうおん》をあげながら、セーガンから遠く飛び立っていく。皮膚フィルターを改造したあとで、コレクティブはまたここへもどってくるのだろうか。それとも生命の生存と維持に適した、また別のゴルディロックス惑星を見つけて、もう二度とここへはもどってこないのか。わたしはボクシーに目を向ける。彼が唯一知っている故郷が、どんどん小さくなっていく。

「大丈夫だから」わたしはいった。

ボクシーが肩をすくめた。「わかってるよ」

ふたりで立ったまま、去って行く宇宙船を見守っている。

セーガンから遠ざかるにつれて宇宙船は楕円形の光となって、環のある惑星を背景に、しばらくホタルのように光っていたが、やがて消えた。

ハビエルの物語はあの宇宙船で幕を閉じた。結末で、彼はわたしに愛されていることを知り、大好きな本を取りもどした。彼の物語はハビエルとして完結する——コレクティブの一部としてではない。

彼らがいなくなった今、残っているのはわたしたちだけだ。巨大な惑星にたった五人。みんなに代わって、わたしがこうなることを選択した。それがみんなにとってどんな意味を持つのか、今は考えたくない。スーマに目をやると、頰に涙がこぼれていた。ママがあの宇宙船に乗って行ってしまったと思っているに違いない。

「スーマ?」呼んでみたが、宇宙船から目を離さない。

「スーマ、あなたのママは——すでにもう——」

「知ってる」スーマが手を上げて額から目にかけて、さっとこすった。

ハグをしてやりたかったが、スーマはボクシーとフェザーの手を取って、ルビオのいるところまでひっぱっていって、四人で樹木のつくる天蓋の奥深くへ入っていく。

入植地に着いたところで先発隊のみんなの死体が転がっているだけ——恐ろしいイメージを、目をぎゅっとつぶって頭から締め出す。毒素はもう消散しているはず。それでも、仲間の誰ひとりとして、危険にはさらしたくない。しかし、次のハリケーンから身を守るには、そこに行くしかない。その前に心の準備をしておきたい。

ポケットに手を入れると、金属のとがった先が親指に触れた。わたしは銀のペンダントをひっぱりだし、しげしげと見つめながら、変色した先端をこする。目に盛り上がってくる涙をこぼさぬように顔を上に向ける。おばあちゃんが、このペンダントを首にかけてくれた日が、ほんの数日前のような気がする。数はセーガンのほうが幾何級数的に多いけれど、今見えている星々は、地球で見たときと同じように輝いている。ニューメキシコの砂漠で、黒と赤の縞模様《しまもよう》の毛布に寝ころがり、おばあちゃんの胸に頭をのせて見あげた星空。何億光年の空間と、無数の太陽と月が、わたしを故郷から隔てている。

ペンダントを空にかかげ、中心の黒曜石《こくようせき》に、小さな太陽が入るようにする。ペンダントの中心で、小さな球体がかすかに光っている。ほかのみんなにきこえないよう、そっと声をかける。「おばあちゃん。そこにいるんでしょ?」言葉が喉にからみつく。「わたしを助けて」

待つ。

何も起きない。風に乗って、おばあちゃんのささやき声が運ばれてくることもない。おばあちゃんの香水の匂いもしない。

きっと、ここの太陽は小さすぎて、低すぎて、冷たすぎて、ペンダントが威力を発揮できないのだ。

「ゼータ1?」ルビオが呼ぶ。

ペンダントをポケットにしまい、なくさないようにファスナーをきちんと閉めておく。片足をひきずりながら、みんなが休んでいる木陰へもどり、フェザーのとなりに腰をおろす。

「食べ物はすぐ見つかるから」陽気な顔でいったものの、次に口に入るとしたら、煮沸《しゃふつ》したぬるぬるの水草しかない。

フェザーがわたしに身を寄せてくる。濡れた服でまだ震えている。

わたしはバッグのファスナーをあけて、底に押しこんだハビエルの衣類をひっぱりだす。七号のジーンズとGGGのフード付きパーカー。あごが震えてくるのを、くちびるを噛んでぐっとこらえる。ユニコーンの角はついていないけれど、フェザーが今着ているジャンプスーツのように濡れてはいない。上下セットで差しだすと、フェザーが大きく目を見ひらいた。その顔に大きな笑みが広がったのを見て、地球では七歳の子どもがひとり残らずとりこになったように、フェザーもまたGGGのファンなのかと思った。

「着てみて」わたしはいった。

「わあ！」衣類をつかむと、フェザーは近くの木陰に走っていった。あわててファスナーを下ろす音がして、スーマとわたしは目を見交わして、にやっと笑う。ベシャッという音がして、脱いだ服が地面に落ちたのだとわかる。

疾風が木々のあいだを吹き抜ける。濡れて鳥肌の浮いた身体が温まってくる。木の梢で騒いでいたトカゲたちは、もう木の幹につくった巣穴に収まっていた。祖先の代から一千年以上も繰り返されてきた八時間周期のハリケーンがまた来ると、本能が教えているのだろう。

「ありがとう、ゼータ1」フェザーが着替えてもどってきた。

スーマがわたしの背中でそっという。「ゼータ1じゃなくて、ペトラ」

フェザーがスーマに対抗するように、腰に両手をあてがっていう。「ゼータ1だよ。専門は地質学——」

スーマがフェザーの言葉をさえぎり、ふいに有無をいわせぬ口調になってきっぱりいった。

「ペトラは語り部」

その言葉をきいたとたん、全身を温かいものですっぽりくるまれたように感じた。おばあちゃんに抱きしめられたみたいに。

目を閉じると、砂漠にあるおばあちゃんの家の裏手がよみがえってきた。木の巣穴に収まったトカゲたちが今仲間と鳴き交わしている声が、まるで懐かしいコヨーテの咆哮のように耳をくすぐる。ゾウの耳に似た木を火にくべて、その煙がセーガンの星空に立ち上っていく様子まで想像できた。

頭の中におばあちゃんの声が響き渡る。「決意表明をしてごらん。自分が何になるのか、宇宙に向かって宣言するんだ」目に涙が盛り上がり、胸に思い出があふれる。そうか、わたしは全部ここに持ってきた。ママもパパも、おばあちゃんもハビエルも、わたしたちの故郷も。ベンと、ベンがわたしに持たせてくれた、心の深いところにある崩れかけた図書館。おばあちゃんと、その祖先がずっと語り継いできた物語。すべてこの世界に持ってきた。

頭上の高いところで風が立ち始め、セーガンの温かい風に樹木の葉がふくらんでいる。ニューメキシコの砂漠とおんなじだ。ルビオ、フェザー、ボクシー、スーマ。肌の色も身体の大きさも、みんな違う。それでも、家族のように感じるのはどうしてだろう。

フェザーは膝を抱えてすわり、まだ震えている。ルビオはひもじいのか、お腹を押さえている。ボクシーが期待のこもった目でわたしを見ている。どうにかならない？ というように。

コレクティブといっしょに宇宙船に乗っていれば、この四人は少なくとも食べ物に困ることはなかった。寒い思いをすることもない。不安になったり、眠れなくなったりしたときにはトニックが用意されている。しかし、これからはこの五人で孤軍奮闘の毎日だ。宇宙船に乗っていたほうがよかったのではないか？

ヒューヒューと、風の音が一段と大きくなってきた。そうだ、シェルターになるような場所を探さないといけない。樹木のあいだを勢いよく吹き抜けていく風の音が、悲鳴のように恐ろしくきこえる。ボクシーが声を震わせていう。「これ、なんなの？」

人生で一番怖い思いをしたとき、おばあちゃんはそこからわたしの気をそらす方法を知っていた。ハレー彗星《すいせい》が地球に衝突すると知ったときだ。

「えっ、この音？　心配ないよ。火のヘビが鳴いているだけだから」そういって、森の向こう側を指さす。「この惑星の西側に棲んでいるの」

「ちょっと、ちょっと」ルビオが口をはさむ。「これまでの生物観察からすると、この惑星には、ヘビ亜目はいないはずだ」

「しーっ、これはわたしのお話」

フェザーが手を伸ばして、ルビオを突っついた。「黙って！　お話が始まるんだから」

おばあちゃんがマツの木を火にくべてお話をしてくれた、あの日がもう遠い昔だなんて。今さらながら驚くばかりだった。つい数日前のことのように思えるのに。

しかし今、語り手はこのわたしだ。声を低くして、ゆっくり語りだす。「むかしむかし、今から何百年も前の昔のこと。火のヘビのナグワルはおかあさんのもとを離れて、おとうさんに会いに行くことにしました。ナグワルのおかあさんは地球で、おとうさんは——小さな太陽を指さす

――あれよりずっとずっと大きな、地球を照らす太陽です」

「地球」フェザーがつぶやいて、記憶の中から何かを探すように、目を上に向け、左に向けている。「地球を照らす太陽って？」

「お話の邪魔をするなっていったのは、どこの誰だったかな？」とルビオ。

わたしは話の先を続ける。「火のへビのおとうさんは――」おだんごをつくるように両手をすりあわせてから、ぱっとひらいて見せる。「炎が爆発したような、それはそれはまぶしい体をしていました。近づいていった息子は、父親の強烈すぎる光をまともに食らって、目が見えなくなってしまいました」

フェザーが喉をゴクリと鳴らし、木に背をあずけた。

自分のお話が、新しい惑星で語られているのを見て、くすくす笑っているおばあちゃんが目に浮かぶ。

わたしはガクンとうなだれて見せる。「かわいそうに。目も見えなければ、手を引いて導いてくれる友もないままに、火のへビはおかあさんのもとへ帰ることにします。大好きなおかあさん、つまり地球には、ターコイズブルーとエメラルドグリーンの色を見せて、どこまでも広がる海があって、そこには魚やクジラが数え切れないほど泳いでいます」

スーマの様子を窺うと、目を閉じてにっこり笑っているが、頬に涙のあとがあった。

ここでわたしは、みんなのほうへぐっと身を乗り出し、ちょっとかすれた謎めいた声を出す。

「いえいえ、それぱかりではありません。地球の海の深い底には、まだ誰も見たことがない深海の生物もいっぱい暮らしているのです」両腕を高く上げて見せると、みんなの視線がそこに集まる。「遠いところにある山々はどこまでも高く、いまだかつて人間が足を踏み入れたことのない、未知の土地がたくさんあります。巨大な洞窟には驚くような水晶が眠っているのですが、それもまた、人の目に触れたことがないのでした。頂上を氷に覆われた山々は、ナグワルのおとうさんの光を浴びて、きらきらと金色に輝いていています」

そこで息を深く吸い、次の展開を考える。

「火のヘビ、ナグワルは、その地球へ、大好きなおかあさんのもとへ、急ぎ帰ろうとするのですが、目が見えないために、全速力で飛んでいって、おかあさんに衝突してしまうのでした」そこでわたしは目を閉じる。まぶたの裏に、ナイラがコレクティブのパーティーで見せたホログラムの映像がよぎり、ゴクリと唾《つば》を飲んだ。わたしがおばあちゃんのように年を取ることができて、この話を語れるとしたら、そのときには、きき手たちに頼んで、ここで自分たちの経験を分かち合おう。火のヘビが地球に衝突してしまったために失った、愛する人たち。その話を、それぞれに語ってもらうのだ。わたしはおばあちゃんの話をしよう。愛情と滋養がたっぷり詰まったおばあちゃんの料理のことや、おばあちゃんの家の話、おばあちゃんが語ってくれた奇想天外な物語のことを。

「ひどすぎる」とボクシー。

スーマはまだ目を閉じている。忘れようとしているのか、思い出そうとしているのか。きっと物語は、その両方の役に立つのだろう。物語はいつでも幸せな終わり方をするものではない。けれど、その結末から何かを学んで改善する余地があるなら、一番つらい部分こそ、うやむやにはせず、はっきりと語るべきだろう。

「大きな喜びをもたらすはずだった、母と息子の再会は、結局、死と崩壊をもたらしたのです」

　みんな黙ってすわっている。地球で滅亡した人間に知り合いがいるはずのないボクシーまでが、目に涙をためている。それでわかった。これはボクシーの物語でもあるのだ。わたしと同じように、地球のどこかに、彼とつながる祖先がいるに違いない。

「しかし、衝突する前に地球を離れた人間が、少数ですがおりました。大好きな人たちをあとに残し、ほんのわずかな物だけを持って地球から脱出したのです。それもこれも、子どもたちに、そしてその子どもたちに続く未来の大勢の子どもたちに、新しいすみかを見つけてやるためです」

　スーマはそっぽを向いて、顔の片側をぬぐった。

「火のヘビ、ナグワルは、おかあさんが灰になってしまったのを悲しみ、自分を責めました」

「それで、火のヘビはそれからどうするの？　おかあさんもいないんでしょ？」ルビオが前に身を乗り出してきいた。

　わたしはおばあちゃんがよくやるように、すぐには先を語らず、いたずらっ子のような目になって、みんなの顔をしげしげと見ている。「どうするといって、ナグワルにはひとつしかありません。おうちと同じように、一番身近に感じられるもののあとをついていくしかなかったのです」そこでわたしは、ルビオとフェザーとボクシーを指さす。「つまり、人間についていったのです」

「新しい惑星を探しに地球を脱出した人間たちのあとについて、ナグワルは四百年近い旅を続けます」いいながら、わたしは西の方角を指さす。「もちろん、うっかり人間を傷つけたら大変ですから、ナグワルはずっと安全な距離を置いてついていき、ようやく新しい惑星セーガンに到着すると、西へ行く人間と離れて、自分だけ東へ向かいました。ところがそちらはとても暗く、ここでは生きていけないことに気づきました。東の地表には氷が張っていて、ナグワルの火のように熱い息も、そこでは永遠に凍りついてしまうからです」

ちょうどそこでタイミングよく、西から温風がぴゅーっと吹いてきた。

「それで、ほらね？　ナグワルは西へ向かい、高い高い空に上がって、地表にいる人間たちに温かな吐息を吹きかけました。そうしてこう約束したのです。危ないからぼくは離れているけれど、こうしてきみたちに向かって、温かな息をずっと吹きつけてあげるからねと。つまりナグワルはこのセーガンで、自分と同じように母なる地球に育《はぐく》まれてきた子どもたちを、ずっと守ってあげると約束したのです」

さっきより強い疾風が木の間を吹き抜ける。トカゲの鳴き声はもうぴたりとやんでいる。わたしはくちびるを噛んだ。シェルターを探さないと。苦労して、ようやくここまでたどり着いた。わたしたちの物語をここで終わりにしたくない。たとえ五人きりでも、おばあちゃんの物語をみんなで味わい……わたしの先祖が代々語り継いできた物語を、このセーガンの土にしみこませたい。そして、この新しい世界に、わたしの心の中にある図書館の最高の物語を語ってきかせたい。

新しく自分の家族になったスーマ、ルビオ、フェザー、ボクシーを見ながら思う。わたしたちは幸運だ。ふたつの惑星で生きられる人間など、ほんの少数だ。こうして生き残ったからには、たとえどんなに絶望的な状況であっても、今の真実を知る権利があるだろう。自分たちの両親はすべて死に、これから先わたしたちは、生き残るために血のにじむような努力をしなければならないのだと。まずは深く息を吸う。

と、ルビオが弾かれたように立ち上がった。口を半びらきにし、眉をVの字に寄せている。

「ゼータ1のお話は本当だ！　火のヘビが吐く息の匂いがする」そういって、胸いっぱいに大気を吸いこむ。「煙だよ」

「煙を覚えているの？」考えるより先に、驚きが口をついて出た。もしここで、全員がいっぺんに故郷の記憶を取りもどしたら、収拾がつかなくなって大変なことになるかもしれない。

「本当だ」とフェザー。

それは、ルビオに調子を合わせているだけ？

「なんか、マシュマロを焼いたときのことを思い出す」フェザーがいって、首をかしげる。

スーマが深々と空気を吸いこむ。「ペトラ！　煙！」スーマが飛び上がった。

わたしは立ち上がり、森のはずれまでゆっくり歩いていく。木立の下から一歩外へ踏み出すとまた川が見え、その上流に目を向ける。

穏やかな薄明かりの中、また疾風が吹きすぎていった。黒曜石のペンダントを片手に握る――するときこえてきた。おばあちゃんの声が風に乗って運ばれてきた。

「ペトラ、おまえは素晴らしい語り手になるだろうよ」

顔を上げて涙がこぼれ落ちないようにする。小さな月が、大きな月の肩越しに顔を出した。大きな月の表面には、ウサギの輪郭《りんかく》がはっきり浮き出ている。

そして、わたしにもわかった。煙だ。けれど、あんまり期待したら、はずれたときのショックが大きい。この煙は、先発隊が焚《た》いたのかもしれないけれど、それは毒の霧が落ちてくる前だったかもしれない。

ところがそこで……南の方角の滝の脇に洞窟がいくつも口をあけているあたりから、きこえてきた。ほんのかすかにだけれど、やわらかな風の音と煙に混じって、きこえてくる。ギターを奏でる音と、人々の笑い声が。

ハビエル……。研究室に置きっぱなしにした毒薬。ハビエルがそのあとを引き継いでくれたということ？

「残り少ない人生の最後の道のりで、ほかのみんなにチャンスを与えることができたなら、両親もご先祖様も、きっと誇らしく思ってくれる」ハビエルがいっていた〝ほかのみんなにチャンスを与える〟というのは、わたしたちを宇宙船から逃がすことだけじゃなかった。地球を脱出して、長い旅の末に生き残った、すべての人々にチャンスを与えるといっていたのだ。

音楽が大きくなった。

「あれは何？」ルビオがきいた。

まばたきをしたら、涙が次々と頬をすべり落ちた。

「あれが、わたしたちの帰る家」

……これでお話は終わり、

風に運ばれて、

何千何万の

星々の中に消えた……。

謝辞

わたしの創作活動の裏には、多くの人々の支えと愛情がありました。なんとありがたいことでしょう。みなさまに心より感謝を捧げます。

編集者のニック・トマスは、変わり種ともいえるわたしの作品にチャンスを与え、作者の力を大きく引き出しました。この作品を歓迎してくれたばかりか、こちらの奇想を遙《はる》かに超えるアイディアを生み出し、船出してまもないわたしが出版界という海をおずおずと航海していくのを辛抱強く見守ってくださいました。そのおかげで、今度もわたしたちはやりました！　その成果を見てください！

エージェントのアリソン・レムチェックはわたしのアイディアを支持し、わたしとわたしの物語に価値があることを信じてくれました。「次は何？」と、いつも本物の興味と熱意できいてくれた、あなたの冷静な導きと友情に心から感謝します。

わたしのママとパパにも感謝を捧げます。あなたがたを両親として生まれてきたことが、わたしにとってこの上ない幸運でした。わたしも、つねにユーモアを忘れず、何事も勤勉に、あらゆる人々に優しくできるよう頑張りたいと思います。奇想天外なわたしの話をふたりが楽しんでくれたのが、大きな励みとなっています。

この本をつくる過程で、わたしを何度も支え、感想や批評をくれた夫のマークにも感謝を捧げます。毎日を笑いに満ちたものにしてくれてありがとう。

そしてエレナ、ソフィア、ベタニー、マックスの四人の子どもにも感謝を捧げます。あなたたちひとりひとりが、わたしにとってかけがえのない存在であり、日々の生活と創作の両方において、いつも大きな刺激をもらっています。こんな子どもたちを持てたわたしは、なんと幸運なことでしょう！

わたしの祖母、メアリー・バーバ・マトニー・サルガド・ヒグエラにも感謝を捧げます。祖先から継承した物語の数々をいつも語ってくれ、わたしの子ども時代を、魔法と驚くべき料理と奇想天外な物語で満たしてくれました。

わたしも属する創作批評グループ、ペーパーカッツの仲間たち――シンディ・ロバーツ、マーク・マチエイエウスキ、マギー・アダムス、エリ・アイゼンバーグ、デヴィッド・コルバーン、ジェイソン・ハイン、アンジー・ルイスにも心より感謝を捧げます。

みんな心から愛しています！　アンジー、どうか安全な旅を。

イレーヌ・バスケスは、ペトラの物語をとても早い段階で読んでくれ、よりよいものにするのに力を貸してくれました。そのかけがえのない編集技術に感謝を捧げます。

わたしを支えてくれるエージェンシー、スティモラ・リテラリー・スタジオのローズマリー・スティモラ、ピーター・ライアン、アリソン・ヘレガーズ、エリカ・ランド・シルバーマン、アドリアナ・スティモラ、ニック・クロス、そしてもちろん、前述したわたしのエージェント、アリソン・レムチェックに感謝を捧げます。

わたしの本を出版してくれた版元、レヴィン・ケリードは、わたしが書いたものやわたしの本をいつも支持してくれました。アーサー・A・レヴィンの力はまさに驚きです！　多くの人を温かく迎える家庭のような雰囲気をつくってくださって、感謝しています。それ以外にも、パブリシティ・マネージャーのアレクサンドラ・エルナンデス、マーケティング・ディレクターのアントニオ・コンザレス・セルナ、アシスタント・エディターのメガン・マカルーに大変お世話になりました。チーム一丸となって素晴らしい力を発揮してくれたみなさんに感謝を捧げます。

ラクセンヌ・マニケスには本当に驚かされました。文学史上考えられる限り、最高に美しいカバーアートをありがとう。この本を人に見せるたびに毎回驚かれます。彼らの驚きの表情をあなたに見せてあげられたらどんなにいいでしょう。古代の民間伝承と未来の宇宙。そのふたつの精神を見事に融合させた、こんなにも魅惑的なカバーアートを見たのは初めてです。まるで魔法のよう！

デヴィッド・ボウエルズには、メキシコの民間伝承とスペイン語に関する専門知識について、素晴らしい洞察をいただき、何度も助けていただきました。その凄い頭脳に感服です！

ゾライダ・コルドバは、まだ生まれてまもない「ペトラの物語」を最初に読んでくれた人で、作者にはぶつけにくい質問を投げてくれた上に、この作品の登場人物と、ペトラの置かれた世界を理解する道具も与えてくれました。あなたから学ぶ機会を得られたのは、なにものにも代えがたい天からの賜《たまもの》だと思い、心より感謝を申し上げます。

著書の『ドリーマーズ（夢追い人）』の抜粋をつかわせていただいたユイ・モラーレス。このうえなく美しく力強い言葉でその作品をつくりあげたあなたに、格別の感謝を捧げます。

ロックハウンド州立公園ではロバートにお世話になりました。わたしの質問のことごとくに辛抱強く答えてくださってありがとう。あなたのおかげで岩について理解が深まりました。ご親切にありがとう。

ロバート・Rには、サイエンスフィクション、ロケット光学、宇宙について、語り合う機会をいただきました。あなたとのおしゃべりを通じて、科学で実現可能なことと不可能なことについて、理解する糸口をつかむことができました。

細部の誤りを残らず拾って修正を施してくれたマンディ・アンドレイカにも感謝を捧げます。どうしたら、こんなに綿密な仕事ができるのでしょう?

「子どもの本の作家と画家の会（SCBWI）」には、どれだけ言葉を尽くしても感謝の気持ちを十分に表現できません。この会を通じて創作の技術を磨《みが》けたのはもちろん、たくさんの友人たちや夫と出会う機会も得られました。人生で最も素晴らしいものに、わたしを導いてくれたことに感謝を捧げます。

リチャード・オリオロには、この本の中身のデザイン全般でお世話になり、心より感謝を申し上げます。

プロダクション・アット・クロニクルでは、レスリー・コーエンとフリージア・ブリザードにお世話になりました。この本をとても美しくつくってくださってありがとう。

そして、ストーリーテラーやエディターをはじめ、本づくりに携わるあらゆる人々に感謝を捧げます。あなたがたが熱心に力を尽くしてくださることで、われわれは、この世で最も貴重なものを未来へ持っていくことができるのです。

訳者あとがき

ときは二〇六一年。彗星の衝突で地球が破壊されるとわかって、選ばれた人々を乗せた宇宙船が新たな星をめざして飛び立った。眠っているうちに目的地に到着するといえば気楽な旅だが、その眠っている時間が三百八十年で、しかも何かの手違いで自分ひとり眠れないままに宇宙船が出発してしまったとしたら、どうだろう。闇のなかで声も出せない恐怖を想像してほしい。

しかし、その眠れない頭に、『ギルガメシュ叙事詩』からはじまって、古今東西の神話や伝承が、日々エンドレスにインストールされていき、自ら語り直した北欧神話をニール・ゲイマンが耳もとで朗読してくれるときいたら、どうだろう?

この物語の主人公ペトラはニューメキシコに暮らす、まもなく十三歳になる少女。小さな頃からおばあちゃんの語るメキシコの昔話をきいて育ち、自分も大きくなったら語り部になりたいと夢見ている。新しい星へ旅するあいだに世界各地の膨大な数の民間伝承や物語を睡眠中の頭にインストールしてもらい、新しい星に着いたなら、そこでも地球に残してきた大好きなおばあちゃんの昔話をはじめとする地球の物語を後世に語り継いでいこうと考えている。

北欧神話の朗読をきいているうちに、ようやくペトラも眠りに落ちる。しかし、眠っているあいだに、宇宙船のなかで革命が起きてしまう。睡眠中の乗客の世話をしていた世話人たちが、何代かけてかわからないが、コレクティブという単一の人間から成る社会を形成し、三百八十年後にペトラが目覚めたときには、ペトラ以外の乗客はすべて過去の記憶を消されて、船内の世界は様変わりしていたのだった。

　肌の色も髪の色も、髪型も衣服も、信じるものも考え方も、すべて同じであるから、差別はどこにも存在しない。富を独り占めできない社会構造なので餓えも貧困もなく、戦争もない。一見、平和な社会のように思えるが、そうでないことは、現代に生きる読者にはお見通しだろう。

　多様性が排除され、言論が統制され、学問や芸術に圧力がかかる。近未来を舞台にしたSF作品では珍しくない設定でありながら、この作品が度肝を抜くのは、そういった暗黒世界に、たったひとりで戦いを挑むのが、唯一地球の記憶を保持している十三歳の少女であり、その少女の武器が「物語」であるという点だ。

　本は人生にとって不可欠なもの。本のおかげで窮地を救われる人間もいる。本を愛し、文学の力を信じる人たちは世界に大勢いる。しかし、物語が「武器」になるなどということが、本当にあるのだろうか。

　ペトラは語り部のおばあちゃんからきかせてもらった物語をそのまま語ることはしない。自分なりの解釈も加えて、現状に合わせて話をつくりかえていく。それはおばあちゃんから教えられたことで、物語を完全に自分のものにして語らなければ、きくものの心に響かないとわかっているからだ。お話を語ることをこよなく愛する少女の語る物語が、地球のことを何ひとつ覚えていない子どもたちの、かたく閉ざされていた記憶の扉をひとつひとつ、ひらいていく。そんな魔法のような威力を持つ武器は、確かに「物語」しかないといえるかもしれない。

　人間の歴史が始まって以来、累々と生み出されてきた膨大な物語を、その十三歳の頭脳にぎっしり詰めこんで宇宙を旅する少女ペトラ。二四四二年に新しい星に降り立った彼女にはしかし、「インストール」などされずとも、自然に備わっているものがあった。無数の過ちを犯しながら歩んできた人類の長い歴史と、祖母や両親にかけてもらった深い愛情と、おばあちゃんの語ってくれた物語から得た希望と勇気。そういったもののすべてが、ドグマに支配された暗黒社会と戦う武器となり、過去を消された仲間たちの記憶を呼び覚ます力となり、新天地を切り開くツールになるのだ。

想像力を働かせることで、人間の頭と心は無限に拡充していくという驚異の事実。将来人類が居住できなくなる可能性が多分にある地球に、今このとき、ペトラのような若者たちが生きていて、人類の正と負の遺産を語り継いで、将来にわたって幸せな命をつないでくれるだろうという希望。そういった、現代人が見過ごしがちな事実や、無意識のうちに渇望している願いを巧みに盛りこんで、読者の心の扉をひらく物語を生み出したこの作品の著者もまたペトラ同様、当代随一の語り部というべきだろう。

著者のドナ・バーバ・ヒグエラはカリフォルニア中部で生まれ、ヒスパニック系の家庭に育ったアメリカ人作家。デビュー作の *Lupe Wong Won't Dance* で、ＰＮＢＡ賞（Pacific Northwest Book Award）を受賞するとともに、ラテン系の作家・画家による作品に贈られるプーラ・ベルプレ賞のオナーに選ばれている。そうして二作目となる本作で、アメリカで出版された児童書の中で、もっともすぐれたものに対して贈られる権威ある児童文学賞ニューベリー賞と、プーラ・ベルプレ賞の同時受賞という快挙を二〇二二年に成し遂げて、世界の話題をさらった。

文字通り、血湧き肉躍るページターナーでありながら、読み終えてすぐページを閉じることができない。感動でしばらく口が利けなくなるような圧倒的な読書体験を求める読者に、自信を持ってお薦めしたい一冊だ。

最後になりましたが、編集の小林甘奈さんには今回も大変お世話になりました。この場を借りてお礼を申し上げます。

杉田七重

二〇二三年　春

最後の語り部

著　者　ドナ・バーバ・ヒグエラ
訳　者　杉田七重

2023年4月28日　初版

発行者　渋谷健太郎
発行所　(株)東京創元社
〒162-0814　東京都新宿区新小川町1-5
電話　03-3268-8231（代）
URL　http://www.tsogen.co.jp
装　画　千海博美
装　幀　藤田知子
印　刷　萩原印刷
製　本　加藤製本

乱丁・落丁本は、ご面倒ですが小社までご送付ください。
送料小社負担にてお取替えいたします。

ISBN978-4-488-01124-6 C0097